読むのが怖い！

北上次郎×大森望

目次

第1回

(2001年 夏)司会＝渋谷陽一

著者名・書名(出版社)	北上	大森
殊能将之『黒い仏』 (講談社ノベルス)	D	AA
宮部みゆき『模倣犯』 (小学館)	A	A
スペンサー・ジョンソン『チーズはどこへ消えた?』 (門田美鈴・訳　扶桑社)	E	E
東野圭吾『片想い』 (文藝春秋)	B	C
ロバート・ドレイパー『ハドリアヌスの長城』 (三川基好・訳　文春文庫)	A	B
奥田英朗『邪魔』 (講談社)	A	B
小野不由美『黄昏の岸　暁の天　十二国記』 (講談社)	B	B
ロバート・ゴダード『永遠に去りぬ』 (伏見威蕃・訳　創元推理文庫)	B	A
佐野眞一『だれが「本」を殺すのか』 (プレジデント社)	B	C
志水辰夫『きのうの空』 (新潮社)	AA	B

いきなり『黒い仏』で評価真っ二つ

——今回からスタートする北上さんと大森さんの書評対談では、エンターテインメント系を軸として、ベストセラーや話題の本を中心に取り上げていく予定です。第一回は、お二人それぞれが推す作品と編集部からの推薦作とを合わせた五作品を事前に読んでいただいたうえで、A～Eの五段階評価で採点していただきました。

北上　よろしいでしょうか、僕、ネタ考えてるんで、すぐいきたいんですが。まず殊能将之の『**黒い仏**』ね。僕はD評価で、君がAと——。

大森　AAつけてもいいですよ。

北上　じゃあ君がAA、僕はDと、まるきり評価が違ったんで、ここから入りたんだけど。まずね、最初に話したいことは、一般的にジャンルの文法っていうのがあると思うんですよ。例えば冒険小説でいうと、典型的なパターンとして、敵地潜入ものの戦争冒険小説——つまり、敵地に何人かのグループで潜入し、目的を果たして生還する、その間のディテールを描く——っていうのがある。で、冒険小説をお好きでない方にとって、何が面白いの？っていうことがある。でも、冒険小説好きな人間にとってはね、いろんなアクシデントを知力と体力で乗り越えて生還するっていうのが、すごい血湧き肉躍るわけですよ。こういう風に、ジャンルの文法っていうのがあると思う。で、『黒い仏』で聞きたいのは、**これ何が面白いのかさっぱりわからない**。だから、その文法を説明してほしいんだよね。例えばこれ、ジャンルで言うと何なの？　新本格なの？

大森　（笑）。僕の定義だと、これも新本格。というか、これぞ新本格ですね。

(以下、『黒い仏』のトリックに言及しています。未読の方はご注意ください)

北上　そうすっとね、例えば一番わからないのが――ネタばらしになっちゃうかなあ――ラスト近くで、天台宗がいまだに妖魔と戦っているっていう背景が突然出てくるわけ。これ、すっげえ面白い話で、これだけで膨大な伝奇小説、伝奇ロマンができるわけだよ。で、それを背景にして、空を飛んだりさ、時間を止めちゃったりさ、SFとかファンタジーとか、違うジャンルの文法が入ってくるわけですよ。にもかかわらず、表面で展開するのが犯人探しだよね。何なの、これ?

大森　犯人探しというより、地味なアリバイ崩しですね。一応どんな話か説明すると、主な舞台は、福岡ダイエーホークスと東京読売ジャイアンツの日本シリーズに湧く二〇〇〇年十月の福岡。安アパートの一室で身元不明の男が殺害される事件が起きて、有力な容疑者が浮上するんだけど、その容疑者は、犯行推定時刻、東京で探偵と会っていたという鉄壁のアリバイがある。アリバイ工作に利用されたシリーズ探偵の石動戯作《いするぎぎさく》がそのトリックに挑戦する――というのが本格ミステリ的な枠組です。

もっとも、冒頭で探偵が依頼されるのは「九世紀に天台宗の僧侶が唐から持ち帰った秘宝の行方を探してほしい」という仕事だし、その任務のために、福岡県の阿久浜にある安蘭寺っていう怪しい寺に助手のアントニオ――中国人ですけど――と赴くんで、最初から伝奇小説的な要素も入ってる。でもその一方で、福岡県警の刑事たちの地道な捜査活動も描かれるから、それこそクロフツや鮎川哲也のアリバイものみたいな、ふつうの現代ミステリとして読める。ところが、名探偵の解決が示された瞬間、突然まったく別のものが入ってきて世界が根本からひっくりかえる。ひとつにはその意外性を楽しむ小説なんです。

北上　はは〜。じゃあ君はさ、後半のネタばらしがあったときに、「バカヤロー」って思うんじゃなくて、「わっ、すげえ！」って思うの？

大森　そう。あっと驚いて感動する。いかに変わったことをするかが勝負。

北上　しかし、変わったことをやるにしてもさ、ある種のルールがあると思うんだよ。

大森　本格ミステリは、そのルールをいかに逸脱するかって勝負もしてきたわけですよ。クリスティの『**アクロイド殺し（アクロイド殺害事件）**』（ハヤカワミステリ文庫、新潮文庫他）だって、発表当時、そんなのルール違反だって怒った人はいっぱいいるわけですよ。本格と見せかけて実は──というパターンも前例がある。『黒い仏』だって、なんでもありに見えるかもしれないけど、ルールの存在は明らかに意識してる。本格ミステリのお約束の歴史を踏まえたうえで、意図的に逸脱してるんです。

北上　いや、それはね、ちょっと強引な論理だと思うんだけど。『アクロイド殺し』の場合は確かにフェアかアンフェアかって論争はあったけど、あれは、ルール内だと思うんだ。

大森　うん、だからそのルールの考え方も、時代によって、作品によって変わってくる。例えば本格ミステリでは、最後に名探偵が披露する謎解きに基づいて事件が決着するでしょ。名探偵が、「犯人はあなたです。これこれこういうトリックを使って殺害しましたね」と説明して、関係者一同がおお、そうだったのかと感心する。確かに矛盾のない解決なんだろうけど、それが絶対の真実だと誰が保証するのか──みたいな議論があるんですよ。「こういう証拠がありました」といくら言っても、そりゃ作者が勝手に書いてることだから。数学で言うと、ゲーデルの不完全性定理ってやつで、ある論理体系の中に矛盾がないってことは、その体系の中では証明できないと。
『黒い仏』はそれを逆手にとって、犯人の側が名探偵の解決に合わせて現実を書き替えちゃう。本来スーパーナチュラルな事件に無理やり合理的な解決をつけちゃうんですね。そういう発想自体は前例がないわけじゃないけど、そのために犯人がいったん時間を止めて、タイムマシンで過去へ遡ってあちこちに証拠を置いてくるみたいなことを考えたミステリ作家はたぶんいなかった。**僕は感動しましたね**。まあ、その発想が面白いと思えなければ全然面白くないでしょうが(笑)。

北上　だから、それが面白いならば、旧来のミステリじゃないよね。

大森　うん。小説の中の現実がひとつしかないミステリを〝旧来のミステリ〟と呼ぶなら、そうかもしれない。

北上　それは例えばさ、西澤保彦さんの『**七回死んだ男**』（講談社文庫）っていうのは、二人で一致して褒めたよね。あれも時間が繰り返すというSF的なシチュエーションを導入したんだけども、あれは旧来のミステリの枠内だと思う。ただ新しい手法を使っただけで。ところが『黒い仏』は、もう手法も何も完全に逸脱してるわけだよね。

大森　うん。ただ、作者が恣意的に好き勝手やってる小説とは明らかに違う。ミステリに関して言えば、アリバイ・トリックをちゃんと合理的に説明したうえで、それを別の論理体系で崩してる。別ジャンルのロジックとしてラヴクラフトのクトゥルー神話大系を借りてきているってことは、最初から作中に明示してあるわけですよ。例えば、著者のウェブサイトを見るとわかるんですが、各章冒頭に引用してある『妙法蟲聲經』という怪しいお経は、ラヴクラフトが創作した、その筋では超有名な魔道書ネクロノミコン（アル・アジフ）を法華経風に意訳したものだし、黒智爾観世音菩薩っていうのはやっぱりクトゥルーの邪神のナイアルラトホテップだし、安蘭寺って名前はCthulhuの逆綴りを一字ずつずらして六番目に出てくるAnranziを漢字にしたものだし――という具合に、全部元ネタがある。最初に出てくるお坊さんは歴史上実在する人物だし。そんなことは知らなくても全然かまわないんだけど、そういう部分にものすごいエネルギーを注いできっちり作ってあって、めちゃめちゃ感動しますよ。まあね、そんなのどうでもいいんじゃんと思う人にはどうでもいい話だから、これをすごく面白がる人は、本格ミステリ読者の中でも少数派かもしれない。

北上　あっ、極北なわけ？　これは。

大森　うん、極北(笑)。ただ、狭義の本格ミステリ的な部分も非常によくできてるし、組み合わせのセンスが絶妙だから、ジャンル意識がなくても楽しめる人は楽しめると思う。日本シリーズで盛り上がる博多の町と、クトゥルーの邪神vs天台宗の暗闘の対比、野球音痴で苦労する刑事とか、めちゃくちゃ笑えるでしょう。

北上　そうかなあ。

大森　驚かない？

北上　麻耶雄嵩だったっけ？　デビュー作で――もうネタ言っちゃっていいのかな――ほら、主人公には××が××なかったという。

大森　それは麻耶雄嵩じゃなくて、京極夏彦の『**姑獲《うぶ》鳥《め》の夏**』（講談社文庫）。

北上　あれ、京極夏彦だっけ？　そうだったっけえ？

あっ、麻耶雄嵩は探偵が山へ入っちゃうやつだ。

大森　『翼ある闇』ね。あれも傑作だけど、『黒い仏』と方向性が近いのは第二長編の『夏と冬の奏鳴曲《ソナタ》』（ともに講談社文庫）ですね。あれもミステリ的にはありえないことが起こる。

北上　あっそう、わからんっすねえ、私には。こういうの面白がる人がいるの？

大森　びっくりしないですか？　名探偵が滔々と推理を披露してる最中に、犯人側が「ちょっと待て」って言っていきなり時間を止めちゃうとこ。

北上　だからびっくりっていうのがね、君はたぶんあれでしょ？　びっくりしてぞくぞくするわけでしょ？　つまりうれしくてびっくりするんでしょ？

大森　うんうん。

北上　**俺はびっくりしてバカヤローだよ**。そんなバカな！と。何それ？　それがありだったら何でもありだろうって。

大森　だから、何でもありの小説じゃなくて、ちゃんと作ってから壊してるんですってば。

北上　あの〜、じゃあね、僕は新本格のいい読者じゃないんでひとつお訊きしたいんですが、新本格の中でもすごく分かれてるの、今？

大森　うん、分かれてる分かれてる。もういろいろです。

北上　全部『黒い仏』みたいになってるわけじゃなくてね。

大森　もちろん。

北上　これは新本格の極北であって、そうじゃないものもたくさんあるけど、今はそれが全部〝新本格〟ていう名で語られてるんだ。

大森　それどころか、こんなのミステリじゃない、新本格じゃないって人もたくさんいますよ、当然。殊能将之ファンの間でも色物扱いされてる。どっちかというとSFファンが絶賛してるかもしれない(笑)。

北上　ああ〜、なるほどね……いや、しっかしわからんすねえ、私には。

大森　しかも、この人の前作は『**美濃牛**』(講談社文庫)っていう分厚い書き下ろしなんですけど、同じシリーズ探偵なんですよ。そっちは横溝正史の『**獄門島**』(角川文庫)みたいな設定で、端正な本格をきちんと書いてる。その続編でコレだから、なおさらインパクトが大きい。

北上　続編なの？　じゃあ、俺これ読んでる最中にね、いきなり天台宗がどうのこうのって出てきて、おかしいなあと思ってたんだけど、前にも出てくるの？

大森　いや、それは全然出てこない。

北上　ウエッ。

大森　（笑）。石動戯作って名探偵と助手のアントニオだけが共通。背景の伝奇小説的な要素は、他の作品からの借り物なんで、原典を知ってればにやにやしながら読めるけど、全然知らなくても楽しめる。

北上　なるほどねぇ。いや俺、**『ハサミ男』**（講談社文庫）って読んだよ、デビュー作の。

大森　今どきのサイコサスペンスに叙述トリックのひねりを入れたやつ。

北上　あれはけっこう面白かった印象があるんだけど……でも、ここまでいくともうね、僕は正直ついていけません。

――こういうパターンに対する支持というか、市場性はそれなりにあるんですか。

大森　うん、あるある。

北上　う〜ん、理解しがたいですね。

宮部・現代犯罪小説の総決算『模倣犯』

――（笑）。で、次は我々的においしい二つ、**『模倣犯』**と『チーズはどこへ消えた？』をやりたいんですが。まず『模倣犯』については、お二人とも諸手を挙げて高い評価をしてるんですけれども、これはもう誰が読んでも、いいって思うだろうっていうところですか？

大森　誰が読んでも面白いっていう意味では全然文句ないけど、僕は諸手を挙げて絶賛はしません。『模倣犯』って、プロット自体はすごくけれん味たっぷりのエンターテインメントなんですよ。天才肌の悪人が劇場型犯罪を思いついて、それに巻き込まれた人間たちがそれぞれに真相を探るとか、いかにも今風の派手なクライムノベルでしょ。いわば絵空事の話なんだけど、人物を綿密に書き込むことで、それをどこまで絵空事じゃなく見せられるか。それが『模倣犯』の眼目だと思ったんです。**『理由』**（新潮文庫）ではノンフィクションの手法を使って地味な話を徹底的にリアルに書いた。今度は派手な話をどこまでリアルに書けるかの勝負だと。上巻ではそれがすごくうまくいってるんだけど、やっぱり最終的にはエンターテインメント的な要請が勝ってしまったんじゃないか。ラストにカタルシスを用意したことで、どうしてもそういう印象を残す小説になってるんじゃないかと思うんですよね。

北上　いや『模倣犯』はね、**今の宮部さんが持っているすべての力を出しきった小説ですよ**。あの三五〇〇枚っていう長丁場をね、まったく長く感じさせずに読ませるっていうのはすごいよね。で、細かく言うと、君が言ったように後半の展開っていうのは、ジェフリー・ディーヴァーを——ものすごいけれん味たっぷりの小説書く人なんだけど——彷彿とさせるようなね、あるいは凌ぐようなね。つまり、そういううまさもあるし、一方では、宮部さんは老人と子供の造形描写がすごくうまいんだけども、老人が出てくるじゃない？

大森　おじいさんね、豆腐屋の。

北上　そういう得意の人物造形は相変わらず群を抜いているし。あともうひとつ、ストーリーとして本来的にはある種暗く後味の悪くなるはずの話なのに、決してそうはさせないというううまさ。だから君が言った、『理由』と比べてエンターテインメントしてるっていうのは、たぶん意図的だと思うんだよね。

大森　いや、だからこれはないものねだりに近いんだけど、宮部みゆきが今三五〇〇枚かけて書くんなら、もっと徹底したもの——従来の作品を突き抜けて、その向こう側にあるものを見せてほしかった。

北上　いや、まあ、それは宮部みゆきというすごい才能の作家に対する、ある種の君の期待値なのかもしれないけども、ここまで書ければ充分ですって。もう今どき、年に一作こういう作品を読めれば。

——(笑)。という意見に関してはどうですか。

大森　ある意味で、『理由』は、宮部さんが宮部みゆきであることを壊そうとして、自分で自分の手を縛って、いろんな得意技を封印して書いた小説だと思うんですよ。

北上　うん、うん。

大森　それに対して、『模倣犯』は得意技をがんがん使ってる。豆腐屋のおじいさんなんか、まさしく十八番のキャラですよね。読者がすごく共感できる人物になることは当たり前で、安心して読める。そこが不満なんですよ。そういう読者サービスを排除して、安心できない小説を書いてほしかった。でも、現代犯罪ものはしばらく書かないとかご本人は言ってるから、総決算として文句のつけようがない仕上がりだとは思います。

北上　なるほどね、はい。

『チーズはどこへ消えた？』はオヤジの説教？

——逆に、お二人ともボロクソなのが『**チーズはどこへ消えた？**』という、日本の出版史を塗り替えた大ベストセラーで、揃ってEをつけてるんですが、そんなに最低でしたか。

北上　つまりね、どういう人がこれを読むのか、わからないんですよ。つまりここで語られてることっていうのは——一ページにひとつ大きなコピーみたいなのが入っててね。「自分のチーズが大事であればあるほどそれにしがみつきたがる」とか、「従来通りの考え方をしていては新しいチーズは見つからない」とか、おっしゃる通りだと思うんです。おっしゃる通りなんだけど、**こんなことは酒場でいくらでもオヤジが言います**

よ。それをなんでお金出して買わなきゃいけないのか、全っ然わからない。

大森　だから酒場でオヤジの説教とか聞きたくない人が買うんでしょ。オヤジの説教には腹が立つけど、同じ内容でも、ネズミと小人の話だと思えば「そうだなあ」と共感する人が多いという。326とか相田みつをとかがはやるのも同じパターンなんじゃないですか。

北上　いや、だから逆に言うとね、オヤジ文化が崩壊したような気がするんだよ。昔だったらさ、会社の上司につきあって飲みに行くとさ、上司がこんなこと言ってたぜ。うるせえなあと思いながら聞いてたわけ。今そういう交流がなくなってんじゃないの？

大森　いや、交流はあるけど、同じことを言われるんなら本で読むほうがいいと。

――大森さん、好意的に解説してますけども、Eつけてますが(笑)。

大森　僕がこの本で許せないのは二点。ひとつは寓話のくせに寓話になってないこと。物語世界の設定があまりにも恣意的で、ビジネスの話をするための道具でしかない。読む前は「田舎のネズミと都会のネズミ」みたいな話だろうと思ってたのに、あれより全然説得力がない。もうひとつは、そのおそろしく説明的な寓話のあとに、さらに解説座談会みたいなのがくっついてて、この寓話を読んであなたは何を思いましたか？ってところまで全部書いてある。ふつう、それは読者が読んで考えるものでしょ？　その考える能力もない人たちに向けて書いてるのか！っていうのが一番愕然としたところ(笑)。**ここまで人間の知性をバカにした本なのか**と、逆にすごく新鮮だった。

――しかし、すごい売れ方だけどね。

大森　だから、今のベストセラーはこのぐらいまで書かないといけないっていう見本。

北上　僕は君と違ってね、この本買う人たちをバカにしないんですよ。この本、いいこと言ってんですから。

……あっ、君は作り手をバカにしてるのか？

大森　いや、作り手が想定してる読者層。

北上　あの、これ百万部ですか？

――三百万部です。

北上　三百万部!?　三百万人が本屋行って買ったというのはすごいよなあ。ただ問題は、この人たちは常にこういうものしか買わない、ということだよね。宮部みゆきさんの『模倣犯』とかね、志水辰夫の『**きのうの空**』とかをその一割の人でも買っていただければ、この出版界、すごい売り上げになるんだけど。

大森　（笑）やっぱりただの寓話ではダメだというのが教訓ですね。今ベストセラーを作るには、**寓話にちゃんと解説までつけて売らないといけない！**

――（笑）。で、宮部みゆきとともにセールス・パワーおよび作品のクオリティに対して高い評価のある東野圭吾なんですが、お二人とも『片想い』は案外低い評価ですけれども。

技巧派・東野圭吾の面目躍如、『片想い』

北上　いや、僕はBですから高評価ですよ。つまり横との比較ですから、A以上をつけた『模倣犯』『**邪魔**』『ハドリアヌス（の長城）』『きのうの空』に比べれば、その次かなという意味なんですが。Cをつけた君は？

大森　いや、ふつうに評価すればB以上だと思いますよ。小説としてはよくできてるし、タイトルも利いてる。ただ、性同一性障害っていう現実の問題が、ミステリ的な道具としてやや単純化されて使われてて、そこに違和感があるというか。

北上　この『片想い』に引っかかる人は後半の展開だと思うんだけど。後半の展開がさ、ちょっと作りすぎたんじゃないかっていう。

大森　そうそう。例えば『**白夜行**』（集英社文庫）みたいに形式の面ですごく作る分にはいいんだけど、これは実際に存在する問題と、現実にはあり得ないレベルの人工的なプロットが無理やりひとつになってるわけじゃないですか。

北上　ん？　それはどういうこと？

大森　ミステリ的に優秀なネタと、社会的でアクチュアルなモチーフとが、ひとつのプロットの中でうまく合ってない。というか、読んでてどうもひっかかる。

北上　ああ〜。でも、もともと東野圭吾は技巧派じゃない？

大森　うんうん。

北上　常にどんな作品でも技巧を凝らしていって、正直言えば、その技巧が失敗するケースとすごく成功するケースによって作品にばらつきがあった作家だと思う。で、それが三年前の『**秘密**』（文春文庫）から、その次の『白夜行』と、やっぱり技巧的な物語を作るんだけど、わりと成功してきてるわけだよ。だから今回も、少し作り過ぎなところがあるかもしれないけれども、この作家の中では、すごくうまくなってるとこだよ。だから技巧的な物語がイヤだという人にはちょっとあれかなという気もするけども、もともとそういう作家なんだから違うものを求めてもしょうがないよねえ。

大森　いや、技巧的な小説は好きなんですよ。リアルなモチーフを扱った『白夜行』の場合は、語りのレベルの技巧でしょ。プロットが技巧的だった『秘密』の場合は、あり得ないことが起きるのが前提だから、話がどんなにひねってあっても楽しめた。でも、性同一性障害って、僕にはそこそこ身近な問題なんで、それを技巧的に処理されると、ちょっと居心地が悪い感じがする。それだけですね。

――で、『**ハドリアヌスの長城**』という翻訳ものなんですけど、評価が分かれてますね。

翻訳ミステリ 年間ベスト1、北上印 『ハドリアヌスの長城』

北上　これは私のですね、今のところ**今年の翻訳ミステリのベスト1**なんですよ。十二月まで待ってもベスト3からは落ちないだろうと思うぐらい入れ込んでる作品なんです。

大森　**これ、『模倣犯』と同じ話ですよね。**

北上　同じ？　えっ？

大森　『模倣犯』の犯人側の話と。

北上　同じ……どういう意味で同じなの？　すごく新鮮な発言をしてくださったけど。

大森　どっちも無垢な男が腐れ縁の友達にひきずられて人生を棒に振る話じゃないですか。

北上　ああ〜、そういう意味でか。それは、同じとは言わないだろう、そんな腐れ縁ってだけで。これ、すっごくいい話なんですよ。読者のためにあえて少しだけ説明させてください。

――(笑)。はい。

北上　十五歳のときに友達をかばうために判事を殺しちゃった少年がいるんですよ。で、五十年の刑を宣告されるんですけども、十五年後に仮釈放されることになって、それを妬んだ囚人に襲われて、自分の身を守るために殺しちゃう。で、今度はもう完全に助からないと思って脱走するわけ。で、八年間逃亡してやっと州知事から特赦が下りて故郷に帰ってくるところから始まるんですね。つまり、十五歳で刑務所に入った少年が三十八歳のときに故郷に帰ってくる。そうすると、二十三年前に自分がかばった友人が、まだ故郷にいて、その友人に「また俺のために人を殺してくれないか」って頼まれるところから始まっていく。

大森　それ、もう半分までばらしてますよ(笑)。

北上　いやいや、違うよぉ。

大森　「殺してくれ」って言われるのも、本当に殺してたってことがわかるのも半分ぐらい行ってから。

北上　でもそれはね、絶対ネタばらしにならない。なぜかというと、この小説の一番のミソは、こいつは過去と向き合うしかないことなんだ。この二十三年間は自分にとって何だったんだろうって回想する。その回想場面、悲しい青春のエピソードがどんどん入ってくる。それがすごくいい。

――大森さん的にはどうだったんですか。

大森　語り方はすごくよく考えられてますね。生まれ故郷に帰ってくるところから始まって、過去に何が起きたのかがだんだんわかってくる書き方はうまい。わりと日本の小説みたいで、宮部さんなんかが書いてもおかしくない。ただ、日本が舞台だと絶対成立しない話なんですよね。刑務所の町の設定にしても、脱獄の話にしても。今どきこんな話が書けるんだから、アメリカは広くていいなあと(笑)。

でも、Aまでつけない一番の理由は、やっぱり主人公の性格。いくらなんでもこんなにいい奴いないよ、と。その意味でも『模倣犯』とすごく近いと思うんだけど。

北上　いや『ハドリアヌス～』はね、それがひとつのモチーフになってるわけですよ。つまり友達をかばってまで刑務所に入る奴はいない、って言うけども――。

大森　いやいや、十五歳のときに友達かばって刑務所に入るのはいいの。でも、ふつうはそのあともっと知恵がつくでしょう。二十何年も刑務所に入ってて、いろいろ苦労してるわけじゃないですか。あれだけ辛酸を舐めてるのに、利己的なところが全然ない。無垢な魂はずっと無垢なままであり続けると。

北上　あのさ、君の言い方が誤解を招くのは、無垢な魂っていうと、すごく人のいい人間に取られちゃうから。

大森　人がいいじゃないですか。

北上　無垢な魂っていうよりも、むしろ閉ざされた心を持ってる奴なんだよ。

大森　あれはふつう、おひとよしって言いますよ。『模倣犯』にも同じようなおひとよしの人物が出てくるんだけど、彼の場合、どうしてそうなったかの説明がちゃんとある。

北上　『模倣犯』のあの少年とこっちの少年を比較すること自体さ、小説の鑑賞において必要ないと思うな。だって『ハドリアヌス～』の場合は、ラストで自己を解放するまでの物語なわけだから。ね？　表面的な類似はあっても、作者の意図は違うんだもん。もともとキャラクターを作るときの設定が。

大森　そうかなあ。作者が何を考えてたかまでは知りませんけどね。

北上　それを無理に同一視して、あっちのほうがリアリティがあるっていう言い方は、『ハドリアヌス～』に対する、すごく意図的な蔑視だと思う。

大森　(笑)いや、蔑視してるつもりはないけど。でも、どちらの作品も、僕の目から見ると、こんないい人いるはずないって思うようなキャラクターなんですよ。

北上　なんか君の言い方だと、そういう蔑視に聞こえるなあ。これは説得力をもって描いてますよ。つまり自己の心を閉ざしてね、友達にずるずる引きずられてしまうまでの過程をちゃんと描いてます。で、そういう奴は嫌いだ、って君は言ってるだけなんだよ。人間としてウソくさいと。

大森　別に嫌いとは言ってませんよ(笑)。**まあ、僕のまわりにはいないタイプですけどね。**

――じゃあ、北上さん、本当に今のところベスト1なわけですか。

北上　文句なしに翻訳ミステリ・ベスト1ですね。

第2回

（2001年 秋）司会＝渋谷陽一

著者名・書名（出版社）	北上	大森
二谷友里恵『楯』 （文藝春秋）	B	C
川上健一『翼はいつまでも』 （集英社）	A	B
戸梶圭太『なぎら☆ツイスター』 （角川書店）	B	A
戸梶圭太『湾岸リベンジャー』 （祥伝社）	B	B
京極夏彦『ルー＝ガルー』 （徳間書店）	B	B
東野圭吾『超・殺人事件』 （新潮社）	B	C

達意の文章からにじむ二谷友里恵の個性

──今回は、評価が分かれたやつからいきますか、それとも……。

北上　いや、二谷友里恵（『**楯**』）からいきましょう。僕がB、大森くんがCと、それなりに評価も分かれてるし。これね、面白かったんです。まず、この本を書いた人は文章がすっごいうまい。

大森　そこで驚くってことは、『**愛される理由**』（朝日文庫）を読んでないでしょう。二谷友里恵が文章うまいのは、そのとき（一九九〇年）からわかってたことで。

北上　あ、そう。『愛される〜』って読んでないから、こんなに文章うまいとは思わなかったんだよ。つまり絶妙な言葉の選び方から言い回し、シーン描写の秀逸さ。

例えばね、終わり間近にお手伝いさんと別れるシーンがあるんだけど、何のことはないただ手を握っただけの話なんだよね、別れるときに。その手を握っただけのシーンをここまで情感豊かに描く、**この著者はすごい筆力ある人だなあ**と思ってびっくりしましたね。あと、もうひとつびっくりしたのが、お父さんが階段から落ちて、それをお母さんが放ってね──まあ、お母さんだってそれなりの事情があるんだろうけども──一応、結果的には放って仕事に出かけていくあの冷たい描写、すごいよこれは。ただ、僕は基本的に興味がないんで、Aまで評価できないんだけれども。

大森　『楯』は、二谷友里恵という人の恐ろしさが非常によく出た本で、前半はめちゃくちゃ面白い。というのも──北上さん、郷ひろみの『**ダディ**』（幻冬舎）も読んでないですよね。

北上　読んでない読んでない。

大森　インパクトは『ダディ』のほうが圧倒的で、身を切るような自虐的ギャグがとにかく笑えるんですよ。『楯』は、それに対するツッコミ本というスタンスだから、前半は『ダディ』への嫌味が冴え渡る。赤裸々なタッチで自分を笑いものにしてるように見えて、実は巧妙に同情を誘っている、とかさ。ところが、後半はすごく綺麗事になっちゃって、読者が一番知りたいところを素通りしちゃう。

北上　何を知りたいの、読者は？　別れた理由を知りたいの？

大森　もちろんそれもあるけど、本の構成上、クライマックスは当然、『ダディ』が出た前後の事情を詳しく書いてほしいわけですよ。あれを読んでどう思ったか、あるいは、事前にゲラを読んで全部チェックしたって噂があったけど、それはほんとなのか。つまり、**郷ひろみが『ダディ』を書いてたときにあなたは何をしてたの？**っていう。

北上　読者はそれが知りたいわけなの？

大森　ふつうそうでしょ。

北上　ああ、そうなの？　へえ〜。

大森　そこが致命的な欠陥。惜しい（笑）。でもすごくいいのは——たいていの男は、『ダディ』を読んで、妻としての二谷友里恵はとにかく恐ろしい女だと感じたと思うんですね。ほとんどサイコスリラー的な恐怖感があった。そのマイナス・イメージを否定するのが『楯』の目的のひとつなんだろうけど、これ読むと、やっぱり二谷友里恵の怖さが滲み出てるんですよ（笑）。例えば子供の小学校受験のときに、緊張させないために受験日を教えない。教えないまではまだ理解できるんだけど、それだけじゃなくて、「受験の日になったら校長先生からお手紙が来ますから、じゃあそれまで待ちましょうね」って言って子供と二人で待つじゃないですか。で、娘は、「きょうもおてがみ来なかったね」とか言いながら楽しく暮らしてきて、それに信憑性を持たせるために、わざわざ校長先生のお手紙を偽造するんですね、二谷友里恵が。「校長先生より何とかちゃんへ」っていう手紙を本物そっくりの便箋に書いて本物そっくりの封筒に入れて、しかも受験の際に娘のウィークポイントになりそうなところをカバーするために、「○○ちゃんは何々する癖があるからそれは気をつけましょう」とかってその手紙に書くじゃないですか。あの用意周到さと完璧主義。これ、たぶん天然だと思うんだけど、僕は慄然としましたね。本人は、子を思う親の美談として書いてるんだろうけど、とてもそうは見えない(笑)。

北上　いや、別にどうでもいいんじゃないの？　この著者がどういう人なのかとか、そんなの何も関係ないと思うわけ。問題は、どういう風に描いているかっていうだけだよ。実はね、タレント本って言っていいのかなあ、役者関係の人が書いた本って、これ以前に読んだのが、もうずいぶん昔、木村功が死んだときに奥さんの木村梢さんが書いた『**功、大好き**』(講談社文庫)なんですよ。あれもすごくいい本だなあと思った。「功が死んだらわたしも死のうと思った」っていう、いい出だしから始まるんですよ。で、この『楯』もなかなか文章がうまい。文筆を専門とする人じゃない人が書いた本だという先入観がどっかにやっぱりチラッとあるんで、うまいとびっくりするんですよ。「ああ、すごいじゃない、この人」と思って。それ以外の本は読んでないから何とも言えないけど、**だから本の中で著者本人のいやらしさをどう隠蔽してるかなんていうのは関係ねえよ。**

大森　いや、隠蔽してるんじゃなくて、特異な人間性が滲み出てるっていう意味ですばらしいんですよ。二谷友里恵という人の普通じゃなさが明らかに出ている。恐妻家の夫の立場から書いた『ダディ』が被害者視点のサイコサスペンスだとしたら、こっちは加害者側の視点というか。

北上　君、その『ダディ』って本はさ、仕事で読んだの？　それとも自分の興味で読むの？

大森　自分の興味ですよ。ちょっと立ち読みしたら、めちゃめちゃ笑えたから。自分のスキャンダル記事が掲載された《週刊現代》を隠して回る話とか、実話とは思えないぐらいおかしい。

北上　わからないのがね、この手の本が――発行部数二十二万部ってことなんだけど――そこまで売れなくてもいいだろう。それが一番残念だよね。もっと面白い本――例えばこれは読み終わって一ヵ月もすれば、この本の存在すら、僕はすっかり忘れちゃうわけですよ。ところが、例えば川上健一の『翼はいつまでも』は、おそらく十年経っても僕は覚えてると思う。にもかかわらず、そっちの部数は『楯』と大きなギャップがあって、やっぱり愕然とするな。

――(笑)。でも、こういうのは今の書籍の売れ方のひとつの典型なわけですよね。矢沢永吉の『アー・ユー・ハッピー？』(角川文庫)にしても、従来型のタレント本とは全然違うひとつの表現として成立してる本が、それなりの市場価値を持つっていうのは、厳然たる事実なわけですよね。それは、いい悪い以前に認めざるを得ない、という(笑)。

北上　この十年前に書いた『愛される理由』っていうのはもっと売れたの？

大森　うん。でも百五十万部（『ダディ』の公称発行部数）までは行ってないかな。

――近いんじゃないですかねえ（『愛される理由』は百三十万部)。だから、このジャンルを否定されちゃうと、ウチはこのジャンルで食っている出版社なんで(笑)。

大森　これ、女性読者がどう読むのかが一番謎なんですよ。二谷友里恵には共感しにくいんじゃないかと思うんですが(笑)。

――だからこその二十二万部なんじゃないですかね。

逆に言えば、共感する部分も共感しない部分もあるというフラットなもので、ファンが読むっていう類ではないと思うんですね。だから郷ひろみのCDよりもはるかに『ダディ』が売れるっていう、その面白さですよね。

少年小説の王道『翼はいつまでも』はノスタルジー小説か?

――で、続いては、何にいたしましょうか。

北上 川上健一『**翼はいつまでも**』は僕のイチ押しなのに、大森くんBなんで、ぜひこれにいきたいんですが。評価は分かれると思ってたんだけど、ひとつ聞いていい? **君さ、これ読んで目頭が熱くなるシーンなかった?**

大森 (笑)。目頭が熱くなるシーンって……。

北上 なぜかっていうと、大森くんと前に話したときに――泣ける本ってあるじゃないですか? そうすると、泣けると、その本がいいと言う人がいるわけですよ。でも僕は、別に泣けるっていうことが、その本の価値ではないと話したんだけれども。そのとき、大森くんは、泣く本を否定するっていうニュアンスが、なきにしもあらずだったんだよ。

大森 いや、否定はしませんよ。でも、泣かせって小説技術としては難度が低いでしょう。それが非常に安易な形で山場に使われてたりすると、あんまり評価はできない。

北上 っていうのは、『翼はいつまでも』で、一部の人がすごく泣いてるんですよ。僕は一ヵ所しか目頭熱くなってないんだけど。

大森 どこですか?(笑)。

北上 「もう絶対ここでやるよな」っていうところ、ラストの同窓会ですよ。最初で伏線があるからさ。これは本の価値ではないんだけど、一応君に確認しとこうかなと思って。

大森　（笑）。

――（笑）。人間性チェックみたいでイヤですねえ。

北上　（笑）。で、『翼はいつまでも』は一九六〇年代の青森を舞台にした中学生小説なんですけど、少年小説の王道っていうのは、書評に書いたんだけど、初恋と友情と旅立ちっていう三大要素があるわけ。その三大要素がこの作品は非常にストレートに出てて、そういう意味では新しさは何ひとつないんだけど、逆に言えばこの手のものって永遠だと僕は思ってるんで。構成もよくできている。

大森　北上さんは、ノスタルジーじゃないと書評に書いてましたけど、これって、〝プリーズ・プリーズ・ミー〟を聴いて、今まで引っ込み思案だった子が自己実現をしていく話じゃないですか。音楽にそういう力があると素朴に信じられる時点で、すでにノスタルジー小説だと思いますけど。

北上　あのねえ、これは小説の評価じゃなくなっちゃうかもしれないんだけど、息子が去年まで中学生で、彼らの話を聞いてるとね、この作品そっくりなわけ。つまり、ここに描かれるドラマっていうのは、今の中学生でも絶対あり得る話なんだよ。そういう意味でノスタルジーじゃないっていうことなんだ。

――北上さん的には、これは非常にツボに入った小説みたいですね。

北上　川上健一は昔から好きな作家で、『ららのいた夏』とか『雨鱒の川』（ともに集英社文庫）っていう作品は非常にストレートな初恋小説なり青春小説なりなんですけど、正直言うと現代の読者にはあんまり受けないじゃないですか。でも、ストレートなもののよさっていうのがあると僕は思ってるんで、どうして現代の作家はそういうものを書いてくれないんだろうと思ってたときに、川上健一さんが十一年ぶりに復活してくれたんでね、これはすごくうれしかった。
——大森さん的にも、別にそんな低い評価ではないわけですね。

大森　うん。でも、僕が川上健一で一番好きなのは、破天荒テニス小説の『**宇宙のウィンブルドン**』（集英社文庫）なんですよ。逆に、『翼はいつまでも』みたいな小説だと、世代的なギャップを感じるなあ。僕、今どきの中学生が読むような、ティーンズ向けの中学生小説はけっこう読んでるんですけど、そういうのと比べると、作り方というか——例えばマドンナ役の造型とかも、すごく古風な感じがする。誰にでもある中学時代の夏休みの思い出を書くなら、ここまで作らなくてもいいんじゃないか。

北上　俺ねえ、この手の小説に対してね、古くさい感覚で書いてるっていう意見はわかるんだけど、それは俺たちの感覚が勝手に、この世界を古くさいと思っちゃってるだけじゃないか、っていう気がする。

大森　いや、この世界が古くさいとは思わない。むしろ作り方の問題。要はボーイ・ミーツ・ガールなんだけど、二人の出会いの場面とかクライマックスの描写とか、ちょっと盛り上げ過ぎじゃないですか。

北上　そうかねえ。それは違うねえ。

大森　例えば、主人公が十和田湖へ行って、マドンナが裸で泳いでるところに出くわすっていうと、ほら、昔そういう映画があったじゃないですか。関根恵子——今の高橋恵子の青春映画、『朝やけの詩』とか、あと、高橋洋子の『旅の重さ』とか。僕の頭の中ではそういうイメージなんですね。もろに一九七二、三年の感じ（笑）。しかも、その彼女っていうのがものすごいスーパーウーマンじゃないですか。学校では「音痴で歌も歌えません」とか、まあいじめられてはいないんだけど、「何よあの子」って言われてるような子が実はものすごい天才音楽家で、家にピアノもないのに紙に書いた鍵盤で練習して、何とかコンクールに通っちゃうとか、何もそこまで作らなくてもいいんじゃないかと。

北上　やっぱりそれは、我々がこの世界を古くさいと思い込んじゃってるんだよ。例えば、現代の中学生を描こうとすると、もっとシビアな小説がいっぱいあるわけじゃない？　そういう小説をたくさん読まされてきてるせいで、こういうものを自動的に古くさいと思っちゃってる気がする。

これはあんまり言いたくないんだけど、渡辺淳一が『**ひとひらの雪**』（角川文庫）のヒロインについて、「あんな女いませんよ」って言われたとき、「銀座にはいるんですよ」って答えたという有名な話があってさ。銀座にいればいいのか、それを読者に納得させるのが作家だろっていう議論があるから、この小説に関しても、「**現代の中学生にこういう子がいるんですよ**」って言い方はしたくないけど、でも、今どきこんな子はいない、これが古くさいと決めつける前に、それは勝手な思い込みなんじゃないかっていう疑いを持ったっていいような気がする。

大森　いや、だからそれはね、「今どきの中学生が、十和田湖でセックスできるかもしれないという一念ではるばる自転車に乗って出かけたりするもんか」みたいな批判に対して有効な反論なんですよ。僕は別にそういうことを指して古臭いと言ってるんじゃなくて、作り方の問題ですよ。

――逆に言えば、最もコンテンポラリーなハリウッド映画なんかでけっこう使われてる手法ですけどね。すごい青春小説の原点みたいなものを、もう限りなく徹底して追求したわけで、それを古典的と思うのか、そこに普遍性があるからモダンと思うのか、その辺で評価は分かれるのかなあという気はしますね。

北上　まあ、要するに正統派なんですよ。エピローグの作り方にしても、そうですよね。

大森　ほんと絵に描いたような……。

北上　いやあ、正統派はこれが要るんだよ。**必要なん**

だよぉ、この盛り上げるところが。

戸梶圭太が描く爆笑 ”激安犯罪“

――次は、戸梶圭太の『**なぎら☆ツイスター**』と『**湾岸リベンジャー**』なんですけど、どちらか一冊を選ぶとすれば、どっちですかね。

大森　北上さんはどっちがよかった？

北上　いわゆる小説の結構がいいのは『なぎら☆ツイスター』なんだよね。実は僕、戸梶圭太ってデビュー作の――。

大森　『**闇の楽園**』（新潮文庫）。

北上　あれ以来、久々に読んだんだけど、もしかするとこの人の本質は『湾岸リベンジャー』のほうにあるかなって気がしますね。

――Aをただ一個つけている作品としての応援演説を大森さんから。

大森　さっきの話の続きで言うと、僕は泣ける小説よりは笑える小説のほうが好きなんですよ。『なぎら☆ツイスター』は、北関東の田舎の、すべてが終わっちゃって死にかけている町が舞台で、そこに都会のヤクザが乗り込んでいく話なんですね。で、主人公以外はどうしようもない奴ばっかりで、そのどうしようもなさと東京近郊の田舎の精神性みたいなものがたいへん愉快に戯画化されている。

北上　最初に読んだ印象で言うとね、巻き込まれ加害者型小説――事件に巻き込まれて自分が加害者になっていく――っていうのがあって、その嚆矢の『**シンプル・プラン**』（スコット・B・スミス／扶桑社ミステリー）と、同じタイプでも、もう少しストーリー性を重視するっていうのかな、そういう奥田英朗の小説の二つを足してライト感覚にしたっていう感じが僕はしたんだけども。

大森　うんうん。

北上　この手の巻き込まれ型加害者小説っていうのは、それ自体がひとつのプロットなわけですよ。そこに人間の心理なり背景なり、何らかの意味を作者がプラスしていって、小説っていうのはできると思う。そこに作家性が出てくるわけなんだけども、戸梶圭太の斬新さはね、そこに何もつけないで、核だけ放り出したことじゃないか、って気がするんだ。

大森　うん、そうそう。まあひとつは、ルーシー・ブラックマン殺害事件とか、実際に起きてるワイドショウ的な事件を見てると、ノワール的な〝人間の心の闇〟とか、現代社会の歪みとか、そういう問題とは一切関係ないのが多いでしょう。被害者も犯人もほとんど何も考えてない。それを戸梶圭太は〝激安犯罪〟と呼ぶんだけど——現実にはむしろそういう、なんの深みも内面もない犯罪のほうがふつうじゃないか。とにかく加害者も安いし被害者も安い、舞台から何から全部安っぽい感じがする、そういう犯罪のほうが実は多いと。

ところが小説のミステリでは、密室殺人みたいなものすごく頭のいい犯罪者の話か、そうじゃなければやむにやまれず人を殺してしまったことで生じる苦悩とか後悔とか、どうやって逃げ延びようみたいなハラハラドキドキとかを描く話か、どっちかだったんですね。つまり、大きく分けると、人工的な本格ミステリか、社会派的なリアリズムか、二つにひとつだと。でもそういう、北上さんが言ったプラス・アルファみたいなものは、現実にはないんだと。だから小説にもなくていいんだっていうのが戸梶圭太の小説観で。

北上　そうなんだよな。それ以前は、何もなかったら小説にならないじゃないかと……。

大森　それを書いても小説にならないというのが伝統的な小説観だったけど、**戸梶圭太はバカな奴をバカなまま書いて面白い小説になることを証明した。**

――(笑)。

北上　ただ、何もないっていうのは登場人物の内容という意味であってね。『なぎら☆ツイスター』は小説の結構が非常に緊密に考えられてて、実にうまいなあと思ったよ。

――じゃあ、北上さん的にもそれなりに楽しめたという感じですか。

北上　こんなに何もないのに、次が出たら、また読みたくなっちゃうんだよ。

――(笑)。何もないのに、けっこう長い長編ですけどね。

北上　いやいや、何もないよ、これ(笑)。でも、すいすい読めるし、癖になる小説なんですよ。

大森　犯罪小説・冒険小説のおたく化が最近の潮流だと僕は思ってるんですけど――例えば、この小説で言うと、ヤクザが死体を包むのに使うのが「ケロケロケロッピのビニールシート」とわざわざ書いたり(笑)――それって最近のやくざ映画の流れともパラレルなんですよね。三池崇史とかクエンティン・タランティーノとかの映画が好きな人なら絶対楽しめる犯罪小説がすごく増えてきてる。最近だと、奥田英朗の『**最悪**』(講談社文庫)とか、内山安雄の『**ドッグレース**』(講談社)とか、小川勝己の『**葬列**』『**彼岸の奴隷**』(ともに角川文庫)とか。その潮流の中でも激安街道をひた走るトップランナーが戸梶圭太なんです。

――作品的には、『湾岸リベンジャー』より『なぎら☆ツイスター』のほうが上なんですか?

大森　『湾岸リベンジャー』もすごく面白いんですけど、最後のアクション場面がちょっと。陰の依頼人だった大金持ちのところに乗り込んでって――ってあたりが、若干バタバタして書き割りっぽい。

北上　君、その部分は作り過ぎだと思わないの?

大森　お笑いの小説だから、まあそんなに気にならない。

北上　ああ、そうなの。ずいぶん好都合な理屈だな(笑)。

大森　(笑)。リアリティの敷居は、作品によって全然違うと思うんですよ。例えば謎めいた館があってその中で密室殺人が起きるって小説に対して、今の日本でそんなことはあり得ないって言ってもしょうがないんで。作品が設定しているレベルに合わせて読むべきだと思うんです。まあでも、『湾岸リベンジャー』の走り屋たちの描写は、すごくリアルで笑えるじゃないですか。『頭文字D《イニシャル》』(しげの秀一) みたいな世界なんだけど、「走り屋は実はおたくだった」っていう観点から非常に悪意を持って描写してるのがすごく面白い。文句があるのは、どんどん脱線してた話を無理やり本線に引き戻すラストの部分だけですね。

北上　俺も面白いと思うよ。ただね、世の中の小説がこればっかりになっちゃうとイヤだよな、っていう気はするね(笑)。一方に川上健一の『翼はいつまでも』があってね、他方にこれがあるっていう、そのバランスがすごくいいと思う。

『ルー=ガルー』と『妖怪』シリーズの共通点

——わかりました。京極夏彦はお二人ともBでそこそこという。今回の中では、それこそ『楯』に続いて大変売れていますし、話題になっているんですが。

北上　面白かったですよ。昨日読んだんですけど、読みはじめたら止まんなくて。ただ、これ、SF的にはどうなんですか?

大森　近未来のディテールはさすがによくできてますね。ただ、話の構造としてはSFじゃなくても成立する話だから。

北上　俺、京極夏彦は最初の三作読んで、そのあと実は読んでなかったんですよ。だから、これ読んだらびっくりした。「えっ？　京極夏彦ってこういう小説書くの？」って。こういう傾向は、前からあったの？

大森　舞台設定を別にすれば、小説の作りは講談社ノベルズの『妖怪』シリーズとほとんど同じですよ。個性的な人物がチームを組んでひとつの悪を退治する――みたいな構造は一緒。

北上　あ、そうなの？

大森　そういう意味で、京極夏彦の作家性がすごくわかりやすく出てる小説かもしれない。

あと、さっきの「泣ける、泣けない」ってポイントと同じように、「燃える、燃えない」って評価軸もあって、**『ルー＝ガルー』のクライマックスはすごく燃えるんですよ。**

北上　ふうん。

大森　うん。少女版・榎木津みたいなとんでもないお姉ちゃんがド派手に登場するところで、それまで抑えてたのが一気に爆発する。

北上　ああ、ゴーグルかけてバズーカ持って。あのシーンに燃えるのか。

大森　待ってました、拍手喝采っていう。

北上　ああ、なるほどなるほど。わかるなあ、それ。

大森　あれ、要するにヤクザ映画ですよね。高倉健が我慢に我慢を重ねた挙げ句、最後に敵陣に乗り込んでいく場面で拍手喝采するのと同じ感覚ですよ。京極さんの場合は、『必殺』シリーズとか『ザ・ハングマン』とかね、ああいうテレビドラマが下敷きみたいだけど、歌舞伎の見得みたいな決めのシーンをかっこよく書くのが前から抜群にうまい。

北上　あっ、最初っからそうなんだ。

大森　京極堂（中禅寺秋彦）が最後に事件解決に乗り出す場面で、いちいち服を着替えたりするじゃないですか(笑)。人物配置もよく似てて、発明お姉ちゃんは榎木津みたいな素っ頓狂なタイプだし、主人公の女の子はわりと引っ込み思案でうじうじしててよくわかんない、なんでこんな奴が語り手なの？っていう、関口巽タイプ。事件の構造とかも、『妖怪』シリーズのとすごく似てますよね。ただやっぱり、独立した話の分、ゼロから人物を紹介してかなきゃいけないから、前半が非常にゆったりしてる。

北上　うんうんうん。

——北上さん的には、久し振りに読んだ京極夏彦は全然違うものだったんですか。

北上　俺は単純に、舞台が違うから「ああ〜、なんか違う話だなあ」って(笑)。

大森　まあ、近未来物ですからね。三十年ぐらい先って、一番書きにくい時代で、大きな災害とかを設定しない限り、「そんなことあり得ねえよ」って話にすぐなっちゃうんだけど、この小説はそのへんの書き方がよく考えてあって、ほとんど違和感がない。出てくる中学生たちも、女の子なんだけどほとんど女言葉を使わないとか、下の名前じゃなくて姓で呼び合うとかね。あるいは人間関係が非常に希薄になってて、みんなそれぞれ勝手にやっててめったに顔を合わせないとか。にもかかわらずチームを組んで戦わせないといけないんで、すごく無理があるんだけど、その無理をあんまり無理と感じさせない。これもまあ、ある種の巻き込まれ型なんですけど、うまく作ってますね。

北上　最後のところはさ、作り過ぎだとは思わないの、君は？

——また出ました(笑)。

大森　最後って、あのネタ？　**あれはバカミスとか言われてますけど**(笑)。

北上　あの創業者の話。

大森　うんうん。あれはもう何でもいい。

——何でもいい(笑)。

大森　ちょっとどうかという気もするけど、まあでも某大ベストセラー小説と同じオチだし(笑)。

あともうひとつ、ビジランティズム（自警主義）は是か非かってテーマもありますね。警察権力が及ばない悪を民間の人間が退治する話って、例えば『必殺』シリーズがそうなんだけど、勧善懲悪のヒーローものの典型じゃないですか。でも、現代の小説で、主人公が悪い奴をやっつけて、それでヒーローになるのはむずかしい。よくあるパターンとしては、悪を退治するんだけど自分も死んで終わり。でもそれじゃ、問題を棚上げにしてるだけじゃないかって。『ルー＝ガルー』の場合は、主人公が中学生の女の子で、悪を退治するために、平気でとは言わないけど人を殺してしまう、殺しちゃってしかも罰を受けないで、非常に宙ぶらりんな居心地の悪い終わり方をする。**その居心地の悪さがこの小説の隠しテーマだと**。

北上　別にそれ自体は新しくないんじゃないの？　主人公が敵を倒したあとに死ぬとか捕まるとかしないで、カタルシスなく終わるヒーロー小説っていうのは珍しくないんじゃないかなあ。ここまで強い意味は持たせてないにしても。**じゃあ何があるって急に言われても思い出せないんだけどさ**(笑)。

大森　宮部（みゆき）さんの『**クロスファイア**』（光文社文庫）とか、貴志（祐介）さんの『**青の炎**』（角川文庫）とかでも、やっぱり同じようなところで決着のつけ方が問題になってる。つまり、最初のうちは主人公に感情移入させなきゃいけないんだけど、主人公が一線を踏み越えたところで、読者に一歩引かせる必要がある。まあ、僕は小説に倫理観なんか求めないんで、そんなことで悩まなくていいのにと思いますけどね(笑)。

北上　この小説について唯一不満なのは――僕はそんなに近未来ものって読まないんだけど好きなのは、その世界のディテール、例えばコンビニとか学校はどうなってるのかとか、それをたくさん読みたいのよ。それでなおかつ近未来だから、今のこれがエスカレートしていって、こうなるんだという理屈がつけてある小説が、すっごく好きなんだけど、そのディテールが少ないよね。

大森　そこが正反対ですね。僕はこれでも説明を書き過ぎだと思う。

北上　そうなの？　どうして？　自分が想像するから楽しいの？　書き過ぎってことは。

大森　だから、そんな説明はいくらでもつけられるじゃないですか。

北上　うん。あっ、その説明は読みたがらないの？　SF人って。

大森　いや、昔のSFってそうだったんですよ。舞台が二〇五〇年なら、二〇一〇年に中国で経済崩壊が起きてこうなりました、みたいな説明が地の文でだーっと書いてあって。

北上　おまえさあ、地の文で書けって言ってるんじゃないよ(笑)。それをうまくストーリーの中に溶け込ませるっていうことですよ。

大森　(笑)。いや、それはそうだけど、SFファンの感覚で言うと、ウィリアム・ギブスン以降、近未来SFはその時代の現代小説として書くのがトレンドだと。

北上　ああ。なるほどね。

大森　映画でいえば『ブレードランナー』の感じ。どうしてそういう世の中になってるかの説明は全然なくて、変貌した世界をいきなり画面で見せる。映像ではそれがふつうじゃないですか。小説もそれと一緒で、なんでそういう社会になったかは読者の想像にまかせる。細かい設定とか小道具とかのディテールだけでその世界にいかに説得力を持たせるか――そこで勝負するのが現代的な近未来SFなんですよ。

業界人は身につまされる？『超・殺人事件』

――じゃあ最後にですね、東野圭吾『**超・殺人事件**』

って、お二人ともあんまり高い評価をつけてなくて、大森さんに至ってはCをつけてるんですけれども。

北上　Cなの？　おまえ。

大森　うん（笑）。東野圭吾の小説自体は前から高く評価してるんですけど、どうもギャグ系列は肌に合わない。僕の趣味から言うとベタ過ぎるのかなあ。この短編集だと、笑いがネタと絡んでる「超犯人当て小説殺人事件」はけっこう好きなんですけどね。最後の「超読書機械殺人事件」なんか——粗筋や書評を出力する読書機械〝ショヒョックス〟の話——けっこう喜んでる人が書評家の間にもいますけど（笑）、これで笑えるっていうのが僕はよくわかんない。

北上　笑えるっていうことじゃないんじゃない？　これはある種の批評じゃないの？

大森　だから、書評に対する批評が非常に紋切り型じゃないですか。業界人としては、枚数の問題とか著者データの収集方法とか、ディテールの甘さを指摘して（笑）、ここにリアリティがないとか言わないと。

北上　ああ〜、そう。でもこれはさ、ショヒョックスというのが、書評に対する批評だけじゃなくて、例えば新人賞とか文学賞の選考委員も使いだして、最終的には誰も本を読んでない、っていうオチになるわけじゃない？　これは怪談だよ、現代の。

大森　（笑）。これってたぶん有栖川有栖の「登竜門が多すぎる」って短編（『ジュリエットの悲鳴』（角川文庫）所収）が下敷きなんですよね。そっちは作家のところに小説書き専用ワープロソフトのセールスマンがやってくる話で、地口や小ネタを大量に入れて笑わせるんだけど、東野さんのはむしろ意外な展開がウリなのかな。

例えばディテールで言うと、ショヒョックスの一番の実用性って梗概出力機能だと思うんですよ。でも、その役割はすでにある程度までインターネットが果たしてる。僕、書評を書きあぐねて困ったときは、ネットで検索して素人の書評を山ほど読むんです(笑)。

――(笑)ネタばれしていいんですか。

北上　時間とか手間かかっちゃうじゃない？　そんなことやる暇あったら読んだほうが早いんじゃないの？

大森　もちろん読みますよ。読んだあとで、じゃあ女性はどう読むか、今の学生はどう読むか、そういうことをネット上で確かめる。

北上　君、そんなことやってるの？

大森　いつもじゃないですけどね。

北上　偉いねえ、**俺そんなの全然気にしないよ。他の人がどう読んでるかなんて**。

大森　(笑)。あと、昔の本の紹介書くこともけっこうあるんで、そうすると読んでても粗筋とかは忘れちゃうじゃないですか。

北上　うん、忘れちゃう。

大森　それを確認するために検索したり。

北上　君はでもさ、自分の書評を全部、パソコンに入れてるじゃん。

大森　僕、書評に粗筋ほとんど書かないから(笑)。

北上　おまえもそうか。俺もそうなんだよ。**自分の書評が役に立たないんだよ**。な？(笑)。

――(笑)。けっこう身につまされて二人とも読んでて、もう東野さんの戦略は、ずっぱまりじゃないですか。

北上　いや、読者は別にどう感じるかわかんないけども、業界の人たちは身につまされるよね、すごく。そういう意味で話題になったような気がするんだけど。

大森　だから小説の評価じゃないような気がするんだけど(笑)。

大森　僕としては、もっと瑣末な部分を書いてくれないと、今いち身につまされない(笑)。

北上　小説っていうのはいろんな読み方があっていいし、楽しさがあっていいと思うんですよ。例えば今回のテキストで言うと、川上健一の『翼はいつまでも』はね、僕はエンエン泣きはしなかったけども、正統的な少年小説としてたっぷり堪能できるし、戸梶圭太の

『なぎら☆ツイスター』は読んだあと何も残らないけども、なんか癖になってまた読みそうだっていう、小説を読むことの楽しさがありますよね。この東野圭吾の『超・殺人事件』も小説として、っていうんじゃなくて、ある種の業界的な話題性、なんかちょっと身につまされて——つまり本は今誰も読んでないという結論にはやっぱり感じ入りますよね。そういう楽しさのひとつとして僕は面白かった。

第3回

(2001年 冬)司会＝渋谷陽一

ブック・オブ・ザ・イヤー2001

編集部選

宮部みゆき『模倣犯』（小学館）

白川道『天国への階段』（幻冬舎）

高野和明『13階段』（講談社）

京極夏彦『ルー=ガルー』（徳間書店）

小野不由美『黒祠の島』（祥伝社）

北上選

1位：唯川恵『肩ごしの恋人』（マガジンハウス）

2位：高橋克彦『天を衝く』（講談社）

3位：ロバート・ドレイパー『ハドリアヌスの長城』（三川基好・訳　文春文庫）

4位：デニス・ルヘイン『ミスティック・リバー』（加賀山卓朗・訳　早川書房）

5位：川上健一『翼はいつまでも』（集英社）

大森選

1位：小川勝己『眩暈を愛して夢を見よ』（新潮社）

2位：奥泉光『鳥類学者のファンタジア』（集英社）

3位：舞城王太郎『煙か土か食い物』（講談社ノベルス）

4位：マイケル・マーシャル・スミス『オンリー・フォワード』（嶋田洋一・訳　ソニー・マガジンズ）

5位：グレッグ・イーガン『祈りの海』（山岸真・編訳　ハヤカワ文庫SF）

『13階段』で判定する乱歩賞受賞作レベル

――今回は拡大版で、この一年で最も面白かった五冊をそれぞれ挙げていただき、編集部からも今年話題になった五冊を挙げるという形なんですが、まず編集部の五冊からいきましょうか。**『13階段』**(高野和明)はどうでした?

大森　僕これまったく買わないんですけど(笑)。

北上　わかるよ、買わないのは。ただ乱歩賞というのは少し前、誰も読んでなかったと言って等しいぐらい、信用をなくした時期があるだろ。真保裕一とか例外はあるんだけども。ところがここ数年、特に去年の**『脳男』**(首藤瓜於/講談社文庫)にびっくりして、明らかに今までだったら乱歩賞を獲る作品じゃないものがあがってきた。だからそういう意味でちょっと期待があったんで、少し採点を甘く読んだ記憶がある。

大森　でも、これでまた昔に戻っちゃったじゃないですか。

北上　いや、完全には戻ってないよぉ。昔に比べればまだいいよ。批判はわかるけどさ。『脳男』がちょっと突出し過ぎたような気がするね。

大森　『13階段』って、いかにも乱歩賞の傾向と対策を踏まえた優等生の答案みたいでイヤですけどね。冤罪の死刑囚とか社会派っぽい設定を使いながら、最後のところでリアリティをすっ飛ばして活劇風になるという。あのトリックも納得しがたいし。

北上　**何だっけ、トリックって覚えてねえなあ、俺。**

大森　印鑑かなんか偽造するんですよ、立体コピー機みたいな最新鋭の工作機械を使って。で、意味がよくわかんないんだけど、それをどっかに山の奥に隠してるんですよ。それを見つけるのがクライマックスじゃなかったっけ？　この人たち、なんでこんなことやってるんだろうと思ったな。あと、いくらなんでも偶然に頼り過ぎじゃないですか。ツッコミどころは多い。

北上　最大の問題はあれですよ。冒頭に依頼を受けるわけじゃないですか、主人公が。

大森　成功報酬一千万円払うから、記憶喪失の確定死刑囚の冤罪を晴らす証拠を見つけてくれと、仮出所した若者が頼まれるんですよね、刑務官から。期限は三カ月ってことで、そこからタイムリミット・サスペンスになる。

北上　あの依頼はどう考えても不自然で、それが最大の弱みだよね。あんなの絶対裏があるだろ。

大森　依頼人の名前は明かせないとか言いますからね。

北上　だから、構造的に確かにちょっと弱みはあるよ。俺はあれが一番弱いと思う。

大森　そうですか(笑)。僕は、そこは目をつぶってもいいなと思うんだけど。ツカミとしてはOKじゃないかなあ。プロットはそれなりによく考えてありますよ、ディテールが甘いけど。だから、乱歩賞を獲ったことには文句ないんだけど、何が面白いのかはよくわからない。

北上　だけど、乱歩賞に対するみんなの評価ってあるじゃない？　それが今までは非常に低かったから、それに比べればまだいいんじゃないのかな。

——では、次は非常に今年売れました白川道の『**天国への階段**』にいきたいんですけれども。

大森　これはとにかく、今までずっと読むまいとしてたんですよ(笑)。

北上　今回初めて読んだの？

大森　そう。幻冬舎の全面広告と一緒に鳴り物入りで新刊が出たときに読まず、ミステリ・チャンネルの『ベスト・ブックス』って番組で書評タイトルに上がったときも、「これだけは勘弁してください」と逃げた(笑)。今回は逃げられなくてとうとう……。

――で、読んでどうでしたか？
大森　読まなければよかった(笑)。
北上　だと思ったよ。
大森　これで感動するっていうのが、僕にはさっぱりわからないんですけど。
北上　う～ん。この小説に関してはちょっと言いにくいんだよなあ……白川さんの作品としては……。
――白川さんの小説はお好きなんですよね、北上さんは。
北上　うん。
――その中でこれは低い評価なんですよね。
北上　うん。ちょっと言いにくいんだけどなあ。
――白川道は非常に優れた作家であるが、っていう文脈でどうですか。
北上　というか白川道は、デビュー作『**流星たちの宴**』にしても、その次の『**海は涸いていた**』（ともに新潮文庫）にしても、物語の結構はある意味でギクシャクして決してうまくないんですよね。でも、それでも僕が絶讃してきたのは、そういう、ある種破綻を孕んでいる物語なのに、その破綻の底からこの人の訴えかけたいものが伝わってきたんで絶讃してきたんです。けれども、そういう点で今回の作品はやや欠けている、と言わざるを得ない……。
大森　苦しそうな北上次郎(笑)。
北上　……ということですかね。
大森　だって、これはもう、**通俗の極みみたいな話でしょ**。
北上　でも、別に通俗が悪いっていうことはないと思う。『海は涸いていた』だって、東映ヤクザ映画みたいなシーンがいっぱいあるしね。兄と妹で泣かせるシーンとかね。だからそういう意味では、日本の大衆小説が綿々と書いてきたさ、通俗的なドラマがけっこうたくさんあるんですよ。
大森　いや、でもコブシの回し方が違うんですよ。『海は涸いていた』ではもっと抑えた、背中で見せるタイプ。それはそれでひとつの渋さがあると思います。でも『天国への階段』は、ほら、温泉旅館であるじゃないですか。座敷の大広間に舞台がついててさ、宴会が始まったら、頼みもしないのに派手な衣裳着たおじさんが舞台に出てきて、演歌に合わせて当て振りで踊りだすみたいな、それぐらいの古典的な俗っぽさですよね。ストーリー的には先を読ませる力があるにしても、特に女性の登場人物なんか、いくらなんでもこれあんまりでしょう。ドリーム入り過ぎというか、お母さんと話をするシーンなんか、とてもこの世の人間とは思えない。茫然としましたよ。昭和三十年代以前の小説だったらまだ許せるかもしれないけど、とても今の小説じゃないなと思って。こういう世界に没入できる人っていうのは、よほど何て言うか、現実を見ないで済む幸せな人かな(笑)。そういう人がたくさんいたからベストセラーになったんでしょうけど。

北上　確かに、白川道の作品の中では、『海は涸いていた』『流星たちの宴』という過去の傑作に比べればやはり落ちますよ。だから、そういったクオリティと売れ行きは別なんだなっていうことを、この本は証明したよね。

大森　この本で一番愕然としたのは、そういう演歌な話なのに、タイトルからわかる通り、レッド・ツェッペリンが鍵になってるんですね。かつて将来を誓い合った彼女と泣く泣く別れて、天国への階段を探しにいく——みたいなことを言って離れ離れになり、その男女が二十数年後に再会してどうこうみたいな話なんですけど、**もはやツェッペリンはそういう世界に同居できる存在になってるのかという**(笑)。そこが最大の驚きだった。

——(笑)それはなかなか僕的には切ない話ですけど。

大森　僕のレッド・ツェッペリン観は根底から覆されましたね(笑)。

――北上さんはレッド・ツェッペリンなんかどうでもいいんでしょうけどね。

北上　なあに、それ？

大森　（爆笑）。

――ほんとにご存じないんですか？

北上　知らないよ。なんか関係あるの？

大森　だから〝天国への階段〟Stairway to Heavenっていうのは、レッド・ツェッペリンの代表曲なんですよ。イギリスのロックバンドの。白川さんは、タイトルに使うぐらいだから、ほんとに好きなんでしょうけどね。世代的に言うと、ツェッペリンのコアなファンはやっぱり五十歳ぐらい？

――そうでしょうねえ。僕がちょうど五十歳で、ツェッペリン評論家と言われてますから。

大森　ツェッペリン評論家の人はこれ読まないと。

――読むと腹が立ちそうだなあ（笑）。

大森　あと、もうひとつ納得できないのは、この主人公が殺すわけないじゃないですか、あいつを。

北上　う〜ん、そこまで覚えてないんだ、実はもう（笑）。

大森　いかに立派な人かというのをこれだけの枚数かけて書いておいて、なんか昔の知り合いが訪ねてきて、ついカッとして殺しちゃいましたっていうのは非常に不思議ですよね。人生ものっていう意味では、これ、僕の中ではデニス・ルヘインとかと同じ系列なんですけど。

北上　系列はね。系列は同じだけど仕上がりは違う。

大森　相当違いますね。でも、今回選んでる本見ても、だいたい人生を語って感動させるような小説が北上さんのストライクゾーンでしょ。**北上次郎は小説に人生を読む。**

北上　そうかなあ。自分じゃよくわかんないけど。

大森　ハードボイルドの読み方なんか、絶対そうですよ。

北上　そうかなあ。でも、とにかく『天国の階段』と

『ミスティック・リバー』（ハヤカワ・ミステリ文庫）は全然違うんで、それは一緒にしないでいただきたい。

宮部みゆきは現代の国民作家だ！

——次は『模倣犯』（宮部みゆき）なんですが、こちらは連載時も高い評価があったわけですが。

北上　いや、これはやっぱり傑作です。

——だからほんとクオリティでもセールスでも、宮部さんひとりが頑張っているっていう状況に見えるんですけれども、やっぱりそういう存在なんですかね。

大森　だと思います。すごいなあと思ったのは、『模倣犯』のあとに『R・P・G・』（集英社文庫）を出しましたよね。これがまた完成度が高くて。『模倣犯』と『R・P・G・』を併せると、今年のベスト1にしてもいいぐらいですね。

北上　つまり、宮部みゆきのすごさっていうのは、例えば僕と大森望でもいろいろ評価は分かれるわけじゃないですか。まあ、小説ですから好みによって読者が分かれるのはしょうがないんですけども。だけど、宮部みゆきというのは、**そういう好みを超えて万人を納得させちゃうところがあるんですよ**。だから、こういう作家というのは本当、三十年に一度しか現われないようなすごい作家なんじゃないですか。

大森　僕は逆に、『模倣犯』は万人向けになり過ぎじゃないかと。

北上　ああ、なるほど。

大森　もう好きに書けるんだから。

北上　ちょっとひねくれてる人はそう思っちゃうんですよ。

大森　そうそうそう（笑）。

北上　ね？　でも素直に考えればこれある種好みを超

えて読ませるんですもん、すごいですよ。

大森　僕、いつも駅前の喫茶店で仕事してるんですけど、そこのおばさまがたとの最近の話題は、もっぱら宮部みゆき(笑)。何か一冊読むたびに、「宮部さんの何々を読んだんですけど、あれは面白かったです」って話をしにきて(笑)。「今まで小説なんかほとんど読まなかったんだけど、宮部さんだけは別」って。たまにダブった本をあげるとすごく喜ばれる。**ふつうの人との会話のネタは主にサッカーと宮部みゆき**(笑)。

北上　そう、ふだん本を読んでない人でしょ？　ふだん本を読んでない人から、我々みたいに商売で読んでる人間まで納得させるんだもんね。だから国民作家っているじゃないですか？　昭和三〇年代の吉川英治とか、そのあとの司馬遼太郎とか。でも、司馬遼太郎の次は誰かっていうと、宮城谷昌光とか池宮彰一郎とかって言われるけども、もしかすると宮部みゆきじゃないかっていう気がする。

――『R・P・G・』はどうなんですか？

大森　『R・P・G・』は、『模倣犯』の刑事と『クロスファイア』の刑事を再登場させる、いわば企画ものっぽい小品なんですけど、文庫書き下ろしという出版形態から、話の内容や仕掛け、キャラクター、小説の長さ、本の値段まで、完璧にマッチした感じなんですね。しかも大作の『模倣犯』とペアにすることでさらに両方輝くという。

――なるほどね。次は小野不由美の『**黒祠の島**』。これは非常に手堅く売れた印象があるんですけれども。

大森　祥伝社のNONノベルでは久々の大ヒットじゃないかな。

北上　読んでないなあ。〝ホラー〟という文字があるともう読まないんで。

大森　ホラーじゃないって。これは本格ミステリ(笑)。

北上　そうなの？　なんかホラーっていう文字なかった？《十二国記》(講談社文庫)の大ファンなんで、あっちなら読むんだけど。（本を手にとって）あれ？　ホラーって文字ないなあ、**なんでだろう。なんで読まなかったのかなあ。**

——大森さんはどうですか。

大森　マニアックな本格ミステリ読者の間ではたいへん評価の高い作品なんだけど、僕はあんまり好きじゃない。というか、基本的に、端正な本格ミステリってあんまり興味がないんですよ。

北上　端正なんだ、これ。

大森　うん、非常にきっちりと書かれてますね。ただ、こういう孤島もの、つまり孤島で因習を守って暮らしてきた一族の秘密とか、そういうのって、異世界ファンタジーみたいなものにしてしまうとか、なんらかの大仕掛けを施さない限り、現代小説としては成立しにくいと思うんですよ。最初からものすごく人工的な舞台として作ってしまえばまた別だけど。『黒祠の島』の場合は、〝因習に閉ざされた島〟という異界が非常にきっちりした文章でていねいに書かれているだけに、よけい違和感があって。だから、立派なミステリではあるけれども僕の趣味じゃないなあと。

北上　ひとつ訊きたいのはさ、そういう端正なミステリって今も多いの？

大森　いや、多くはないですよね。

北上　ねえ？　なんか少なくなってるような気がしない？

大森　うん。去年までは割と揺り戻しで、狭い意味での本格ミステリを書こうっていう風潮がなんとなくあったんですよね。倉知淳さんの『**壺中の天国**』（角川書店）とか、北森鴻さんの連作とか。でも今年は逆に、僕が挙げた小川勝己さんとか舞城王太郎とか。そういう変わったものが出てきて、やっと二十一世紀らしくなったかなっていう感じがする。それはもう本格じゃないって言う人も多いと思いますけど、僕はそういう他のものといろいろくっついたり離れたりしてどんどん変わっていっちゃうところが面白い。

――最後は京極夏彦の『**ルー＝ガルー 忌避すべき狼**』なんですが。

北上 連載でも話したんですけども、今まで僕は京極夏彦のいい読者じゃなかったんですね。だけど、これはすごく面白くて、大森くんに「京極夏彦らしくないよね」って言ったら、「そんなことない。これがそもそも京極なんだ」と言われて（笑）。

大森 活劇書くのすごくうまいですよね。

北上 うん、うまいうまい。

大森 初期はトリックに向かって収束するみたいな話がメインなんですけど、その中でもすごく活劇的な要素はあって。大勢のキャラクターを登場させて対決させたり、『**巷説百物語**』（角川文庫）のシリーズが典型的ですけど、何かひとつの目標に向かって『スパイ大作戦』的にミッションを遂行するみたいな話を書かせたら、今は右に出る人がいないくらい。

北上 そう、だから非常にわがままなことを言わしていただければ、ハードボイルドの分野の側に立つとね、**ハードボイルドを書かせても、京極夏彦だったら充分に傑作が書けるんですよ。**なのにそういう才能のある書き手が、今違うジャンルに行っている。それが非常に悔しいですね。

ジュニア小説家から化けた唯川恵

――じゃあ次は北上さんの五冊に入ろうかと思うんですが、まず何からいきましょうか。

北上 僕、今年の一位はね、唯川恵さんの『**肩ごしの恋人**』なんですよ。

大森 これが一位なの？

北上 唯川恵っていう人は、もともと集英社のコバルト文庫で書いていて、いつから大人向けの小説を書きはじめたのかはわからないんですが、去年の『**ベター・ハーフ**』（集英社）という小説で「おや？」と思ったんだよね。そして、この『肩ごしの恋人』で完全にぶっ飛びました。帯には「恋愛小説」となってるんだけども、もうそういうジャンルを超えちゃってる。これを読みながら、山本文緒の『**ブルーもしくはブルー**』と『**パイナップルの彼方**』（ともに角川文庫）にびっくりしたことを思い出しました。テーマはシンプルで、幸せとは何か、結婚とは何か、というものなんだけど、展開の先が読めないんですよね。そういう小説は人物造形が絶妙じゃないと耐えられないんだけど、それが見事なんですよ。例えば、冒頭、主人公の萌は友達の結婚披露宴に出席してるんですけど、その友達の新郎というのが自分の前つきあってた男で、新婦のつきあってた男が自分の横に座っているという複雑な関係から始まって。そして、その披露宴の帰りに、萌は新婦の前の男とすぐホテル行っちゃうんですよ。そうしたら萌の携帯に新婦から、「もうやっちゃった？」とかって電話がかかってくる。絶妙な冒頭でしょ。テーマは単にヒロインの自分探しなんだけども、それをこういう物語で書けるっていうところがすごいと思いますね。

大森　すごくよくできたキャラクター小説。

北上　つまりね、声を大にしてこれを一位にしたいのは、ミステリとかSFとか時代小説とかのジャンル小説はわりと評判になるんですよ。だけど、これはいわゆる一般小説なんで、そうするとなかなか評判になりにくい。だから、**ミステリと一般小説が同じレベルならば一般小説のほうをなるべくプッシュしたい**という戦略があって、これを一位にしたい。

大森　楽しく読んだんで文句を言う気は全然ないんだけど、女同士の腐れ縁を書くのがうまい女性作家って他にもたくさんいるじゃないですか。例えば図子慧とか、若竹七海とか。そういうのと比べて突出してオリジナルな小説かというと……。

北上　俺はうまいと思うなあ。去年の『ベター・ハーフ』と比べても数十倍うまくなってるし。他の作家と比べても、例えば図子慧はわりと評価する作家なんだけども、正直言うと、まだ今は才能の割に物語がギクシャクしすぎてるよね。

大森　図子慧の**『閉じたる男の抱く花は』**（講談社）って読みました？

北上　読んだ読んだ。あれはちょっとまだだったなあ。

大森　あれって、ギクシャクしてるというか、男にはどうもよくわかんなくて、謎が多いんですよ。ふらっと通りかかった男に惚れてメロメロになっちゃうみたいな感覚がね。わかんないからすごく気になる。それに対して、『肩ごしの恋人』はすごくよくわかって面白いんだけど、その分ひっかかるところがないから、非常に楽しく読み終わって、すぐ忘れちゃう。

北上　あ、そう？　**それは不幸だねえ、こんないい小説を忘れちゃうとは（笑）。**

――反対の意見言われるとうれしそうですよね、北上さん（笑）。

北上　つまり、北上次郎は小説に人生の感動を求めてるみたいなことをさっき大森望は言ったけどさ、必ずしもそうじゃない、今回たまたまそういうものが多いだけで。これなんか、感動ないですよ。そういう意味での人生の感動は。でも、これがベスト1なんだよ。

大森　わかりました、そこは認めましょう。

北上　はい、その先、ちょっと反論して下さい（笑）。

大森　『肩ごしの恋人』を一位にするんだから、**北上次郎はまだまだ若いと**（笑）。

北上　何言ってるの（笑）。褒められた気分になんないな、それは。

大森　まあとにかく、僕にとっての『肩ごしの恋人』は、上質のポップコーン・ノベルっていうイメージですね。

――では北上さんの第二位は？

北上　順位をつければ、二位は『**天を衝く**』かなあ。作者の高橋克彦さんは去年『**火怨**』（講談社文庫）で吉川英治文学賞を獲ったんですよ。僕はそのとき読み逃がしちゃって、知人から「あんなすごいの読んでないの？」って言われて、しょうがなく読みはじめたらびっくりした。そして今回もそれに匹敵する歴史小説で。まあ、物語的には、『肩ごしの恋人』みたいに先の展開が読めないっていうことはないんだけど。

大森　そりゃそうでしょ(笑)。

北上　ふつうのストレートな物語なんだけど、とにかくねえ、合戦描写がすごい迫力なんですよ。戦略の天才と言われた主人公が十万人の秀吉軍に対して五千人の兵で戦う迫力だよ。時代歴史小説というジャンルでいっても、すごいレベルですね。

大森　この本の一番のポイントは、世が世なら天下を統一できていたはずの天才軍略家が、生まれる時と場所を間違ったばかりにもがき苦しむってとこだと思うんですが。

北上　そうそう。時代がちょうど信長が活躍する頃から始まって、秀吉が天下を取るまでなんだけど、信長が京都でいろいろやるじゃないですか。ところが主人公は東北で閉じ込められちゃうわけですよ。南部家が固まれば五万人の兵を持ってるわけですから、彼は関東から京都にまで攻められるんだけども、その南部家自体が内紛でもめてるという。

大森　「俺がその気になればなんでもできる」と本人は思ってて、主人公はみずからの不遇を外的要因のせいにするんだけど、最後のほうで友達の坊主から、「結局おまえはええかっこしいやったからこうなった」みたいな説教をされるんですよね。そのへんのバランスのとり方が抜群にうまい。武士道にこだわったばかりに滅びの道を歩んだ天才の悲哀っていうか。

北上　**あのねえ、君の説明聞くと、すごくつまんなそうに聞こえるのね。**

——はははは！

大森　（笑）。いやいや、それがあるからこそ、歴史に興味がなくても今の小説として面白く読めるんですよ。天才軍略家の成功物語というだけじゃない。合戦だけじゃなくて、パワー・ポリティクスとか人間観察とか人心掌握とかの面でも主人公はたいへんな天才で、その天才ぶりがしっかり納得できるように書いてある。なのにどうも最後のところでうまくいかないと。そこが面白い。

——まあ、それだけにキャラクターにリアリティがありますよね、いわゆる英雄譚にはならない。

大森　主人公の永遠のライバルみたいな、敵方の頭領になっちゃう男についてる軍師がめちゃくちゃいいですよね。北信愛だっけ。

北上　跡目を継ぐ奴もいいじゃん。最初はまったく何も考えてない卑劣な男なんだけどだんだん逃げ回ってるうちにそいつがどんどん成長していく。殺しておけばよかったと主人公があとで後悔するんだけど。

大森　あの逃げ回るところは傑作ですよね。

北上　いいよねえ。まともに戦ったら負けないんですよ、主人公は。でも、そいつが逃げ回っちゃうんですよ、ずう〜っと最後まで。そういうディテールの面白さがいろんなところにたくさんある。だから小説として実によくできてますよ、これは。

——大森さんとしても非常に楽しめた？

大森　ええ。戦国時代の歴史小説を読むなんて『**国盗り物語**』（司馬遼太郎／新潮文庫）以来、三十年ぶりですけど、これは面白かったですね。『**銀河英雄伝説**』（田中芳樹／徳間文庫）とか『**デルフィニア戦記**』（茅田砂胡／中公文庫）みたいだった。って、それは話が逆か（笑）。

——第三位は？

北上　『**ハドリアヌス（の長城）**』（ロバート・ドレイパー）かなあ。これはたぶん、僕の今年の翻訳ミステリー・ベスト1なんだけども。

翻訳ミステリ二作が描く人間ドラマの醍醐味

大森　いかにも北上印。

――連載のときも取り上げたんですが、けっこう意見が分かれた作品でしたよね。

北上　そうなの？　僕、大森くんがなんて言ったか覚えてないな。

大森　刑務所にあんな何年も入ってて、あんなに純粋でいられるのかと。

北上　ああ、わかった、思い出した。「そんなにいい心であるわけない」みたいなこと言ったんだ。

大森　ちょっと世間知らず過ぎるんじゃないのっていう。

北上　非常に簡単に言えば友達のために刑務所に入った男が、そこから出てきて、刑務所が自分のまわりの檻だったのではなくて自分が自分の心の中に檻を作ってたっていう二重の檻を抜け出るまでの話なんですよ。**話の多くは刑務所時代の回想なんだけども、これが胸キュン**。刑務所長官の家のハウスボーイになるんですが、友達が青春を謳歌してるのを目の当たりにしながら、自分はそれに入れないという光景を淡々と描くんですよね。いい話だなあ。

大森　（笑）。

北上　話しながらもいい話だなあと思うなあ、俺。どこがいけないの、これ。

大森　別にいけなかないですよ。よくできた話と思います。構成もうまいし。

北上　なんかすごく醒めた言い方だね、その言い方はね（笑）。

大森　でも、北上さん、子供時代の因縁が――っていう話が基本的に好きなんですね。

北上　おまえ、次のこれを意識して言ってんだろ(笑)、『ミスティック・リバー』を。

大森　(笑)。

——大森さん的には、今いちリアリティが希薄という感じなんですか？

大森　いや、そうでもないですけど。ええと……(笑)。

北上　あれなんだよ、だからあのねえ、謎がないからだよな、おまえがあまり乗らないのは。

大森　(笑)。

北上　そうでしょ？

大森　いや、そんなことはないと思いますけど。

——その微妙な距離感を生んでいる原因は何なんですか。

大森　**まあ、はっきり言うと、この人の人生に興味がないんですよ。**

——(笑)。つまり自分の側の問題なわけですね。

大森　だから北上さんは、この主人公に感情移入してるわけでしょ、二重の心の檻に。

北上　感情移入じゃないと思うなあ、感情移入と言うのかなあ、これを。

大森　僕から見ると、何て言うか、もうちょっと頭を使えばいいのにと。自分とまるで思考回路が違うから、あんまり切実感がない。なんだか、「**しなくてもいい苦労をしてる人だなあ、かわいそうになあ**」って(笑)。

北上　だから、しなくてもいい苦労をせざるを得なかったということを読者に納得させるだけには書いてると思うよ。ね？　で、それがあなたを納得させないのは**作者の責任ではなくてあなたの檻が固過ぎるんですよ**、あなたの好みの檻が。違うでしょうか。

大森　……。なんか精神分析合戦になってきちゃったな(笑)。

——はははは。じゃあ次の第四位は？

北上　デニス・ルヘインの『**ミスティック・リバー**』

です。これは三人の子供が街で遊んでいたときにある事件が起きて、それを二十年後とか二十五年後までトラウマとして引きずっていて何か起きるという――まあこれはね、ペレケーノスとか、あとロブ・ライアンの『**9ミリの挽歌**』(文春文庫)とか、わりと最近多いパターンの物語で、ストーリー的に新鮮味がないと言われちゃうと僕は何の反論もできなくて、う～んとうなだれるしかないんですが、じゃあどこに新味を出すかっていうとディテールしかないんですよね。う～ん、そこで、この『ミスティック・リバー』のよさっていうのは……**あっ、俺、解説書いたんだ(笑)**。何て書いてる? うまく説明できてるかなあ。

大森 (笑)。

北上 ……………。

――北上さん、自分がお書きになった解説を読んでますが(笑)。

北上 ほお～、なるほど、「**ミステリーの傑作だ**」って書いてあるよ。う～ん、要するにディテールですよ、その二十五年の間に三人の人生に何が起こったのかを実にうまく物語に溶け込ませて書いている。ということですよ、ね?

――大森さんどうですか?

北上 **批判してごらんよ。**

大森 (笑)。『ハドリアヌス～』もそうですけど、こういうの読むと、やっぱりアメリカは広くていいなあと。基本的にこれって階級社会の話ですよね。三人の子供のうち、スラムみたいな地区の貧しい家の子は、大人になってもブルーカラーの労働者だったり、強盗団のボスを経て雑貨屋やってたりして、裕福な家に生まれた子は同じ街で刑事になってる。そういうことは今の日本でもあるかもしれないけど、小説で書くとウソっぽいでしょ。生まれた街をどうしても出ていけなくて、時給の安い仕事に甘んじてるとか。ところがアメリカの話だと妙にリアリティがある。

ただこれ、中のひとりの娘が殺される事件が起きて、ひとりが容疑者になり、ひとりが捜査を担当するって話なんですけど、ミステリ的なひねりはちょっと弱い。取ってつけたような感じで。北上次郎は解説でミステリとしてもすばらしいと書いてますが(笑)。

北上　いや、なかなかよくできてると思うけどなあ。ルヘインっていうのは、パトリックとアンジーというキャラクターを主人公としたシリーズが角川文庫から出ているんだけども、そのシリーズでも、ついたり離れたりする二人の関係の描き方が見事なんだよね。ルヘインのよさっていうのはそういうところにあると思う。だから『ミスティック・リバー』も、三人の少年の人生が二十五年後になって微妙にクロスしていくドラマが一番魅力的で。

大森　うん。ただ、ちょっとイヤなのは、刑事の別居中の奥さんの話とかね、最後に電話して和解するじゃないですか。「俺が悪かった」という一言だけをずっと待っていたみたいな。まあ、いい話なんですけど。

北上　ああ、あれが取ってつけたように感じるわけだ。

大森　絵に描いたようなエピソードだなあと。

北上　**それは取るに足らないことだね。**

大森　(笑)。北上さん、そういうのは別に好きじゃないんだ。

北上　特別好きじゃないよ。だから取るに足らないことなんですよ。そこが気に入る人はいるかもしれないけども。

『翼はいつまでも』は現代の青春小説か?

——そうなると北上さんの五位は——。

北上　『**翼はいつまでも**』(川上健一)。これも連載で語った少年小説ですが、大森くん、批判したんだっけ?

大森　批判はしてないですよ。ただ、これは普遍的で今の中学生にも通用する話だという北上説に対して、やっぱりちょっと古いんじゃないかと。

北上　今の中学生にはあり得ない話だっていうこと？

大森　音楽に人生を変える力があるっていう素朴な信仰に関しては、現代には通用しにくいと思う。団塊の世代のノスタルジー小説としては非常によくできてるけど、今の中学生の小説としても読めるとは思わない。

北上　ああ、なるほどね。僕はだから、音楽が自分を変えるというのはこの小説にとってテーマの一部であって、すべてではないと思うんですよ。音楽は同時に、友情であり、初恋であり、そういううちのひとつなんですよ。

大森　でも、ビートルズの音楽が象徴するような理屈——何か非常にシンプルなことで全然違う人生が開けるという考え方が根底にあるわけでしょう。僕の時代感覚とはそこがちょっとずれる。例えば……金城一紀の『**レヴォリューションNo.3**』（講談社）。

北上　はいはい。

大森　あれも同じぐらい単純な話なんだけど、あっちはギリギリ今の思春期小説として成立する気がするんですよ。世界が変わったとあえて錯覚するのはOKで、そういう話が今成立しないとは思わない。ただ、『翼はいつまでも』のクライマックスみたいに、嵐が来て稲妻がピカピカ光って、そこを裸で飛び回ってバンザ〜イみたいなところまで行っちゃうと、それはやっぱり夢の世界だろうと。まあそのへんは微妙な違いかもしれませんが。

世界が一変する本格ミステリの快感

——じゃあ今度は大森さんの五冊なんですが、一位は？

大森　小川勝己の『**眩暈を愛して夢を見よ**』です。これは北上さんが読んだら結末で激怒するに違いないという。

――はははは！

大森　企画もののAV女優が失踪し、同時に彼女の関係者の周りでは連続殺人が起きて……というサイコサスペンス風の導入なんですけど、調べていくと、そのAV女優はかつて深夜のお色気番組でオールナイターズみたいなことをやってて、番組中ではドングリちゃんと呼ばれて共演者からいじめられていたらしいことがわかる(笑)。で、「どんぐりころころ」の歌詞に合わせたような見立て殺人が起きる――というあたりまではいかにもな展開なんですよ。

ところが、実は彼女はミステリ作家志望でミステリ同人誌に参加してたことがわかり、彼女が書いた短編とか、それをクソミソにけなした合評会の再録とかが、小説の中にどんどんはさまってくる。(大学ミステリ研出身の）法月（綸太郎）さんなんか、そこがリアルすぎてあんまり身につまされるんで辛かったとか言ってましたけどね。さらには、端役みたいな登場人物が書いたシナリオまで挿入されて、いったい何なんだこれはと思いながら読んでくと、本格ミステリ的な解決が義務的に描かれたあとで、それをどんどんひっくり返すようなぐちゃぐちゃのたいへんな展開になり、さらに一番最後でそれまでのすべてを放り出して、後ろ脚で砂をかけてゴミ袋に入れて出しちゃうみたいな(笑)悲惨な結末が用意されているという、そういう話なんですよ。

北上　こういうのってさ、今までにもあったじゃん。

大森　ええとそれは、前にここで話した『黒い仏』(殊能将之)とか、京極夏彦の『姑獲鳥の夏』とかのこと？

北上　そう。そういうのをさ、大森望と好みが一致する人たちってうれしがってね、面白い面白いって言うんだけども(笑)、俺、何を面白がるのか本当にわからないのよ。**だってさ、従来の小説の文法で言えばさ、怒るよね。**

大森　そうですかねえ。主人公に感情移入させて最後に感動を残して物語が終わるのが、まあふつうの小説だとすればですよ、僕はむしろ、小説が作った世界が最後に全部崩壊しちゃうとか、別のものに変わっちゃうとか、そういうものに感動するんですよ。

北上　つまり小説には非常に多くの人工的な仕掛けがあるわけだけども、その仕掛けによって目の前の物語が崩れてしまうという、なんて言うの、アンチノベルみたいなものに感動するの？

大森　アンチノベルとかアンチロマンっていうとまた別ですけど、基本的にはジャンル小説のフォーミュラを踏まえたうえで、それを崩したり、ぎりぎりの境界線上で綱渡りしたりするものに興味がある。ＳＦでもミステリでも文学でも、読み終わったときに世界の見え方が変わっちゃうような小説が理想なんです。それまで信じていたものががらっとひっくり返るとかね。本格ミステリで言えば、それまで高いレベルで緻密に語られてきた物語が、「実はこうだったんだ」という解決が提示された瞬間に一変する。読者が頭の中で作ってきた世界が全部ががらがらと崩れて、全然別の世界がぱーっと開ける。そういう一瞬に感動するんですよ。前にも言ったけど、クリスティの『アクロイド殺し』みたいな。

北上　ああ、なるほどぉ。『アクロイド』ってそうだもんね。それまで読んできた物語が変わっちゃうわけだからびっくりするわけだよね、子供心に。

大森　でも、今あれをそのままやっても誰も驚かない。だからみんな、手を変え品を変え、技巧を凝らして努力してるわけです。

（以下、『眩暈を愛して夢を見よ』の結末に言及しています。未読の方はご注意ください）

この『眩暈を愛して夢を見よ』の場合も、結末で世界が一変するって意味では同じ系列ですね。ラストの解釈でいろいろ見方が分かれてるみたいだけど、作中にちゃんとヒントがあって、要するにこれは、押井守の『うる星やつら2　ビューティフル・ドリーマー』なんですよ。友引町の居心地のいいユートピアが、本格ミステリの甘美な閉じた世界に置き換えられてる。つまり、本格ミステリがもたらす眩暈の感覚を夢見た作家志望の女性が――でも、ついに自分ではそれを果たせないまま死んでいった哀れな女性が――最後の一瞬に見た夢の話なんです。ふつうの小説だったら、読者が彼女に共感するように書くんだけど、小川勝己は思いきり冷たく突き放してる。この数年に読んだ小説の中で、ここまで冷酷無情というか悪逆非道というか、人間性のカケラもない結末はないぐらい。それが本格ミステリの構造とうまく嚙み合ってて、ものすごく怒る人もいるかもしれないけど、僕はつくづく感動しました。

――じゃあ二位は？

大森　奥泉光の『**鳥類学者のファンタジア**』ですね。北上さん、奥泉光は読んでます？

北上　『**グランド・ミステリー**』（角川文庫）は読んだ。あれは傑作だと思った。わりと僕は好きな作家なんですよ。

大森　『グランド・ミステリー』は非常に欲張りな小説で、重量級の傑作なんですけど、それに比べると『鳥類学者～』はすごく肩の力が抜けてて、あっけらかんと楽しい。『グランド・ミステリー』姉妹編みたいなところもありますけど。

北上　話がつながってたりするの？

大森　いや、続いてるわけじゃないんですけど、やっぱり一種の時間SFで、第二次大戦中のベルリンにタイムスリップする話。

北上　それ面白そうだねえ。読もうと思って読み切れなかったんだよ。

大森　この小説がユニークなのは、ヒロインがのんしゃらんなジャズピアニストで、いきなり一九四四年のドイツにタイムスリップしたのに全然動じない。ふつうだったらもっとおたおたするか、何が起きたのか一生懸命調べるとかするところなのに、この主人公はとにかくその場しのぎのことしか考えない。「なんか観光旅行に来たみたい」っていう(笑)、そんな感じで楽しく過ごすんですよね。

　だから、時間SFのパターン——タイムスリップの原因を探るとか、歴史を変えたらどうなるのかと悩むとか——からはどんどんずれて、話がどう転ぶかまったく予想がつかない。流されるままにナチスとかオカルト／伝奇小説系とかのモチーフがどんどん出てきて、なんだかたいへんなことになっていく。でも、一ページに一カ所ぐらい笑うところが用意されるし、キャラクター小説としても抜群ですよ。奥泉さんは芥川賞作家で純文学出身なんだけど、エンターテインメントを書く才能はたいへんなものですね。娯楽小説としてもっと評判になって、もっと売れていいと思うんですけど。

北上　面白そうだねえ、これ。やっぱり俺読もう。だけどさ、これどうして二位なの？　一位じゃなくて。

大森　さっき言った通り、肩の力を抜いた変化球なんで、インパクトはそれほどでもない。とにかく楽しく読める小説。だからまあ、ある意味、『肩ごしの恋人』と同じような感じで読めると思いますよ。

新世紀最高のSF作家
グレッグ・イーガン

——第三位はなんになりますか？

大森　舞城王太郎の『**煙か土か食い物**』。第十九回メフィスト賞を受賞したデビュー作で、この人が僕の選ぶ今年の新人王です。本格ミステリを今どう書くかってことでいろんな作家がいろんな手法を試してるんだけど、これはその中でも一番エレガントな回答だと思います。タイプは全然違うけど、その意味では意外と殊能将之に近いかもしれない。本格の名探偵ってふつうは頭がよくて理性的なんですけど、これの主人公はやたらに血の気が多いアメリカ帰りの天才外科医なんですよ。文体も途切れなく、黒人のラップみたいにどんどん語っていくスタイルで。**僕は勝手にヒップホップ新本格と呼んでますけど**(笑)。そうやって、本格ミステリの対極にあるような登場人物と文体を使ってるのに、いかにも新本格みたいな不可能犯罪やトリックが平気で出てくる。このスタイルがすごく新鮮で面白い。

——だけど、作家的には何を書きたいわけですか。ミステリを書きたいんですかね、それとも文章のグルーヴで時代感を出したいんですかね。

大森　両方でしょうね。これの主人公は男ばかり四人兄弟の末弟なんだけど、兄の三男坊はミステリ作家で、ルンババ12っていう名探偵の登場するシリーズを書いてるんです。ところがそれって、舞城王太郎がもっと前にメフィスト賞に応募していた小説のタイトルなんですよ。つまりこの人、どうも最初は、清涼院流水的なトンデモミステリみたいなのを書いてたらしい。それを一回完全にひっくりかえして、全然別の角度から書き直したのがこの小説なんじゃないかと。だとしたらすごくよく考えて採用した文体だろうし、今こういう全然違うものを持ってくる嗅覚はすばらしい。残念ながら二作目の『**暗闇の中で子供**』(講談社ノベルス)はちょっと不満が残る出来だったんですけど、注目すべき才能だと思います。文芸誌の新人賞からデビューしていれば、中原昌也的な評価をされたかもしれない(その後、『**阿修羅ガール**』(新潮社)で三島由紀夫賞を受賞。「好き好き大好き超愛してる。」は芥川賞候補になった）。**こういう人が出てくるのがメフィスト賞の侮れないところですね。**

――じゃあ第四位はなんでしょう。

大森　マイケル・マーシャル・スミスの『**オンリー・フォワード**』。日本ではすでに『**スペアーズ**』と『**ワン・オヴ・アス**』（ともにソニー・マガジンズ）が翻訳されてますが、これが彼の処女長編で、近未来ハードボイルド的な設定――なんだけど、どんどん話がへんな方向に転がっていく。

舞台は〝近隣区〟という、それぞれ個性豊かなご町内に細分化されてる世界で、失踪した男を探してくれという依頼を受けた主人公が人捜しを始めるのが発端です。冒頭の活劇シーンもよく書けてて、そのハードボイルドの筋立てで読んでいくうちに、だんだんその世界の成り立ちがわかって、そこであっと驚く。

北上　僕も『スペアーズ』は出たときに読んで、まあ、つまんない作品じゃなかったんだけど、ただ次の作品を読もうという気にはならなかったなあ。

大森　『スペアーズ』も、筋立てはふつうのクローンもののSFサスペンスなんだけど、**舞台が二百階建ての飛行機なんですよ**（笑）。巨大飛行機がストライキかなんかで飛び立てなくなって、ずうっと空港にいるうちに不法居住者が住みついて、飛行機が九龍城みたいな街になってるという。マイケル・マーシャル・スミスって、そういうめちゃくちゃな設定を平気で書いちゃう人なんです。『オンリー・フォワード』はデビュー作だけあって、商業的な制約にほとんど気を遣ってなくて、好きなように書いてる。だからこれが一番へんてこで、僕は一番好きですね。特に後半の謎解きの理屈にはちょっと茫然とする。科学的な裏付けはまったくないんですけど、ロジカルなほら話が好きなSF読者は狂喜するタイプの小説だと思います。筋立てはハードボイルドだから、ミステリ好きの人もOK。とにかく変わった小説が好きな人にはおすすめですね。

——なるほど。となると最後は。

大森　『**祈りの海**』。二十一世紀のSF作家として誰かひとりだけ読んでおくべき作家がいるとしたら、それはこのオーストラリアのグレッグ・イーガンです。

北上　そうなの？　へえ〜。

大森　これは短編集で、この前に『**宇宙消失**』（創元SF文庫）と『**順列都市**』（ハヤカワ文庫SF）っていう長編が二冊翻訳されてますけど、とっつきやすさではこれが一番かもしれない。イーガンは、現代科学の最先端を作品に取り入れるって意味ではハードSF的なんですけど、日常的な身体感覚とか生活感をすごく大事にするんです。

量子力学とか宇宙論とかって、ふつうの人の日常生活とはなんの関係もないから、全然興味が持てない人が多いじゃないですか。だからふつうの小説で現代科学を扱うと、ゲノムとかクローンとかウイルスとか、バイオのほうばっかりになっちゃうんだけど、イーガンの場合は、人間のアイデンティティ、「自分が自分であるというのはどういうことか」みたいな切り口で、科学の最先端を横断する。読者が自分の人生とはまったく無関係だと思ってるような量子論の仮説や知見を、

まるで詐欺みたいな手法で人間の問題と結びつける（笑）。

しかもそこに、すごく身につまされる感覚があるんです。例えばこの短編集の巻頭に入っている「貸金庫」は、目が覚めるたびに違う人の体の中にいる話だったり。

北上　面白そうだねえ。

——ははははは。

北上　こりゃあいいわあ。

大森　そういう身近なところから出発して、現代科学と結びつける。

北上　この人の『宇宙消失』ってさ、なんかSFのオールタイムのベスト1に選ばれなかった？

大森　オールタイムじゃなくて、一九九九年のベスト1。

北上　一昨年のベスト1？　オレ買ったよ。一位だったら読もうかなあと思って買って、そのまま読んでないけど（笑）。この『祈りの海』っていうのも面白そうだなあ。

——この作家を二十一世紀唯一とまで言う、そのへんの根拠はなんですか。

大森　もう終わったと思われていたSFの原初的な魅力——科学的知見がもたらすビックリ感を、二十一世紀に通用するスタイルで現代小説として描いてることです。サイバーパンクからこっち、SFはずっと、大きな潮流がない時代が続いてたんですよ。アメリカのSFがすごく商業化しちゃって、新しいものが出てきにくい状況になってる。その中で最近注目されてるのが、イギリスでありオーストラリアでありカナダであり、つまりアメリカ以外の英語圏の若手作家なんです。さっきのマイケル・マーシャル・スミスもイギリスの若手なんですけど、このグレッグ・イーガンは、そういう連中の中でもダントツに才能がある。**あっと驚くバカSF的なアイデアと科学的な説得力を両立させる力がある希有な作家ですね。**

北上　あのさあ、ほら、四部作の分厚いやつ、なんて言ったっけ？

大森　**『ハイペリオン』**（ダン・シモンズ／ハヤカワ文庫SF）。

北上　そう、『ハイペリオン』。二十一世紀でひとりならばイーガンだって言うけどさ、あれがそうなんじゃないの？

大森　『ハイペリオン』は二十世紀なんですよ。

北上　あっ、あれは二十世紀。

大森　『ハイペリオン』は二十世紀SFの集大成。

北上　ああ、そうなの。

大森　あれは『スター・ウォーズ』とか『ターミネー

ター』とか、そういうハリウッドのSF映画まで含めて、宇宙船がビュンビュン飛んでレーザー光線をバンバン撃ち合うみたいなコテコテのSFのイメージを、ものすごく高いレベルで文学的エンターテインメントに仕上げている。二十世紀のSFらしいSFの要素はあの中に全部入ってるんです。逆に言うと、日常生活との接点はほとんど何もないですから、そういうのについていけない人はつらいかもしれない。

北上　そういう人はこっちのほうがいい？『祈りの海』のほうが？

大森　ええ。

北上　**話を聞いてるとイーガンって岬兄悟を科学っぽくしたやつ？**

大森　（笑）。ものすごい形容だなあ。まあ、短編に関しては、それに近い作品もありますが。

北上　オレ、岬兄悟って、昔のSFっぽくて実は大好きなんだ。

大森　巻き込まれ型のサラリーマンSFでしょ。そういうバカ話に科学的な理屈をいっぱい投入して読者を煙に巻きつつ感心させるのがイーガンの短編だと言えなくもないかな。

北上　いいじゃん、それ。俺好みだよ。

大森　これでも一応、今回ベストに挙げた五冊は、すべて北上さんが読むことを前提で選んだやつなんで、どれでも大丈夫なはずなんですけど。

北上　ああ、そう（笑）。帰りに買っていこう、俺。

第4回

（2002年 春）司会＝渋谷陽一

著者名・書名（出版社）	北上	大森
編集部選		
池田 香代子再話、C.ダグラス・ラミス対訳『世界がもし100人の村だったら』（マガジンハウス）	C	B
カルロス・ゴーン『ルネッサンス 再生への挑戦』（中川治子・訳 ダイヤモンド社）	C	B
江國香織『東京タワー』（マガジンハウス）	B	B
北上選		
室積光『都立水商！』（小学館）	B	C
喜国雅彦『本棚探偵の冒険』（双葉社）	A	A
エリック・ガルシア『さらば、愛しき鉤爪』（酒井昭伸・訳 ソニー・マガジンズ）	A	B
大森選		
古川日出男『アラビアの夜の種族』（角川書店）	A	A
ニール・スティーヴンスン『ダイヤモンド・エイジ』（日暮雅通・訳 早川書房）	―	A
田中啓文『ベルゼブブ』（徳間書店）	B	B

○○がもし100人の村だったら？

――まずは『**世界がもし１００人の村だったら**』からですけれども、北上さん、これはどうでした？

北上　この本は売れてるっていうんだけど、どうしてなのかよくわからない(笑)。世界を簡略化するというアイデアで、ふ〜んっと思うけれど、それほど面白いと思わない。なんでそんなに評判なの？

大森　でもね、この本の内容は別にして、考え方としては、非常にこれって応用範囲が広いんですよ。例えば――。

北上　もし日本の文壇が１００人の村だったらとかな。そうしたら、『ベストセラー作家は2人です』って(笑)。

大森　「41人がミステリーを書いています」とか、「再版が出る作家は20人です」とかね。「58人が飢えています」だったり(笑)。なんでもできるんですよ。「世界がもし１００人の村だったら」って聞いても、ふうんって感じだけど、「**書評業界がもし１００人の村だったら**」と考えると――実際、１００人ぐらいの村なんですけど(笑)――急に切実な問題になるでしょ。そう思うと、なかなか含蓄が深いですよ。ほら、「いろいろな人がいるこの村では、あなたとは違う人を理解すること、相手をあるがままに受け入れること、そして何より、そういうことを知ることがとても大切です」って。そうだよなあと、いろんな人の顔が思い浮かぶ。

北上　すごく近しいものを感じるね。なるほど。

大森　芸能界でも音楽業界でも、何でもできる。永田町とかね。自分の会社や学校に置き換えてもいいし。

北上　しかし、誰が読んでんの？　これ。特定の年齢層はないの？

大森　本当に知らない人もいるわけですよ。これを読んで勉強になったっていう。

北上　はあ〜、そう？

大森　「世界が100人の村なら61人がアジア人です」。え？　中国人ってそんなにたくさんいたの？って。

北上　おまえ、読者バカにし過ぎてない？（笑）。

大森　（笑）いやいやいや。そういう人がほんとにたくさんいるんですってば。

北上　なんか小学生の高学年、四年生とか五年生ぐらいに読ませたいね。学級文庫か何かに置いておいてね。——なんかもともと最初そういうものだったらしいんですよね。学校の先生が生徒に読ませるために書いた。

大森　面白いのは、ふつうこういうの作ると、データとかつけて、この文章の背景まで解説した本にしちゃうじゃないですか。でも、これはそうじゃなくて、原文をそのまんま詩のようにして出してしまう。この発想はなるほどなあと思いましたね。まあ、昔で言えば、小学館の『日本国憲法』がベストセラーになった先例がありますけど。こんなもの本にしても絶対売れるはずがないというものを本にして売っちゃう。作り方次第で何でもベストセラーになる世の中だなということを証明する実例として面白い。

北上　小学館の『日本国憲法』とは意味が違うだろう。あれは別に憲法を簡略化したわけじゃないし、ビジュアルな本にするっていうのが島本脩二のアイデアだったわけでさ。憲法の場合は昔からずっとあったわけじゃない。でも、誰も読んでない。だからなんとか若い人に読ませようという発想だったわけでしょ？　こっちはもとがあるの？

大森　もとは電子メールですね。メールで全世界を回っていたっていう。

北上　このねえ、後ろに出てくる〝ネットロア〟って言葉だけど。何これ？　ネットロアって。

大森　インターネット伝承。フォークロアのロアをつけて。

北上　ああ〜、ある種の都市伝説みたいなものがインターネットを駆け巡ってるの？　いくつもこうやって。
大森　そう、これは違うけど、もろに都市伝説みたいなのもありますよ。チェーンメールでまわってたり、あちこちの掲示板にコピペ――コピー&ペーストを略してコピペって言うんですが――されてたり。笑えるやつや悪意がこもってるやつが主流で、それがどんどん改変されて全然違うものになっちゃったりすることもある。オリジナルを書いたのが誰なのかよくわかんないけど、誰でも知ってる名文みたいなのはネット上にいっぱいある。『世界がもし100人の村だったら』は、それの善人バージョン。こういう善良なチェーンメールはうちにはまったく来ないので、僕は話題になるまで知らなかったんですけど(笑)。
北上　君知らなかったの？　君のとこに来なかったの？
大森　来ない来ない。
北上　へえ〜、選んでんだ、送り手のほうも。
大森　こんなもの送ってくる友達はいませんよ。いたらけっこうショックかも(笑)。
北上　俺が作り手が頭いいなと思ったのは、あとがきのところで**オリジナルは千人だったのを百人に変えた**って書いてあるよね。これは頭いいよ。やっぱり千人だとインパクト弱いじゃん。百人にすることによって簡略化のインパクトが出ている。
大森　百人なら、ぎりぎり顔が浮かんでくるんで、そこがポイントかも。これ自体はともかく、流行るだけのことはある、優秀なネタです。

カルロス・ゴーンとは友達になりたくない

――次は、カルロス・ゴーンの『**ルネッサンス**』。これも売れたんですが。

北上　これは面白かったんですよ。なぜ面白いかというとですね、もう冒頭で、このカルロス・ゴーンという人が、「私はこういうビジネス界の第一線になるにあたって今まで書物から学んだことはひとつもない」って書いている。これはすばらしいですね。ビジネス界の第一線の人たちって、おそらくこういう実用書、たぶん一冊も読んでないと思う。カルロス・ゴーンっていう人も読んだことないって書いてある。にもかかわらず、この本を最後まで読むビジネスマンがいたとすると、その人はすごいよね(笑)。

大森　だってこれ、別にハウツー的なビジネス書とか経営哲学を書いた本とかじゃなくて、要するにサクセス・ストーリーでしょ。

北上　いや、だから読者は、自分もカルロス・ゴーンみたいにビジネスの世界で活躍したいと思って読むわけでしょ。そういう期待があって。

大森　(笑)。カルロス・ゴーンになろうと思って読む人は少ないいんじゃないかなあ。

北上　**そういう読者がいなかったら誰が買うのよ、こんなの。**

大森　だから、ビジネス書でもほんとに実用書的なスタイルのものと、実践からはちょっと距離を置いたものと、二種類あるわけですよ。『ルネッサンス』はどっちかというと後者で、それこそ『プロジェクトX』的なドキュメンタリーの興味で読むんじゃないかな。

北上　ビジネスに役立つ本だと思って読むのは一緒だろ。でもそんなのは読まなくていいとゴーンは言ってるわけだ。

大森　しかしこの人、けっこう面白いですよね。ブラジル生まれのレバノン系フランス人だっけ？　グローバリズムとか言っても僕なんか全然実感ないけど、こういう国籍のよくわかんない人がいろんな国に行っていろんな会社を立て直して、最後は日産にやってくる。たまたま本社の場所が日本だっただけで、(他の国と)

全然差がないわけですよ。ブラジルの工場を立て直すのも日本に来て日産を立て直すのもみんな並列。

北上　そうだよね、まあ、国による違いはあってもさ、基本的にやることは同じだもんな。だから、ごく真っ当なこと言ってるんですよ、人の話をよく聞いて決断は早くするとかね。

大森　一時、日本見直し論みたいなのがあって、日本のマーケットの特殊性が強調されたりしたんだけど、この本にはそういうのが全然ない。そこがすごく壮快。

北上　でもさ、こういう奴がそばにいたら友達になりたいと思う？

大森　（笑）。

北上　**こういう人がいないと企業って困るのかもしれないんだけど、友達になりたいとは思わないなあ。**関係ない人たちだなっていう気がして。まあ、それだけの本ですよ、これは。

大森　北上さん自身、小なりといえども企業を立ち上げて経営してきたわけじゃないですか。経営にあたって、ビジネス書を参考にしたりしなかったんですか？

北上　ないねえ。こういう経営したことないんだよ（笑）。

大森　（笑）。でも、人を使う立場にはいたわけでしょ。

北上　ああ、だからそれはこんな本読まなくたってわかるんだよ、人の話をよく聞いて決断を速やかにするなんてのはさ、当たり前のことなんだから。本読まなきゃそれがわかんない奴はもう駄目なんじゃないの？　みんな知ってることですよ。いくら理論が正しくても、速やかに決断しなきゃ駄目なんだよ、うん。

男として許しがたい！『東京タワー』

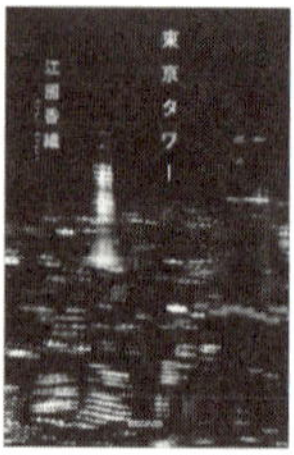

——（笑）。わかりました。で、次は江國香織さんの『**東京タワー**』なんですが。

大森　僕、江國香織はけっこうデビューの頃から好きで読んでたんですよ。『**きらきらひかる**』（新潮文庫）なんかでも、いかにも少女マンガ的なスタイルを持ち込んで恋愛小説を書いてて。七〇年代後半あたりの少女マンガが好きな人間にとっては非常にフィットする感覚なんです。でも、久し振りに『東京タワー』読んだらですね、それがそのまんま年をとって、もうレディコミの世界にいっちゃってて（笑）。レディコミといっても、タッチは最近のえげつないやつじゃなくて、《YOUNG　YOU》ぐらいですけどね。要するに三十五歳ぐらいのおばさんが二十歳ぐらいの若い男の子と恋愛する話でしょ。ただ、江國香織がうまいのは、それを男の子の側から書くことでレディコミ性を微妙に中和してること。しかも、その男の子が、もう完全に少女マンガのキャラクターなんですよ、ほとんど生活感がないし、肉体がないの。年上の女とか女友達に振り回されるばっかりで、何て言うか、存在感が希薄。**肌がスベスベで体毛とか薄くてオナニーもしてないみたいな、**そういう感じの男の子の視点から書いてるおかげで、生臭くなりそうな部分もするっと読める。

北上　**これは、非常に許しがたい小説ですね**（笑）。二組のカップルを、一組は非常に繊細で純愛っぽくして、もうひとつはものすごく淫乱なカップルにして書き分けているのはうまいんだけどさ。最初はね、年をとった女性が若い男をゲットしてハッピーよっていう、そういうところで同世代の読者にウケてるのかと思ったんだよ。でも、女子大生たちにもウケてるっていうから、それはおかしいじゃない？　だって、自分の男を年上の女に取られちゃうんだから。そしたら、途中に喫茶店のウエイトレスの挿話が出てくるんだよ。おじさんとつきあってるほう。その中で、若いときに同年代の男なんか全然話し相手にならない、中年の男性のほうがカネ持ってるし会話も面白いしっていう話が出てきて、その両方を併せて考えたときに、やっと「ああ、なるほどな」と思ったんだけど、要するにこれ、**『マディソン郡の橋』**（文春文庫）なんだよ。『マディソン郡の橋』で気になったのは、あそこに出てくる農夫の旦那っていうのは何も悪いことしてないんだよね。どっかの市場に農作物を売りに行って留守にしているたった一週間のあいだに、女房が勝手にカメラマンと燃え上がっちゃって、一生の恋だわとか言ってるんですよ。これ、旦那の立場がないじゃないですか。

つまり『東京タワー』もそれと同じでね、女はいくつになっても恋ができると。若いときは中年男がいるし年をとれば若くてかわいい男の子がいる。いくつになっても恋は終わりはない、結婚したって恋に終わりはないんだっていうメッセージが、たぶん現代女性を元気づけるんじゃないか。

江國香織だけじゃなくて、このあいだ直木賞取った唯川恵の『肩ごしの恋人』でもそうだし、現代の非常に筆力のある女性作家たちが書くヒロイン小説に共通することなんだけど、出てくる男がだいたいロクでもない男なんですよ。『肩ごしの恋人』（集英社文庫）ですごく印象深いのはあのオカマちゃんたちでしょ？　オカマちゃんたちはものすごく魅力的に書かれてるのに、そうじゃない男はロクでもない。っていうことは、つまりもしかすると、現代の女流作家たちが恋愛小説で描いているのは、**男はもう頼りにならん、女たちは自分たちの意志で生きてかないとやってけないっていうメッセージなんじゃないか。これはその象徴ですよ。だから僕は、男として非常に許しがたい**（笑）。

大森　（笑）。それはねえ、話が逆なんですよ。今までは男が好き勝手にいろんな女とつきあう話ばかりだったのが――。

北上　そうそう、今まで男性作家が好き勝手な恋愛小説を書いてたわけで、出てくる女性は意志のない、男に都合のいい女で、それをただ裏返しただけなんだよ。だからたぶん昔女性の読者が怒ってたと同じように、今は現代の女性作家が書くものを読んでね、男たちは怒ってるんですよ（笑）。

大森　今はねえ、男が好き勝手する小説って言うと、たとえば高橋源一郎の『**官能小説家**』（朝日新聞社）になっちゃうわけですよ。あれはまあ、要するに自分の浮気の話ですよね。高橋源一郎が奥さんを捨てて室井佑月とくっついて、また浮気して別れちゃって借金で大変という現実が片方にあって、室井佑月と自分の関係を樋口一葉と森鷗外の関係に重ねて書いてる。半井《なからい》桃水《とうすい》はたぶん津原泰水がモデルで、**なのに自分は鷗外かよ！**っていうのも大胆なんですけど（笑）、そういうめちゃめちゃワイドショー的でスキャンダラスな小説を朝日新聞に連載してたわけですね。近代文学の伝統に則って自分の浮気を文学にしてるというか、近代文学を実践してるというか。で、昔は檀一雄とかって一種のヒーローだったわけでしょ？　ところが今、高橋源一郎のことは誰も英雄視してない。「また離婚かよ。養育費がたいへんだろうな」とか、むしろ同情される立場ですよ。中年男に夢を与えてない。それはなぜかっていうと、それはやっぱり中年男性にそういう余裕がないってことじゃないですか。その一方、女の人には余裕があると。だから自業自得だという結論なんです（笑）。

北上　（笑）。まあそれは、現代の写し絵なんだろうけどもね。**でも自業自得だろうと何だろうと、許しがたいという気持ちはあってもいいじゃないか、君。しょうがないと諦めたくないんだよ、俺は（笑）。**

スポーツ小説の王道、『都立水商！』

――では、お二人推薦の本のほうに移りたいと思うんですが――。

大森　僕はこの**『都立水商！』**は何が面白いのかさっぱりわかんなかったんですけど。

北上　どこが面白くなかったの？

大森　そもそも水商売専門の都立商業高校という設定自体、いくらなんでも、もう少しちゃんと細部を書いてくれないと納得できない。

北上　ほお〜。君の口からそういう話が出るとは思わなかったですね(笑)。

大森　この水商って、性風俗方面のソープ嬢とかヘルス嬢のコースもあるんですよね。その時点で、いったいどんな離れワザを使って説得してくれるのかと期待するわけですよ。ところが何の説明もなく、二年生の女子生徒が学校の実習でソープへ行って大人気とか、そういうエピソードが平気で出てくる。そりゃ人気は出るだろうけど(笑)、今の東京だと、学校側はもちろん、**客のほうも逮捕されちゃいますよ**。ヘルスだって十八歳未満は就労できないしね。そのへんの法律をどうクリアしてるのか――経済特区を作るのか、石原慎太郎が無理やり新しい条例を作るのか、そこに期待してるとまるで素通り。授業の描写だって、いくらでも面白くなるところなのにすごくおざなりで。

北上　あのさあ、お言葉を返すようですが、昔、H・F・セイントの**『透明人間の告白』**（新潮文庫）が出たとき、SFの人たちがね――君が言ってたかどうかは知らないけども――あれは科学的にあり得ないと。つまり体が全部透明になるのはあり得ない、だからあれはSF作家に書けないっていうのを誰かから聞いたことがあるんだけど、だから現実的に考えたらば成り立たない話はいっぱいあるわけですよ。で、それを強引にまず「あるんだ！」という、そこから始まった話なわけじゃない。

大森　それは全然構わないんですよ、透明になるんだって前提から始まっても。だからこれもね、都立水商ができちゃうって前提はOKなんだけど、そこから先を全然詰めてない。つまり、自分で考えた突拍子もない設定について、自分でよく考えてない。『透明人間の告白』の場合は、体が透明になったあとの日常生活を非常に詳しく、リアルに書くわけじゃないですか。この小説の場合は、それがない。

北上　だから、この手の小説にリアリティ求めてもしょうがないじゃない。最初の前提で、都立水商があるということだけ認めなければ成り立たない小説なんだから、これは。

大森　いや、だからそこは認めると言ってるじゃないですか。

北上　で、それは例えば政治的なフォローがあるじゃん、次官がさ、つまり文部省っていうのはとにかく基本的に政治家に弱いから、その文部省のお堅い連中が反対するっていうときに、将来のなんかこう、有力な政治家になりそうな次官が唯一これに賛成してるっていう、一応フォローはあるんですよ。

大森　はいはいはいはい、最初のとこだけね。

北上　リアリティのフォローは、ね？　それフォローになってないって言われちゃあそれまでだけど、まったくないわけじゃない。

大森　逆に、そういうのがまったくなくて、一種のファンタジーとして書くなら、それもありだと思うんですよ。でも、そういう政治の話を最初にちょっと振ってあったり、現実の歌舞伎町を出してきてたりね、つまり、現実と地続きにしてるくせに、詰めが甘い。最初のほうにちらっとホステスとボーイの掛け売りの話が出てきて、そこはちょっと面白いんだけど、あとはほとんどディテールがない。水商売専門の都立高っていうせっかくの設定が生かされてなくて、漠然としたイメージだけなんです。

北上　ああ、それは、求めるものが違うんですよ。そういう水商売に関するディテールっていうのは、この小説にとっては、ただの味つけですよ。ディテールの点では物足りないかもしれないけど、じゃあなぜ半分以上を高校野球の挿話が占めてるのかということなんですよ。君からすると、なんで水商のディテールを書かないんだってなるかもしれないけど、僕は違うと思う。そのディテールは味つけであって、**これは高校野球の話なんだから。**

大森　高校野球の話を書きたいなら、なぜ水商なのって。

北上　いや、だから、やっぱりこれはさあ、現代の高校教育に対するパロディでしょ？　そのパロディの味つけが水商になってるだけの話じゃない？

大森　でもね、こういうめちゃくちゃな学校が活躍する高校野球ものって、マンガで山ほどあるじゃないですか。

北上　いや、だから高校野球を書くときに都立水商という非常に特異な設定にしてね。そのうえで、おんぼろチームが苦難のあとに成就するというスポーツ小説のパターンを踏ませるんですよ。だからそのパターンはそのままでいいんです。問題は、そのおんぼろチームがいかにおんぼろでそれがいかに成就するまでのディテールを書くかだと思う。

大森　高校野球は『がんばれ！ベアーズ』でもいいとして、特色を出すのは「水商」の部分なんだから、そこをしっかり書かなきゃ、せっかくのアイデアがもったいないと思いますけどねえ。

古本の虫がうずき出す、『本棚探偵の冒険』

――なるほど、では次は**『本棚探偵の冒険』**なんですけれども。

北上　君は、古本を集める趣味は？

大森　昔はありましたよ。今はもう引退して久しいけど。

北上　ああ、じゃあ俺と同じような立場なんだ。そういう、昔、古本集めてて今そんなにしゃかりきにならなくなった人間がこれを読むとですね、「**ああ、俺、いま堕落してる**」と思っちゃうなあ。別に大したこと書いてるわけじゃないんです。ただ、一番象徴的なのは角川文庫の横溝正史を全九十冊を集める話ね。それも映画のカバーじゃないやつを集めるという。これは集めたからってなんにもならないですよ(笑)。でも、こういう無意味なことがすばらしい。

大森　僕の場合、自分では引退してるとはいっても、古本おたくの人たちとのつきあいはけっこうあるんですよ。喜国さんとは昔から友達で、古本の冥府魔道にハマっていく過程をつぶさに観察してきたし、巻末の座談会に出てる古本極道たちもみんな知り合いなんで、だから、ふだんよく聞いてる古本話がその通り楽しそうに書いてあるなあっていう(笑)。むしろ新鮮だったのは、自分用の本棚を日曜大工で作る話とか、自家製豆本製作のディテールとか、古本ネタ以外の部分かな。

北上　あれはうらやましいよねえ、自分で本を作っちゃうっていうのは。やっぱり喜国さんはプロだからねえ、自分だけの本っていうのを作っちゃう、パッパッパッパッとね。我々にはできないから、あれ、うらやましいよねえ、箱作ったり。

大森　別にそういうプロじゃないでしょう、本業はマンガ家なんだから(笑)。

北上　あと、この人たちはね、平気でダブリ本を買うんですよ。それが最初わかんなくてね。我々が古本屋に通ってた頃って、ちゃんとノートを持ってね、欠けてる本をチェックしてたんだけど、この人たちは平気でダブリ本を買って帰って、「ああ、またダブった」ってネットで書くんですよ。どうしてなのかなと思ったら、つまり新古書店って安いからなんだよな。安いからなのがひとつと、あと仲間内で回し合う。これは自分はダブってても誰か必要な人に回しちゃおうっていう。この、回すっていうのは売ってるの？　あげちゃうの？

大森　百円均一棚とかで拾ったやつは、あげちゃうのも多いですよね。交換とか、貸しを作るとか（笑）。仲間内で集まるたびに袋からごそごそ出して、「○○さん、これ集めてましたよね。こないだ三冊百円で拾ったんで」とか言ってプレゼントする。

北上　我々のときなんか、孤独に回ってるからダブったらどうしようもないし、値段も高いから、ダブリ本ってめったに買えないわけですよ、ダブったら「ああ～、しまった」と思うぐらいで。ところがこの人たちは全然後悔しないいし、平気でネットに書く。あれはすごいよなあと思って。あと、**雰囲気が非常に明るくなってますね**（笑）。

大森　もう孤独じゃない（笑）。ネットのおかげですよ。もとをたどれば、パソコン通信時代、ニフティサーブのミステリ・フォーラムにあった古本会議室が始まりだけど、インターネットでさらに広がってる。

北上　情報交換も速いし、本の交換もしょっちゅう集まってやってるし。うらやましいねえ。

大森　遠くの古本屋へ連れ立って遠征に行ったりしますからね。

北上　つまりそういう意味では新しい遊びですよね。やっぱ遊びだと思うんだけど、彼らにとっては。すごく羨ましい遊びだなあ。

——でも明るいですよね、ほんと、暗い感じないですよね、古書店の。喜国さん特有のユーモアなのかこれはもう時代なのか、よくわからないんですけど。

北上　いや、ほとんどそれ新古書店だからじゃないの？　明るいのは。店も明るいし。

大森　いや、そんなことないですよ。喜国さんはわりと新古書店を憎んでるタイプだから。時に忘れられたような田舎の古本屋の店ざらしから掘り出し物を発見したいタイプ。あと、もっと怪しいマニア向けの古書店で、眼鏡のおやじが客の人品骨柄を見定めたうえで奥からごそごそ出してくるようなやつとかね。何十万もするやつも買ってますから。

北上　そう言えばそうだな。ｋａｓｉｂａさん（古本極道サイト『猟奇の鉄人』http://www.ann.hi-ho.ne.jp/kashiba/で知られる古本マニア。古本日記をまとめた『**あなたは古本がやめられる**』を本の雑誌社より刊行）が何とかの揃いを七十万とかで買ったって日記に書いていてびっくりしたんだけど。よくそんな七十万するものポッと買えるなと思って。

大森　だんだん買うものがなくなってきて、ミステリの人は困ってるみたいですけどね。でも、ほんとの稀覯本蒐集の世界から見たら、ミステリは安いんですよ。《新青年》の揃いを別にすれば、百万円出して買えないものはほとんどない。大人の趣味としては、クルマとかギャンブルとか女とかに比べて、そんなにカネがかかるわけじゃないですよ。一番謎なのは保管ですね、新古書店で山のように本を買ってる人の。僕が買わなくなった最大の理由は、置き場所の問題だから。

北上　そうだよな、だって喜国さん以外はふつうのサラリーマンでしょ、みなさん。それなのに日記読むとさ、自宅と別になんか部屋借りてんだよな、みんな。その費用って何なの？と思って、すごいなあと思って(笑)。

——久々に古本屋を回ろうかなあという気分になりました？

北上　うん、ぼくはねえ、なんか回んなきゃいけないっていう気になったなあ。

大森　ならないなあ(笑)。そばで話聞いてるだけでお腹いっぱい。

——じゃあ次にいきたいんですけども、エリック・ガルシアの『**さらば、愛しき鉤爪**』。

北上　これは大森くんどうでした？

必読の爆笑
”恐竜ハードボイルド“

大森　面白かったですよ。ハードボイルドのパロディなんだけど、恐竜が人間社会と一緒に暮らしてるって設定に、無理やり整合性を持たせようとようと――。

北上　これだって、おまえ、『水商』同様リアリティがないっちゃないぜ。

大森　全然ない(笑)。

北上　でも、これはいいの？

大森　大きなウソが一個あるのはいいんですよ。『鉤爪』のほうは、そのウソを成立させるためにいろんな手続きをちゃんと踏んでる。恐竜は進化の過程でだんだん小型化してきたとか、人間型に見せるスーツが非常に特殊化してボタンがいっぱいついてるとか、そういうディテールを一生懸命書くじゃないですか。その屁理屈が楽しい。つまりね、こういうのは作者が勝手に考えた設定なんだから、読者が考えることの上を行かなきゃダメなんですよ。おお、そんなことまで考えてるのかと感心させなきゃ。『鉤爪』はそこがよくできてる。

北上　これはねえ、傑作ですよ。うまいのは、恐竜が人間社会の中に混じってるっていう、その最初の設定が全部この事件の核心に絡んでるんですよね。恐竜はいつも人間を装うスーツを着てて息苦しいから、恐竜だけのヌーディスト・クラブへ行って、みんな裸で砂浜に寝そべって太陽を満喫するとかね、面白いギャグがいっぱいあるんだけど、それがギャグだけで終わってなくて、全部事件の核心の伏線になっている。

大森　そうそうそう。

北上　だから、恐竜が人間の社会に交じってるっていうアイデアだけじゃない。もちろんパロディはパロディですけどね。それがアイデアだけじゃなくて、物語になってるっていうのはうまい。正統的なハードボイルなんですよ、ストーリー自体は。

大森　僕はハードボイルドにそんなに愛がないので、パロディとして楽しく読めるという程度ですね。ハードボイルドの定型を律儀に守りすぎて、途中ちょっと飽きちゃう。悪くはないけど、北上さんほどは絶賛しません。

北上　あのねえ、部分部分のシーンもいいんですよ。主人公のこの探偵、ヴィンセント・ルビオ。彼が暗い街角で恐竜に襲われるシーンがあるんだけど、人間の姿だと戦えないからあわててスーツを脱ぐんですよ。で、**スーツを脱ぐと口がギッギッギッギッギッって出てくる、恐竜の顔に。で、歯がガガガガガッて出てくるんですよ**、で、最後に尻尾がビン！と出てるんですよ。変身するの、恐竜に、元に戻るわけ。で、ガオーッって戦うとかね、鮮やかなんですよ、そのアクション・シーンがうまいなあ、なかなか。これは楽しめますね。「恐竜のハードボイルド？　けっ！」と言わないで、ぜひお読みいただきたいと思います。新刊のとき読んでれば去年のベストテンに入れましたね。

——では、同じく北上さん推薦のクリス・ネルコット**『危険な道』**。

北上　これは最初っから最後まですごい緊迫した話で。黒人が探偵のハードボイルドっていうのは珍しくもなんともないんですけども、一九六八年のメンフィスを舞台に三つのストーリーが同時進行していく構成ですね。白人の女性のおばあちゃんが主人公のスモーキーに一万ドルの遺産を残したのはなぜなのか、それを調べていく話と、マーチン・ルーサー・キング師の暗殺を背景において、ガードを頼まれる話。このふたつの軸に、味つけとして、主人公を頼ってくるストリート・キッズの話をダブらせる。うまいのは、最後まで緊迫感が持続することだな。

大森　これ、メンフィスの街がよく書けてますよね。

――文体が、この埃っぽい感じの街並みとすごく合ってますよね。

大森　メンフィスって、四、五年前に一回行ったんだけど、本当にこんな感じですね。小説の主な舞台になってるのは、街のど真ん中の狭い一角だけ。伝統芸能みたいにブルース聞かせる店がいっぱいあって、音楽と街が一体化してる。この主人公も、おじいちゃんの家でなんかラッパ吹いてたりね。しかも、そのおじいちゃんは、マーチン・ルーサー・キングと幼なじみっていう設定なんですよね。

北上　そうそう。主人公が幼かった頃、二十七年前に起きたある出来事がひとつの核になっている。

大森　ハードボイルドで、実在の人物がこんな風に出てくるのはわりと珍しいですよね。最初、「えっ？　マーチン・ルーサー・キングと知り合いの話なの？」って驚いた。

――書き方がうまいなあっていうのはほんと思いましたけどね。僕これ、非常に面白かったです。

北上　まあ、そんなとこでしょう。

――じゃあ最後、米村圭伍『**影法師夢幻**』。

北上　これ読んだ？

大森　短編集ですよね。すみません、時間がなくて、最初のふたつだけしか読めなかった。

北上　短編集じゃないよ、長編だよ。

大森　長編になってんの？　だってなんか話が飛ぶじゃない。

北上　うん、だからそこがすごいんだよ。

大森　そうなんだ。

北上　著者の米村圭伍は、『退屈姫君伝』（新潮文庫）っていう作品でデビューしたんですが、時代小説の書き手の中ではちょっとユーモラスな味つけを持ち味とする人なんですね。で、今回、非常に変わってるのが、大阪夏の陣が終わって、豊臣のほうの侍大将の勇名《いきな》大五郎が気絶から目が覚めるシーンから始まるんだけど、落ち武者狩りから逃げてるとき、町中で〝真田手毬歌〟という流行り唄を子供たちが歌ってるのを聞く。秀頼は実は大阪城で死んでない、どうやら一部の家臣を連れて鹿児島に逃げたらしいっていう内容で、「それは大変だ、わたしも追いかけなければ」って、一番近い港町まで行くんだけど、間に合わなくて船が出ていくところを見るんです。で、その船に本当に秀頼が乗ってるかわからないんだけれども、「ああ、わたしは間に合わなかった〜」ってとこで終わるわけですよ、第一章が。

で、第二章、次どういう物語が展開するのかっていろいろ考えますよね、鹿児島まで追いかけていくのかなあとか。ところが第二章は、いきなり東北の山の中をひとりの男が歩いていて、山賊に捕まって隠れ家に連れていかれる。「おまえ何者だ?」って言うと――なんと、舞台は百七十年後なんですよ。「えっ? 何それ?」って思うでしょ。そしたら、その捕まった男は突然、自分は七代目の真田大助だって言いだすんですよ。真田幸村の長男、真田大助の七代目だと。で、そいつが語る物語が始まるんだけど、今度は山賊の親玉がいきなり「それは嘘だ」って言いだす。その親玉もなんとかの七代目で、**とにかく七代目がいっぱい揃ってるんですよ**。最後、秀頼の七代目まで出てきて、みんなそれぞれ自分の勝手な物語を話しだす。後半どうなるかは言いませんけど、そういう奇妙奇天烈な話なんです。

大森　面白そうだなあ(笑)。**先にそれを聞いてればぜんぶ読んだのに**。

北上　今の時代小説っていうのは、ベテラン・中堅・新人入り乱れてなかなか作品が多いんですが、その中でも非常に特異な作家ですね。こんな話を書くのって、たぶん今はこの人しかいない。構成に凝ってユーモラスなものって少ないんで。

――大森さんはこれは全然読まれてないですか。

大森　いや、二本めまで読んで、ふつうの短編集かなと(笑)。

北上　（笑）。**短編集と勘違いしちゃうと、おまえ、せっかくのその構成が生きてこないよ。**

大森　（笑）。そう、生きてこないよね。そうだったのかあ。

――じゃあ最後まで読むとつながってくるんですか。

北上　そうですそうです。まあ、後半も江戸に行ってからいろんな種明かしがたくさん出てくるんですけどね、それはお読みになったほうがいいと思うんですが。とにかく非常に変わった作家ですよ。

『アラビアの夜の種族』、作中作の魅力

――では、次は大森さん推薦の『**アラビアの夜の種族**』にいきたいんですが。

大森　時は一七九八年。ナポレオンのエジプト遠征というのがありまして、まだ二十七、八歳のナポレオンがフランス艦隊率いてエジプトに襲来するんですよ。で、当時エジプトはオスマン帝国の支配下にあるんだけど……。

北上　一二一三年じゃないの？

大森　それはヒジュラ暦。イスラムの暦ですよ。もっとも、角川書店のホームページを見たら『十三世紀』とか書いてある（笑）。**十三世紀にいきなりナポレオンが出てきたら、もうその時点でSFなんですけど**（笑）。西暦で言うと一七九八年です。

北上　十八世紀なんだ。

大森　十八世紀末。わりと最近の話なんですよ。で、エジプトはマムルークと呼ばれる人たちが治めている。軍隊は強いんだけど、昔の戦国武将とか中世の騎士道みたいにすごく派手な甲冑とかを身につけて正々堂々と戦う、旧態依然の軍隊で。イスラム教も知らない野蛮な西欧人なんかに負けるわけがないと思ってるんだ

けど、二十三人いる知事の中に――まあ大臣みたいな地位ですね――ひとりだけすごく先見の明がある奴がいて、どうもフランスの近代部隊はめちゃめちゃ強いらしい。これは勝てないんじゃないかと憂慮する。そうすると、その屋敷にいる奴隷の執事が――この男がいわば天才軍師なんですけど――「それでしたら、ひとつだけ秘策があります」と。読んだ人はみんな気が狂っておかしくなってしまうという伝説の本がある。その「災厄の書」を見つけ出してきてナポレオンに献上すれば期待できるんじゃないかと。でまあ、頼みの綱はそれしかないってことで、その「災厄の書」を探す話になる――かと思うとですね、実はその「災厄の書」って存在しないんですよ。どうもその執事がでっちあげた話らしい。

なんだそりゃと思ってると、それをこれから作りますという話になる。エジプト一の語部とかいうズームルッドのところへ、書記とか速記の人とかを連れてって、物語を一晩聞いて、それを速記者が書き留めて、物語が終わるとそれを清書して製本するという作業を開始する。その語部が語る物語が作中作になってて、要するにアラビアン・ナイトの趣向なんですが、実質的にはそれがこの小説の中心ですね。

北上　それが面白いんだよねえ、とにかく。すごいですよこれは。

大森　まず、千年前の話から始まって、千年前にものすごい大妖術師がいたと。そのアーダムっていう大妖術師がなぜ生まれたかっていう話から語り起こしていく。そいつはもともとどっかの王家の四男坊だか五男坊だかなんだけど、チビで不細工なもんだからみそっかす扱いされてた。それがあるとき、ぜったい成功しそうにない任務を自分から買って出て、「この国を落としてきます」ってひとりで乗り込んで、めちゃくちゃ悪辣な陰謀を巡らしてのし上がる。さらに、故国に戻ってきて自分を見下してた奴らに復讐するみたいな話がずうっとあって、そのへんの話も面白いんですが、千年後になると、今度はそのアーダムがつくった巨大な地下迷宮——アーダムは砂漠の地下に迷宮を建設して、蛇の女神みたいな神様と契りを結んで国を支配してたんですが——が発掘される。そしたら、魔物が山のようにそこに住み着いてて、妖気の巣窟になってる。ふつうの人間が入っていくとみんな気が狂うから、生きて戻れない。千年後の王様が、なんとかこの迷宮を開拓しようと知恵を絞った挙げ句、最初から気がふれてる奴なら大丈夫だろうってことで、**国じゅうから八千八百八十八人の頭がおかしい人たちを集めて地下に送り込む**(笑)。中には魔物に食われちゃうやつもいるけど、しばらくそのまま放っとくと——もちろん食糧とかはどんどん支援してますが——頭のおかしい人たちがいつのまにか迷宮に住み着いて楽しく暮らしはじめる。自然発生的に街ができたあたりを見計らって、今度は大工を次々に送り込んで、建物や道を建設する。そうやって徐々に開拓を進めてから、最後に賞金稼ぎをいっぱい呼び寄せて魔物退治にかかる。魔物はみんな宝物を持ってるから、魔物を退治したらそいつの宝は自由に持ち帰ってよろしいと。そこで一攫千金を夢見る腕自慢たちが、ゴールドラッシュみたいに集まってくる(笑)。つまり、もろにダンジョンRPGの世界が実現するんです。

——なんか一貫してRPGですね。

大森 そうなんです、もとネタは『ウィザードリィ』なんですけど。

北上 ウィザードリィって何?

大森 ウィザードリィっていうテーブルトークRPGがあって。

北上 矢野徹さんが書いた『**ウィザードリィ日記**』(角川文庫)のウィザードリィ?

大森 そうそう、あれあれ。

北上 あっそう、じゃあ昔からあるじゃん、あれ相当前だよね。

大森　腕自慢の剣士と、盗賊とか魔法使いとかがチームを組んでダンジョンに潜っていって、怪物とって倒してお金を稼ぐっていうのがまあ、ウィザードリィの基本パターンなんで、それを踏襲してるんですね。

北上　これはあれかね、ファンタジーなの？　一応、分類すると。

大森　ファンタジーですよ。もっと詳しく言うと、『ウィザードリィ』のシステムを使ってベニー松山さんが作ったゲームボーイ用ソフトに『ウィザードリィ外伝2　古代皇帝の呪い』っていうのがあって、それをノベライズした『**ウィザードリィ外伝Ⅱ砂の王1**』（ログアウト冒険文庫）が古川さんの幻のデビュー作。なんですが、未完のままだったこの小説のエッセンスを熟成させてとりこんだのが『アラビアの夜の種族』ですね。**ＲＰＧノベライズが世界文学になってびっくり、**みたいな(笑)。

北上　じゃあ骨格はそのウィザードリィ小説とまったく同じなの？　この作中作って、三つに分かれてるじゃない？　最初のアーダムの話と、あとファラーで、最後はサフィアーンだっけ？　それも同じなの？

大森　名前は違うし、文章もまったく違うけど、骨格は同じですね。最初の話はなかったのかな。もともとのゲームは『古代皇帝の呪い』なんで、千年前の地下迷宮を――。

北上　あっ、そっから始まんのか。じゃあファラーとサフィアーンの物語なんだ、ゲームのほうは。それに小説は一番最初のアーダムの話をつけたんだ。

大森　ええ。小説の印象はまったく違いますけどね。『砂の王』はもっとゲームっぽい。『アラビアの夜の種族』の場合、ダンジョンRPGを知ってる人なら、「なんか地下迷宮がウィザードリィっぽいな」と思うかもしれないけど、ふつうに読んでると気がつかないぐらいうまく溶け込んでる。

――北上さんはどうだったんですか、面白かったんですか。

北上　これはねえ、すごく面白かった。読む前に、池上冬樹がどっかですごく褒めてたんだけど、読者を選ぶかもしれないって書いてあったんですよ。じゃあ、大森くんが絶賛してるくらいだし、俺は選ばれなかったほうの読者だろうなあと思ってたんだけど、読みはじめたらやめられないんですよ。いわゆる作中作がね、波乱万丈の伝奇小説なんですが、それがものすごく面白い。

大森　だからふつうは、魔法を使って魔物を退治するとかっていうと、もうそれだけでダメな人が多いじゃないですか。たぶん池上さんが言ったのもそういうことだと思うんだけど、そういうのが全然気にならないでしょ。

北上　そう。だからやっぱりこの作家の筆力なんだろうね。たまに作中作の外側の話になるとさ、もうイライラして**「早く戻れよ！　そんな話はいいから」**なんて思ったもん(笑)。すごい筆力だよね。

――もともと評価の高い作者なんですか。

大森　幻冬舎から出た四六判デビュー作の『**13**』（角川文庫）からずっと注目されてる人です。古川さんって特異な環境で育った主人公の話が十八番で、『**13**』も『**沈黙　アビシニアン**』（角川文庫）もそうだし、今《小説すばる》で連載してる『**サウンドトラック**』（集英社）もそう。『アラビア～』もそのパターンを継承しながら、RPGファンタジーの設定を使ってものすごく壮大な物語を織り上げている。とにかく読んだ人全員が絶賛してる小説なんで、みなさん読んでください。

田中啓文の才能は特異すぎる！

——で、次は**『ダイヤモンド・エイジ』**なんですけども。

大森　この『ダイヤモンド・エイジ』は『アラビアの夜の種族』と全然違うんですけど実は好一対なんですよね。

北上　どちらも本がテーマだよね。

大森　これは、ナノテクノロジーが実現して魔法みたいになんでも作れる二十一世紀半ばの上海周辺が舞台の未来SFです。国家は消滅して、かわりに文化的な共同体があちこちにできてるんですけど、その中にヴィクトリア朝を復古させたような共同体があって、そこの貴族が娘の教育のために、「ヴィクトリア朝の淑女のための初等読本」という教育用のナノテク絵本を作らせるんです。本なんだけど、ものすごく進化したゲームボーイみたいな感じで、周囲の現実を取り入れながら、持ち主を主人公にした物語を語るんですよ。そのコピーをたまたま貧しい少年が盗み出して、自分の妹に与える。本来は全然そういう教育なんか受ける機会がなかったはずの下層階級の女の子が偶然その本を手にしたことによって違う人生を歩みはじめる。その縦軸と、ナノテクで変貌した近未来の話が密接にシンクロしながら進んでいくんです。途中、けっこう笑えるネタもいっぱい仕込んであって、ぼくは非常に楽しく読めたんですが、どうでした？

北上　僕は百四十ページで時間切れになったんですが、面白いんですよ、これ。ただやっぱり、さっきの『アラビア〜』は読者を選ばないと断言してもいいんですが、これは読者を選ぶんだよなあ。**SFだから当たり前だけど、わからない用語が多い(笑)**。だから『アラビアの夜の種族』みたいにスイスイとはいかなくて、引っ掛かりながら読んだんだけど、ただこのまま読めそうな雰囲気はあるんで、やっぱり筆力はあるんでしょうねえ。

大森　細かいネタがすごく面白いんだけど、ある程度

SFを読み慣れてないと面食らうかもしれない。科学的なリアリティはほとんど無視して笑えるディテールをいっぱい作ってますから、いわゆるハードSFとは全然違うんですけど。清朝末期以降の中国情勢がそのまま下敷きになってて、義和団事件が出てきたり、毛沢東の長征みたいな話もあったりする。中国は共産主義の崩壊後に儒教が復活してて、裁判官がやたら孔子を引用するとか、日本人読者ならそういう興味でも読めると思います。

——では最後は田中啓文『**ベルゼブブ**』、推薦の弁をお願いします。

大森　これはいわゆる伝奇ホラーですね。出だしは幼稚園でちっちゃい子供がガンガン殺されるとか、非常にネトネト・グチョグチョの鬼畜系スプラッタ小説風に始まるんですけど、主人公はアイドルの追っかけをしてる女子高生。目当てのアイドルと密かに付き合ってて、しかもそのアイドルがなぜかオカルトおたく。

——けっこうB級な話ですねえ(笑)。

大森　もろにB級です。ベルゼブブってのは蝿の王で、ラストは巨大な蝿の怪物が歌舞伎町で生まれて、いきなり怪獣映画のようになってしまうという。でも、隠れキリシタンがひそかに伝えてきた予言の書とか、伝奇小説的な細部がものすごくよくできてるんですよ。全体的にはB級なんだけど、A級の骨格がちゃんと作ってある。

——北上さんはどうでした?

北上　あのね、封印を解かれた悪魔と現代の児童の虐殺事件とかが関係してるらしいっていう話は別に珍しくもなんともない。おまけにこれは虫がうじゃうじゃ出てくるんですけど、俺そういう話、大っ嫌いなんだ。だけど、なんかやめられなくて最後まで読んじゃったんですよ(笑)。

大森　(笑)。

北上　なんでなのかなあ(笑)。不思議なんだけど、おそらく気持ち悪くないんですよ、たぶん。

大森 何を書いても妙な愛敬がある(笑)。そこが田中啓文の長所でもあり、弱点でもあるという。

北上 あと、この作家は怪奇幻想シーンの描写が非常にうまい。まあ確かに最後はB級活劇なんだけど、細かいところがうまいんですよ。**とにかく特異な才能です**。僕みたいに気持ち悪い話が大嫌いな人間も読ませちゃうんだから(笑)。唯一わからなかったのが、メンチョロー太子ってのが突然出てきて、こいつ何の説明もないんだけど、これなんかシリーズものなの？

大森 いやいや、違いますよ。隠れキリシタンの末裔だって書いてあるじゃないですか。

北上 ああ、あれだけなの？

大森 そうそう(笑)。

北上 メンチョロー太子の過去に、なんかすごく長い物語があるように感じさせるじゃない。ねえ？　だってその、化物が現われるたんびにメンチョロー太子が来るんだぜ？　で、現代の新宿に来るまでにいっぱいいろんな苦労してきたじゃん。

大森 九州からねえ、てくてく歩いてくるんですよね、**貧乏で切符が買えないから**(笑)。

北上 だからメンチョロー太子の物語を読みたくなるよね、これ読むと(笑)。そっちの話はどうしたんだってね。とにかく特異な才能だなあ。ずっとこの人はこういう気持ち悪い虫の話書いてんの？

大森 わりと(笑)。

北上 ああ、わりとね(笑)。

大森 田中啓文は、〝グロ〟と〝駄洒落〟が二本柱なんですよ。駄洒落ものは山ほど書いてて、ハヤカワ文庫で短編集が出てます。『**銀河帝国の弘法も筆の誤り**』(その後、同じハヤカワ文庫JAから『**蹴りたい田中**』を刊行。他に集英社文庫『**異形家の食卓**』もある)。

北上 ああ〜、一部で話題になったやつね。あの作者かあ。

大森　うん。で、それと別に、角川ホラー文庫の『**水霊　ミズチ**』とか、ずっと伝奇ものも書いてるんです。『ベルゼブブ』はその系列の代表作。これもねえ、隠れ切支丹の経典が、ノストラダムスの大予言風に解読されていくあたりとか、ものすごい説得力があって――全然デタラメなんだけど(笑)――そういう無駄なところで努力してる。ちゃんと書くとすごいA級の伝奇小説になりそうなのに、そうしないいんですよね。いかにもB級のご都合主義とかもばんばん混ぜちゃうところが田中啓文。

――なるほど(笑)。じゃあ最後になりましたが、高橋源一郎さんの『**官能小説家**』。

大森　前にもちょっとここで話したんですが、これは傑作ですね。朝日新聞に連載してた小説で、新聞読者がどう受けとっていたのかさっぱりわからないんですが……(笑)。

北上　俺、読んでないよ。

――あまりにもウケなくて問題だったっていう話も聞きましたけど(笑)。

大森　基本的には、《群像》に長く連載してた前作の『**日本文学盛衰史**』(講談社文庫)と対になる話で、要は明治の文豪たちと現代を重ね合わせるんですね。『盛衰史』のほうでは、現代にやってきた啄木が伝言ダイヤルを活用して女子高生と援助交際に励んだり、田山花袋がAV監督になったりする。今回もそういう意図的な時代錯誤がウリで、主役は森鷗外と樋口一葉。鷗外自身も明治の朝日新聞に『官能小説家』という小説を連載してるって設定で、「しりあがり寿さんのイラストはどうですかね」みたいな話までする。でも、前作に比べると、恋愛小説としての縦糸がしっかりしてて、全体的な構造は非常にわかりやすい。要は鷗外と一葉のラブ・ストーリーなんです。そこにからんでくるのが、今ではほとんど忘れられてる半井桃水。朝日にスカウトされたのに作家としては全然芽が出なくて、鬱々としながら身過ぎ世過ぎで小説教室の先生をやってると、そこに樋口夏子、のちの一葉がやってくる。小説の書き方なんか何も知らない天衣無縫なねえちゃんだけど、この女には原石の才能があると直感した桃水が手取り足取り指導する、その話が前半ですね。結局、せっかく育てた一葉を鷗外にとられて、桃水はストーカーになっちゃうんですけど。

しかも、この三角関係には高橋源一郎の実人生がほとんどそのまま投影されてて、**つまり自分の不倫の話を明治の文豪たちに託してそのまま書いているという。**実際、作中に《噂の真相》でどうこうみたいな話も出てきますが、そういうのまで全部書いて、しかもそれを朝日新聞に連載するって構造まで含めて、まあ、ふつうの神経の人にはできないというか(笑)。

――(笑)。

大森　でも考えてみると、自分の不倫だの性生活だのを赤裸々に書いちゃうっていうのは、日本近代文学のひとつのパターンだったわけですね。明治の文壇にも、ワイドショー的なスキャンダルは当然山ほどあったわけだし、そういうスキャンダリズムが、高橋源一郎自身の実人生とシンクロし、明治の作家たちの実人生や彼らの小説ともさらにシンクロしつつ、自由自在に行ったり来たりして、でも全体としてはほとんどギャグ小説にしか見えないという(笑)、なんともすさまじい小説なんです。

――そこまで身を捨てて新聞連載までやったのに、でもワイドショーは何の興味も持ってくれなかった。そこが非常にアイロニカルと言うか、**淋しかったんじゃないですかね**、源ちゃん的には(笑)。

大森　いやまったく。女性週刊誌が飛びつきそうな素材を毎日提供してるのに、反応してくれるのは《噂の真相》ぐらいだという(笑)。TVも週刊誌も文学には関心がなかった。あるいは、ニュース・バリューがないと見なされた。

――ある意味では、今日の文学の有り様を、身をもって体現したという。

大森 そうそうそう。ただ、そういう部分を抜きにしても、相当面白い小説ですよ。鷗外と漱石が現代にやってきて掛け合い漫才をする場面とかも爆笑で、笑いのセンスに関してもきわめて高いレベルを実現してると思います。

第5回

(2002年 夏)司会＝古川琢也

著者名・書名(出版社)	北上	大森
編集部選		
日野原重明『生きかた上手』(ユーリーグ)	C	C
新堂冬樹『溝鼠(ドブネズミ)』(徳間書店)	—	B
ブルック・ニューマン『リトルターン』(五木寛之・訳　集英社)	C	C
北上選		
ジェレミー・ドロンフィールド『飛蝗《バッタ》の農場』(越前敏弥・訳　東京創元社)	A	B
ハーラン・コーベン『ウイニング・ラン』(中津悠・訳　早川書房)	A	A
ジョン・コラピント『著者略歴』(横山啓明・訳　早川書房)	A	B
大森選		
北野勇作『どーなつ』(早川書房)	B	A
乙一『暗いところで待ち合わせ』(幻冬舎)	B	B
古処誠二『ルール』(集英社)	A	B

「人生論」本に存在価値はあるのか？

――今回も、お二人それぞれの推薦書を三冊ずつと、それから編集部が選んだ三冊の計九冊について対談していただければと思うんですけども、まずは編集部の三冊からいきたいんですが、北上さん、どうでした？

北上　この編集部の三冊っていうのは今の売れ筋の三冊なんですか？

――そうなんです(笑)。

北上　いや、というのは、この『**生きかた上手**』っていう本にしてもね、別に間違ったことは言ってないんですよ。「きりのない願望があなたをしあわせから遠ざけます」とかね、そうだよなあ、おっしゃる通りですと。だけどね、まあこの手の本は全部そうだと思うんですけど、**そんな〝おっしゃる通り〟のことをわざわざ本を読んで確認したいかって思うんだよ**(笑)。

――ははははは！

北上　もっとも人生論っていうのは、昔からずうっと出版界で何かしら売れてるんで、そういうものを読みたがる人が現実にいるんだろうけど。

大森　でも、この本の場合、やっぱり（著者が）おじいさんっていうのがポイントなんじゃないですか。九十歳を超えてるのに一応現役で頑張っているという。

北上　でもさあ、九十いくつまで生きたいと思うか？

大森　(笑)。いやいやいや、そういうことじゃなくて、ウチの祖父は九十九歳まで生きたんですけどね、九十歳過ぎてからは、こんな筋の通った話はできなかった。だから単純に立派だなあと。

北上　あのね、自分のおじいちゃんの話なら縁側で聞いてあげるよ。でも、**なんで知らないおじいちゃんの話を俺が聞かなきゃいけないの？**

大森　（笑）でも、どうせ同じことを説教されるんなら、六十歳ぐらいの人より九十いくつの人にされたほうが、まだ腹が立たないでしょ。

北上　でも……君、C評価だよ。

大森　（笑）。

北上　マーケット的分析であってさ。

大森　そりゃ面白くはないですよ。でもまあ、この歳になっても現役で必要とされて、今までの経験を若い人たちに伝えて暮らしている。幸せそうでよかったなあと。

——じゃあ、次は新堂冬樹の『**溝鼠**』なんですけども。

北上　僕はね、大変申し訳ないんですけど、三十～四十ページぐらいで挫折したんです。新堂冬樹は、初期の『**血塗られた神話**』『**闇の貴族**』（ともに講談社文庫）という、この二作は面白かったんですよ。裏社会を描くこと自体は別に珍しくないけども、けっこうぐいぐい読ませる迫力があって。ところが『**ろくでなし**』でう～んとなって、『**無間地獄**』（ともに幻冬舎文庫）でやめちゃった。作品世界が全然変わんないんだよ。もしかしたら今作で変わってるかもしれないけど——。

大森　今までのと比べると、文体はけっこう変わってますね。馳星周をすごく意識してる感じの文章で。新堂冬樹って下世話なリアリティが売りじゃないですか。三面記事的な人間のいやらしさっていうかね。だから、馳星周とか（ジェイムズ・）エルロイとかと方向性は全然違うんだけど、とにかく駄目な人間を描くっていうところで最終的な結果は妙に一致してしまう。エルロイ文体もそれなりにハマってて、そこが面白いと言えば面白い。

北上　俺、馳星周の『**不夜城**』（角川文庫）の文庫の解説で書いたんだけど、こういう世界がそもそもあんまり好きじゃない。読んでて暗い気持ちになるんだよ。だから、新堂冬樹も才能は認めてもね、『闇の貴族』以降、より深みを出そうとしてきてるから、読んでてどんどん暗い気持ちになるんだよなあ。

大森　でも、『溝鼠』って別に暗くはないですよ。持ち前の下世話さを突き詰めて、底が抜けた明るさに到達しかけてるというか。

北上　じゃあ、けっこういいんだ？

大森　好き嫌いでいうと好きじゃないんですけどね(笑)。ただ、今回はほとんど状況としてはギャグなんですよ。もうどうしようもない家族の話。最低のお父さんがいて、息子をさんざん虐待をしたおかげで息子はグシャグシャになっちゃって、お姉ちゃんを守ることだけが生き甲斐。お姉ちゃんはものすごい美女に育ったんだけど、一生懸命自分を守ろうとする弟がいやでいやでしょうがなくて、弟から逃げるために自ら進んでヤクザの情婦になって、ヤクザ社会でものすごく利己的に暮らしている。で、今度はそのヤクザもいやになったんで、むかし自分から捨てた父親と弟を呼び出して、ヤクザに復讐してから金を奪って逃げようと企む。そういうどうしようもない三人の親子のメチャクチャ振りはかなり徹底して書いてある。

北上　君、何評価なの？　Bだ。君は今まで新堂冬樹読んでんの？

大森　だいたい読んでます。

北上　今までの作品と比べてどうなの？

大森　だいぶん突き抜けてますよ。戸梶圭太の『**未確認家族**』(新潮文庫)を馳星周が書いたみたいな小説(笑)。読みようによっては明るいバカ話で、そこに持ち前の下世話さがブレンドされてるという。

北上　ふーん。じゃあ、最初の二作は面白く読んだんだから、これも読んでみたほうがいいか。

大森　北上さんが嫌いな部分はたぶん変わってないと思うけど(笑)。

北上　(笑)。なんだよ、それ。

大森　いや、**下品なのは下品ですからね、確実に**(笑)。

北上　この下品さっていうのは確信犯なんでしょ？

大森　うん、で、それが笑えるレベルまで到達してる。最後はねえ、そのヒロインの悪女、自分の美貌を磨くために何百万もにつぎ込んで、身体だけを武器にのし上がっていこうとしている女が、裏切ろうとした相手に捕まってさんざんひどい目に遭わされるんだけど、その拷問シーンが笑っちゃうぐらい壮絶で。おまえはとにかく顔が命なんだからその顔をふた目と見れないようにしてやるって言って、いろいろすごい変態な人がいっぱい出てきて、いろんな拷問をするんですね(笑)。ただ髪の毛をつるつるに剃るだけだとスキンヘッドの美女ってのもありだから、**「じゃあ、磯野波平カットにしてやる」**とか言って、耳の上だけ髪の毛をちょっと残した状態で頭を剃ったり、鼻にヤスリをかけて赤い鼻にしてとか。状況としては完全にギャグ。拷問するキャラがバービー人形のコレクターだったりするのも戸梶圭太っぽいしねえ。何考えて書いたかよくわかんない、不思議な小説です。

――編集部推薦作の最後は『**リトルターン**』なんですが、これはどうでした?

北上　う〜ん、僕はこれ何が面白いのかわかりませんね。単に暗喩であるだけでね、人生論っていう意味ではさっきの『生きかた上手』と変わらないから。だから、何が面白いのかさっぱりわかんない。

大森　題名のリトルターンっていうのはコアジサシのことです。キャッチコピーは「リチャード・バック『**かもめのジョナサン**』の再来!!」。著者は違うけど、同じ五木寛之訳で〝夢をもう一度〟という、ベストセラー狙いの寓話的ファンタジーですね。北上さん、『かもめのジョナサン』(新潮文庫)はどうでした?

北上　あれだって、**言ってしまえば一行か二行で終わってしまう話じゃない?**　まあ、寓話なんてみんなそうで、それじゃ本にならないから少し長くするんだけどさ。

大森　僕、『かもめのジョナサン』は、メタファーを抜きにしても、表面的な物語をそれなりに楽しめたんですよ。でも、『リトルターン』に関しては、教訓を読む以外の読み方ではほぼ読めない。というか、単独の話としてはあまりにもつまらない。**鳥が飛べなくなったら三日で死ぬだろうよ**とか(笑)。

北上　『かもめのジョナサン』はイメージが綺麗だったんだよ。空を飛ぶ鳥のイメージが。だけど今回は飛べないからさ。この、飛べないっていうのはなんか現代とかけてるの?

大森　バブルが弾けてリストラされて、「今までの俺の人生はなんだったんだ」みたいな。

北上　**そんなの、バブル後じゃなくても、いつでも思ってるよなあ**。

——はははは!

大森　リストラされた現代人の悲哀みたいな話を書くなら、最後にまた飛べるようになるんじゃなくて、飛べなくなった鳥が地べたでずっと幸せに暮らしましたとか、地面の上で小さな幸せを見つけましたとかね。そういう話だったらありかなと思うんですけど。

北上　飛べなくても、楽しい新生活があると。

大森　うん。飛べなくていいじゃんって話にしないと、リアリティがないんじゃないですか。リストラされた人は、再就職はするかもしれないけど、ふたたび大空を飛ぶのはたぶん無理だと思うんで、なんかこれだと、「バイアグラでインポが治った!」ぐらいのメタファーにしかなってない。あと、表面的な物語にあまりにも整合性がないというか、無意味というか、例えばなんでカニと対話するのかさっぱりわからないし、キャラも立ってないから、読んでていらいらする。

北上　まあ、いいっすよ、これは。**そんなに長く語る本でもないでしょう**。

——(笑)では、北上さんの三冊にいきましょう。

北上　はい。僕は自分の三冊に全部Aをつけたんですけどね、その中でも微妙に差があって。『飛蝗の農場』

仕掛けを超えた、小説の醍醐味

が一番上で、『ウイニング・ラン』が二番目、『著者略歴』が最後なんです。『**ウイニング・ラン**』は傑作なんだけど、シリーズものの第七作なんですよ。マイロン・ボライターっていうスポーツ・エージェントが、契約している選手の事件を解決するというもので、シリーズの後半の巻では主人公の周辺の人間の事情に踏み込んでいくんだけど、翻訳ミステリのシリーズで僕が一番好きなシリーズなんです。ただやっぱりシリーズものなんで、この作品だけ単発で読むのと一冊でもシリーズの他のものを読んだ読者では醍醐味が違うと思うんですよね。例えばここに女子プロレスラーのビッグ・シンディっていうのがチラッと出てきますけども、この小説だけで読むとわりと印象が薄いじゃないですか。でもこれは、シリーズ全体の中で、ものすごい強烈な印象を与えるサブ・キャラクターになっている。今回、ビッグ・シンディは出てるなとか、そういう楽しさがあるわけ。それがちょっとわかりにくいかもしれないんで、『ウイニング・ラン』は傑作だと思うんですが、この三冊の中では二番目かなと。

大森　僕、このシリーズ読むのは今回が初めてなんですけど、全然大丈夫でしたよ。キャラクター小説として抜群によくできてて、いきなりこの巻から読んでも、どういう人物なのかすぐに把握できる。なんとなく顔とか声とかが浮かんでくるんですよね。この翻訳が合ってるとは思えないけど、それも問題にならないぐらい会話がうまい。

北上　今作でも主人公マイロンのとこにエミリーっていう昔の恋人が訪ねてきて、グレグっていう別れた夫とのあいだの子供が、実はマイロンの子供だったという衝撃的な事実の発覚から始まるんですけどね。そのグレグっていう夫は、マイロンが有望なバスケット選手だったときに怪我でプロを断念するという経緯に関わっていたというのが三作目の『カムバック・ヒーロー』で語られてるんですよ。そう考えると、グレグの子供が本当はマイロンの子供だったなんて、作者はいつから考えてたんだろうってびっくりさせられる。

大森　まあ、そういう話は北上次郎という人が解説で懇切丁寧に書いてくれるから(笑)、この巻からいきなり読んでも安心です。

北上　かなり面白いシリーズだと思うんだけど、《このミス》とか《週刊文春》とかで今までも一回もベストテンに挙がったことがないんだよね。シリーズものはどうしても話題になりにくい。

大森　こういうのってふだん全然読まないから、ほとんど《スペンサー》(ロバート・B・パーカーのハードボイルド・シリーズ)以来なんですよ。人物配置なんかはわりと共通してて、これもだいたい《スペンサー》の感じで読める。

北上　**《スペンサー》よりは面白いだろ。**

大森　うん。《スペンサー》のいやな部分をきれいに消して、面白い登場人物の数を倍くらいに増やした感じですね。もっと軽くてスマートで笑える。北上さんが解説で、このシリーズはマイロン自身の事件とかマイロンの関係者の事件とかを書くと頂点になるって説を唱えてますけど、僕はむしろ全然関係ないやつのほうが読みたい。

北上　後半は全部、自分の事件だねえ。三作目の『カムバック・ヒーロー』がそもそも、この主人公が仕事のためにもう一回バスケットボールのチームに入って選手としてプレーするっていう話だから、すごく感情が揺れ動くんだよ、自分の忘れてた夢を思い出して。だからせいぜい最初の一、二作ぐらいかなあ、ある程度傍観者的な話は。

大森　文句があるとしたら、翻訳とこのカバー。これだと、知らない人がちょっと読んでみようかなって気にならないんじゃないですか。
北上　あ、そうかねえ。
大森　これはたぶん、こういう小説が好きな人に届いてないと思う。
北上　あのね、話違うんだけど、早川書房で二ヵ月前に『**百万年のすれちがい**』（デイヴィッド・ハドル著）っていう四六判が出たの。そのカバーがね、こういうマンガみたいな絵なんだけど、男と女がおたがい背中向け合ってるの、それでタイトルが『百万年のすれちがい』。これ手に取らないよ。男と女がなかなかわかり合えないみたいな話なんだけども、中身はものすごい洒落たいい小説なんだ。あれは可哀相だなあと思ったな、あの作者に。一方、『**飛蝗《バッタ》の農場**』の表紙は、なかなか抽象的でいいんですが。
大森　タイトルも悪くない。どうせなら『飛蝗農場』にしてほしかったけど。
北上　〝の〟が要らないの？
大森　イアン・バンクスに『**蜂工場**』（集英社文庫）って傑作があるから、それとセットで(笑)。
北上　しかし君、なんでこれBなの？『ウイニング・ラン』はAなのに(笑)。
大森　あのね、やっぱり著者が目指してるものをどれぐらい実現できてるかっていうことなんですよ。採点競技でいうと、『ウイニング・ラン』は難度の低い技を選んだうえで、それを完璧にこなしてる。だけど、『飛蝗の農場』や『著者略歴』はまあ難度の高い技に挑んでますけど、着地が乱れたり、空中姿勢で細かい粗が見えたりしている。小説としての格で言えば、そりゃあ『飛蝗の農場』のほうが上でしょうけど、難度が高い技だけに、がっかり度も高い。
北上　簡単にあらすじを説明すると、農園を経営しているヒロインのところにある日一人の男が舞い込んできて、自分は記憶を喪失してると言うんだよね。ヒロインの友人は「あれは嘘だ。だから、気をつけたほうがいい」って言うんだけども、行き場のない男を住まわせてあげるうちに、ヒロインはだんだん心を惹かれていくっていう話があって。そこに自動車の修理工場の営業マンの話だったり、ポルノ男優の話だったりが唐突に挿入されて、それが途中までなんなのかさっぱりわからないまま、最後――。

大森　わからなくないですよ(笑)。

北上　え、おまえ、どこでわかった?

大森　ふつうに読んでれば、二つ目のエピソードが出てきたあたりでわかるでしょ。

北上　あ、二つ目でわかった?　**俺、四つ目ぐらいまでわかんなかった**(笑)。待てよと思って。

大森　ひとつまずいのは登場人物表。

北上　それなんですよ、登場人物表見るとわかっちゃうんだよ。それ、言っちゃっていいのかなあ。わかっちゃうとつまんない?

大森　時間逆向きですよね。

北上　そうそうそう。

大森　だんだん現在に近づいてくると。それがわかってもつまんないわけじゃなくて、これは『**白夜行**』(東野圭吾/集英社文庫)かなとか、そういう風に思うんじゃないですか。

北上　ただ、仕掛けがわかっても、描写がものすごく濃密で、これが読ませる。ただし、一番最後が、これ言えないけども、ぼくの嫌いなテーマというかモチーフなんですよ、おいまたかよって言いたくなるような。

大森　ふつうだと二重人格ネタなんだけど、それじゃつまんない。じゃあどうするのかお手並み拝見――みたいにして読んでく。ただ、この設定は意外性が演出しにくいですよね。最後もがんばってるんだけど、鮮やかな論理のアクロバットがあるわけじゃなくて……。

北上　まあ、真相の部分は強引だよね。でも、これだけ濃密な描写でね、小説を読むことの醍醐味を味わわせてくれるんだから。珍しいよ、今どきの作家でこれだけ書けるって。

大森 まあ、筆力はありますね。あと、もうひとつ不満なのは、バッタの話。

北上 〝飛蝗の農場〟っていうのは、つまりそのヒロインが……。

大森 バッタを飼ってるんですよね(笑)。

北上 バッタを飼育して売る商売をしてる。だから『飛蝗の農場』なんだけど、そういえばあんまり関連してこないんだよな。

大森 冒頭、音の話が思わせぶりに出てくるじゃないですか。それがからむんだなと思ってると――まあ、確かにからむんだけど、タイトルまでLocust Farmと謳ってるわりにはね。

北上 まあ、それも取るに足らないことだよ。でも、作品としては――『ウイニング・ラン』は好きだから貶めたくないけども――やっぱり『飛蝗の農場』のほうが上じゃないですか、明らかに。

大森 まあ、小説の密度で言えば。

北上 で、この『飛蝗の農場』に比べればね、あなたはさっき『飛蝗の農場』と『著者略歴』を仕掛けの小説という風に言ったけども、『**著者略歴**』のほうはね、そんな仕掛けっていうほどのものはないでしょ。そんなに難度の高い技はないよね。

大森 ええ。というか、もうちょっとB級。

北上 もうこれは、カバーの著者紹介に書いてある。『**太陽がいっぱい**』(パトリシア・ハイスミス/河出文庫)+『**シンプル・プラン**』(スコット・B・スミス/扶桑社ミステリー)って最初から明らかになっている。つまり『太陽がいっぱい』っていうのは他人の人生を乗っ取る話だし、『シンプル・プラン』っていうのは事件に巻き込まれて自分が加害者になるっていう話で。ということは、『著者略歴』というタイトルも含めて、作家という他人の人生を乗っ取った男が、それを暴露されそうになって犯罪を犯していくっていうのは最初からわかるんです。じゃあ、それでも読ませるのはなぜかっていうと、この作品には前述の二作とはまた別の独特の持ち味があって。仕掛けとしては同じ仕掛けを使っていても、印象が全然違うから「ああ、なるほど、うまいもんだな」っていう。

大森　他人の小説を盗んで作家になるところまでの展開は、話にすごく説得力がある。小説のネタ自体は自分がしゃべった身の上話なんで、だんだん自分が書いたような気になってくるとかね。不満があるとすればラブストーリー部分。主人公は小説と同時に、その男の恋人まで盗んでしまうんだけど、その彼女の魅力が伝わってこない。むしろ悪女役の……ほら、パソコン盗んでっちゃうめちゃくちゃ女、名前なんでしたっけ。

北上　レス。レスリーだな。この女性が出てきて後半面白くなったよね。

大森　だから、全体として見れば、退屈してきたぐらいのときに変化を促すものがボンと出てきて目先が変わって、最後もまあうまく落ちて、そのへんのバランスの取り方はよく考えてある。あと、インサイド・ストーリー的な面白さもけっこうあって、すごいやり手の文芸エージェントが出てくるんです。アメリカでブロックバスターのヒット作を飛ばす新人作家がいかにして生み出されるか、その内幕がわりと詳しく書いてある。そういう興味でも読めますね。

北野勇作『どーなつ』の優しさと懐かしさ

——最後は、大森さんの三冊なんですが、どれからいきましょうか。

大森　最初の『**どーなつ**』は、《ハヤカワSFシリーズ

Ｊコレクション》っていう新しい日本ＳＦ叢書の創刊第一弾です。著者の北野勇作は、小松左京賞に応募してあえなく落選した『**かめくん**』（徳間デュアル文庫）っていう作品が、その後なぜか日本ＳＦ大賞に輝くという大逆転で話題の作家なんですけど、北上さん、どうでした？

北上　これはけっこう面白く読んだんだけど、僕がＢ評価なのは、やっぱりまだSFを読み慣れてないから、もっとはっきり書いてほしいんだよ。ひとつひとつの部分は読ませるんだけど、その世界の全体像が描かれないから、最終的にその世界がどういうとこかわかんない。かといって、逆にストレートなＳＦ色が強いと、今度は濃厚過ぎて読めないいんだけどさ。だから、**いつもその中間ぐらいのやつがないかなって思うんだけど**（笑）。

大森　だったら牧野修のほうがよかったかな。北野勇作の特徴は、それがどういう世界なのかっていう解釈をひとつに固定しないところなんですよ。例えば、ふつうのＳＦの書き方だと、西暦何年何月に異星人の宇宙船が地球に墜落し、爆心地に人間が入れないゾーンみたいなものができて、派遣された調査隊は消息を絶つ——みたいな話になる。そのゾーンの中で何が起きているのかはよくわからないと。それは例えば、タルコフスキーが映画化したストルガツキー兄弟の『**ストーカー**』とか、あるいはレムの『**ソラリスの陽のもとに**』（ともにハヤカワ文庫ＳＦ）とか、先行する作品がいくつもあるわけですよ。アメリカＳＦの場合だと、異星人側の論理がちゃんと解明されちゃうんだけど、そのアンチテーゼとして、根本的に異質な知性が考えることは、人間には理解できないんだっていう考えもあるんでね。

ただ、『どーなつ』の場合は、そのゾーンとのインターフェイスがデパートの屋上に置いてあるよくわかんないゲーム機だったり、人工知能ならぬ人工知熊っていう機械を操縦する肉体労働者の話が出てきたり、生体コンピュータに改造されたアメフラシが——火星の環境改造《テラフォーミング》に使うために開発されたものらしいんですが——四畳半の洗面器から逃げ出したり、いろんな話が重なってくる。それぞれが微妙に関連してるんだけど、そこにひとつの筋を押しつけようとすると矛盾が出てくる。小説の中の〝現実〟がひとつに固定できないんですね。全部がテレビドラマの中の話かもしれない。あるいは、作中に落語の「頭山」が出てきますけど、建設現場みたいなところでフォークリフト動かしてる作業員の頭の中に広がってる幻想かもしれない。そういういろんなレベルの現実が合わさってふわふわしてる感じを楽しむ小説なんです。完全に筋が通ってるわけじゃないけど、全然筋が見えないわけでもない。頭の中でパズルのピースを組み立てたり壊したり、いろいろやってみるのが楽しい。

北上　最近のSFははっきり説明があるもんじゃなくて、全部頭ん中で作るんだって前に君から聞いたけど。でも、それって非常に特殊な能力を必要としない？

大森　まあ、**だからあんまり売れないんですけどね**（笑）。でもこれ、話の傾向としては、例えば筒井康隆の『**脱走と追跡のサンバ**』（角川文庫）と同じですよ。

北上　え？　あれと同傾向？　『脱走と追跡のサンバ』は面白かったなあ。まだ鮮やかに覚えてるもん。

大森　（笑）。あれもどういう世界か説明はないじゃないですか。なんで世界が違うのかってよくわかんないですよね、主人公が思ってるだけだったし。

北上　うん、あれはなくていいよ。ただ『脱走と追跡のサンバ』を例に出してくれたんでわかったけど、『脱走と追跡のサンバ』と『どーなつ』の違いはね、『どーなつ』は優しげなのよ。『脱走と追跡のサンバ』は攻撃的っていうか。

大森　冒険小説的ですよね。そう、実際、北野勇作の場合は、わりとノスタルジーとか癒し系とかっていう方向でウケてるみたいですね。日本SF大賞を受賞した『かめくん』なんか特にそう。『どーなつ』でも、冒頭のデパートの屋上のシーンとか、どこか懐かしさを感じさせるような日常的なリアリティがある。

北上 この手のものは北野勇作さんだけじゃなくて、じゃあ増えてるってことなの？ 今の日本のSFの最前線では。癒し系みたいな。

大森 いやいや、そんなことはないです。

北上 それは北野勇作のオリジナリティ。

大森 まあ、個性ですね。僕は癒し系だとは思わないけど。

北上 さっき言った牧野修っていうのはどういう傾向なの？

大森 牧野さんの場合は、この現実の裏側に別の論理で動いてる別の現実があって、そこからいろんな異物が侵入してくるみたいなパターンが多いですね。『どーなつ』と同時にハヤカワSFシリーズJコレクションから出た牧野さんの『**傀儡后**《くぐつこう》』は、設定だけ取り出すとよく似てるんですよ。やっぱりなんかゾーンみたいなものがあって、その中で何が起きてるかわかんなくて、で、外側の世界ではいろんな変な病気が流行っている。それに感染した人はその中に入っていって二度と戻ってこないっていう。

北上 同じじゃん。

大森 たまたま、すごく似ちゃった(笑)。

北上 それでも仕上がりは違うの？

大森 うん、仕上がりは全然違う。

北上 それ読んでみたいなあ。北野勇作と牧野修の違いっていうのを知りたいなあ。

大森 『傀儡后』のほうは、山田正紀系っていうか、伝統的な国産文系本格SFのラインなんですよ。

北上 ふ〜ん。そういう伝統的なラインもまだあるわけね。

大森 うんうん、復活してきてるんですね、最近やっと。今まではホラーで書くしかなかったのが、ちゃんとSFで書けるようになった。

北上　それ読んでみたいなあ。

ユニーク対決、乙一VS古処誠二

――次は乙一**『暗いところで待ち合わせ』**ですが。

北上　〝おついち〟って読むとは知らなかったよなあ、**〝おつはじめ〟だと思ってたよ**。

大森　（笑）。乙一は読んだことあったんですか？

北上　初めて。

大森　これ、変でしょ？

北上　うん、これは変だわ。**僕、好きなんですよ、変なのは。**

大森　乙一という人は基本的に短編作家で、今のところ、長編では**『暗黒童話』**（集英社文庫）、短いほうでは**『失踪HOLIDAY』**（角川スニーカー文庫）が代表作なんですけど。

北上　なるほど。俺、短編作家っていうのを聞いてわかりましたよ。短編のネタだよね、これは。

大森　うん。非常に単純な話で、警察に追われている男が隠れ家を求めて、目の見えない女性が一人で暮らしてる家の中に潜り込む――と、ただそれだけ。ふつうなら映画の『暗くなるまで待って』みたいなサスペンスになりそうな話なんだけど、乙一が書くとそうはならなくて、なんとなく奇妙な同居生活が始まってしまう（笑）。目が見えないほうも、どうも誰かいるらしいってことに気がついて最初はすごく脅えるんだけど、騒ぐとかえって怖いかもしれないとか思ってじいっとしてるんですよ。で、男のほうも非常に礼儀正しく静かにしている。別にそんなデカいお屋敷じゃなくてふつうの日本家屋ですね。二階建て4LDKとかそのぐらいのふつうの家なんだけど、その中で男女二人がおたがい知らないふりをして無関係に暮らしはじめるんだけど、そのうちだんだん、ごく微妙なかたちでコミュニケーションが生まれはじめて――。

北上 全部話してるよ、それ(笑)。

大森 まあ、そこまではいいんじゃないですか。

北上 これうまいのはね、今言ったように、すっごく単純なワン・アイデア小説なんだよね。目の見えない女性のところに男が逃げ込んできて同棲するという。だから、ある種単調な物語になってもしょうがないにもかかわらず、この人は読ませるんですよ。これが変なんだよねえ。そこに特別ドラマが起きるわけでもないのに、なぜか読ませる。

大森 乙一が明らかに他の現代作家とちょっと違うのは、固有名詞とか地名とか、そういうのが一切出てこないんですよね。だから、場所も時代も特定できないんだけど、すごく日常的でリアルな手触りとか、誰でもわかるような感覚をうまく書ける。この前の『失踪HOLIDAY』っていうのは、ヒロインの女の子が家庭内家出をする話。すごいお屋敷に住んでて、女中がいるんですよ。どうしようもないのろまな女中が、三畳しかない狭い女中部屋に住んでるんだけど、ヒロインの子はその女中部屋に勝手に上がり込んで、自分が失踪したあとの家族の様子をじっと観察しはじめる。へんなこと考える作家だなあと思って、すごく好きだったんですけど、これもまあ、そのバリエーションみたいな感じですよね。

北上 よく派手な作品で新人が出てくると、ワッと注目を集めて新しい作家が出てきたって言われることが多いんだけど、でもこの人のを初めて読んでね、**むしろこういうところに本当に新しい作家がいるような気がした**。つまり旧来の小説の文法だと、このネタでこの長さはもたないんですよ。それをここまで読ませるっていうのは、新しい感覚を持ってる作家だからなんじゃないかなって気がする。これを読んで、この人の作品を全部読もうと思ったもの。そういう新しさは、大森くんの最後の一冊『**ルール**』の古処誠二にも感じる。これも不思議なんだよね。若い作家がさ、戦争を舞台にしたストレートな推理小説を書いて、また読ませるんだ、これが。

大森　**『ルール』はもう、存在自体が不思議としか言いようがない。**

北上　ねえ？

大森　これ、若い読者はどう思って読んでるのかがすごく謎で。

北上　そう。つまり、第二次世界大戦のフィリピンを舞台に、戦場のある種過酷な状況を描いた小説なんだけども、それが文学じゃなくてエンターテインメントしてるんですよ。

大森　だから、南方戦線を舞台にした戦記文学なんですよね。大岡昇平の『**俘虜記**』(新潮文庫)とか『**レイテ戦記**』(中公文庫)みたいな世界なのに、タイトルが『ルール』で、雰囲気も全然違う。

北上　この人のは最近全部読んだんだけど、ミステリとしては『**少年たちの密室**』がやっぱり飛び抜けていて。あと自衛隊ミステリの『**UNKNOWN**』と『**未完成**』(以上、講談社ノベルス)も好きだなあ。なんにも起きない話だけどさ。

大森　『UNKNOWN』は何も起きないですけどね、『未完成』はちょと起きるじゃないですか。

北上　銃が消失するのはどっちだっけ。

大森　『未完成』。

北上　あれが『未完成』か。『UNKNOWN』は何も起きない。

大森　電話だけで。

北上　そうそうそう、電話だ、誰が電話をかけたのか。つまり、ミステリのネタにならないようなネタなのにそれで一冊読ませちゃう。だからもともと不思議な作家なんですよ。この人は、これまでまだこの三作しか出してないんですけど、でも今度の『ルール』を読むと、『少年たちの密室』はむしろ、あれだけの傑作にもかかわらず、古処誠二の本質ではなかったのかもしれないっていう気がしてきちゃうぐらい不思議なんだよね。

大森　今、《小説推理》で連載してるやつも戦記物なんですよ（『分岐点』双葉社刊。その後、やはり戦記物の『接近』（新潮社）で第十七回山本周五郎賞候補、『七月七日』（集英社）で第百三十二回直木三十五賞候補となる）。

北上　あっそう。

大森　『ルール』は本当に不思議ですね。今までになかった小説という意味では一番のインパクトかもしれない（笑）。

北上　そうだよねえ。

大森　二十代向けの戦記文学。

北上　うん。

大森　しかも、書き方自体は、新本格系の作品とそんなに違っていない。池上冬樹が《本の雑誌》で、「まだ甘い」とかけなしてたけど、むしろそこに新しさがある。

北上　サスペンスっていうんであれば、冒頭のアメリカ兵の回想もないほうがいいわけで。そう考えると、やっぱり最初っからサスペンスであることは放棄してるよ。確信犯なんだ。だから、そういう意味でも、この『ルール』というのは、サスペンス的な要素がありながらも、構成としてはエンターテインメントなんですよ。**これは本当にうまい**。

第6回

（2002年 秋）司会＝古川琢也

著者名・書名（出版社）	北上	大森
編集部選		
キム・キャトラル、マーク・レヴィンソン『サティスファクション 究極の愛の芸術』（清水由貴子・訳 アーティストハウス）	C	B
『ベラベラブック』（ぴあ）	B	C
アレックス・シアラー『青空のむこう』（金原瑞人・訳 求龍堂）	B	C
北上選		
東野圭吾『トキオ』（講談社）	A	B
池永陽『コンビニ・ララバイ』（集英社）	A	B
平安寿子『グッドラックららばい』（講談社）	A	A
大森選		
浅暮三文『石の中の蜘蛛』（集英社）	B	B
ジェラルド・カーシュ『壜の中の手記』（西崎憲ほか訳 晶文社）	A	B
ニール・スティーヴンスン『クリプトノミコン』（中原尚哉・訳 ハヤカワ文庫）	―	A

またまた許しがたい！ 女性向け ハウツーSEX本

——まずは編集部の三冊からいきたいんですが、今この『**サティスファクション　究極の愛の芸術**』が非常に売れているんですけれども。

北上　**これはね、いけない本だね。**

大森　(笑)。

北上　これはね、許しがたい本だね。

——ははははは！

北上　っていうのはね、これ、基本的に女性性器への愛撫の仕方を書いてあるんだけど、**なんで男性性器への愛撫の仕方がないの！**

大森　(笑)。だってこれ、そもそも女性を満足させるための本でしょ。

北上　でもね、これけっこう男性読者も読んでたりすると思うんだよ。そう考えると、おまえ自分が気持ちよくなりたくないのかよって言いたくなるわけ。確かにそれは時代のせいだけどさ。女性を喜ばせなきゃ駄目だとかね。でも、こういう風潮はいけないと思うね、すごく(笑)。

大森　単純に感動したのは、これ「クリトリスへの愛撫」の解説だけで何ページもあるんですよね。**8の字型に舐めろとか、それはどう考えても無理だろう**と思うけど(笑)。男性に奉仕する立場からのハウツーSEX本とは全然視点が違うのは面白い。男の雑誌でも女を喜ばせるためにこうしろみたいな話はよくあって、Gスポットを探り当てる方法が図解つきで載ってたりするんだけど、やっぱりそういうのとは方向性が違う。そこに新鮮な驚きがあって、その点だけちょっと評価します。イラストもいいしね。ただ、実用上はけっこう問題がありますよ。これ、女性がいちいちパートナーに見せて、「あなたもこんな風にやってちょうだい」って言うんだろうと思うけど、そんなことが率直に言える関係だったら、すでにこんな本は必要ない(笑)。

北上　そうだよ!(笑)。そんなことできるんだったら要らないよ。あとね、書くのはいいよ、この人たちが自分はこれで性生活充実しましたという報告だから、書くのはいいんだけど、そんなのはさ、千差万別なんだから、**おまえらが気持ちいいことが他人が気持ちいいとは限らねえだろう**って言いたくなるわけ。むしろ役立つっていうならばさ、清水ちなみさんって言ったっけ? あの人たちが「OL100人に聞きました」じゃないけど、いろんな実際の性体験の報告書みたいなのを出してるじゃない、あれのほうがはるかに役立つと思うね、世の中って千差万別なんだなってわかるじゃん。

大森　でもね、料理の本で言えば、清水ちなみの本はB級グルメブックみたいなもんで、これはもっと実用的な、でも今までとはちょっと違う思想で書かれたレシピ集で、七十五CCをきちんと測って三分十五秒温めなさいとか、すごく細かく書いてあるわけですよ。そこまで細かく注意書きに従って料理する奴なんかいないと思うけど、まあ、その通りやれば役に立つかもしれないし、でき上がったものが旨いか不味いかはわからないと、そういう風に思えばいいんじゃないですか。実用性は保留。っていうか、男はこの通りにやってみようとは思わないよね。

北上　これいくら?

――二千三百円です。

北上　高いよねえ、よく売れるねえ。

大森　あとねえ、やっぱり日本古来の四十八手とかとは言葉からして違うじゃないですか。まあ逆にそのおかげで生々しさがないのかもしれないけど。

北上　これしかし本当にマニュアル書として読むのかなあ。

大森　マニュアルとしては非常に使いにくいと僕は思うんですけど、どうなんでしょうねえ。

北上　昨日、後楽園の本屋にいたらさ、六十前ぐらいの、なんかすっごい暗そうなサラリーマンがレジにデッカい本持ってったわけ、そしてカード出してカード使えませんって言われて黙って財布出したわけ。何の本買ってんのかなと思ったら、出たばっかりの、松坂慶子の写真集なんだよ。で、俺、売り場行って定価見たの、そしたら四千七百円もするんだよ。そのおじさんがすごくさ、もう暗そうな顔してそれ持って帰ったんだけど、そういう読者にウケてんのかと思ってさ、ある意味、すごく新鮮な驚きだったの。

大森　(笑)。でも若い人は松坂慶子の写真集買わないでしょ。

北上　それと比べるとさ、これは五十、六十の人は買わないだろうから、いくつぐらいの人が買うんだろうか。なんか、これ買う人を見てもドラマを感じないいんだよね。**読者が見えないいんだよ**、これ。若い男の子はさ、《週刊プレイボーイ》か何かでときどき、女はこうやれば喜ぶんだみたいなのあるんじゃないの？　今でも。昔もあったけど。

大森　ありますあります。だからクリトリスの愛撫の仕方みたいな話もさんざんあるけど、ただやっぱりここまで細かくはやってないですね。だいたい中指の腹でどうこうとか、やさしく包皮を剥いてとか。

北上　違うの？　そういうのと。

大森　違う違う、全然違いますよ。

北上　同じようなことじゃん、これ。違うの？

大森　8の字とか(笑)、詳しさが全然違うんですよ。ちゃんと読んでくださいよ、いやがらずに(笑)。でもなあ、あんまり文章が面白くないんですね。いきなりサム・ライミ（『死霊のはらわた』『スパイダーマン』などで知られる映画監督）とか出てくるんで、そういう関係ない蘊蓄バリバリ入ってくる本かと思ったらそうでもないし。まあ、生々しくないところがいいんでしょうね。ハウツーSEXの本って定期的にブームになるじゃないですか、奈良林祥の頃から。さらにその前の、カッパブックスで出た性生活の何ちゃら（謝国権『**性生活の知恵**』）とか。昔はマネキン人形みたいなやつ使ってましたよね。

北上　考えてみると昔からあるんだよね。

大森　うん、だからこれは要するにプラス・アルファの本ですね。そういう基本的な情報が世の中に溢れてることを前提に成立するタイプの本でしょ。

北上　いや、綺麗な作りにして手に取りやすくさしたっていうことなんじゃないの。だって『性生活の知恵』っていうタイトルじゃさ、レジに持ってきにくいじゃない。でもさ、これなんかすごいぜ、『究極の愛の芸術』だぜ。

大森　でも帯に「女性が必ずオルガスムに導かれる最高の愛撫とセックス」なんてキャッチフレーズがあって、「満足してる？」とか書いてあるから、それは同じぐらいだと思いますけど（笑）。

北上　そう？　恥ずかしい？　これは恥ずかしくないような気がするんだけどなあ、『性生活の知恵』って書いてるよりはおまえ、いいだろ。だから結局昔からあるパターンなんですよ。それをイラストつきの綺麗な本にしたっていうことなんじゃないの？　**すぐ忘れられますよ、所詮は**。

大森　（笑）。

北上　べつにそんなに長い時間かけて語るような本じゃないよ。

大森　そう。**でもさあ、家に帰って本棚の奥にこの本があったら**――（笑）。

北上　怖いねえ、それは怖い（笑）。

大森　女房に読ませて意見を聞こうかと思ったんだけど、ちょっと考えてやめました（笑）。

――次は『**ベラベラブック**』という。これも非常に売れているんですが。

「そのまま!」を英語で何と言うのか教えて欲しい

北上　今年の秋にアメリカに競馬のブリーダーズ・カップをみんなで見に行こうっていう計画があるんですよ。で、じゃあちょっとした会話本でも買おうかなあと思ってたら送られてきたから見てたんだけど、これ役に立つの? 今日聞こうと思ってたんだけど——あれ、おまえ、Cじゃん(笑)。

大森　(笑)。僕は基本的に、文例丸暗記型の英会話本はあんまり信用してないんですよ。

北上　あっ、そういう意味で?

大森　うん、応用が効かないから。『トラベル英会話』みたいに状況が限定されてればそれなりに役に立つんだろうけど。でもこれ、今どきの英語文例集としての完成度は高いですよ。昔はとにかく情報を詰め込んで文法解説とか用例とかどんどん増やしてお得感を出してたけど、今はむしろいかに引くか、どこまで情報を減らせるかの勝負。これだけ覚えれば大丈夫と錯覚させる技術がうまい。あと、この本のデザインは感心しました。数年前から流行ってるカタカナ主体のデザインの完成形。以前だったら英語使うところを全部カタカナにして、専用フォントまで作ってやってる。造本も完璧に近い。

北上　でもさあ、これって実用書じゃん。だから役に立つか立たないかが第一だと思うんだけど、そういう意味では、俺、競馬トラベル英会話本って欲しいなあ(笑)。外国の競馬場に行くのに必要なことが全部書いてあるの。

大森　そういうのって競馬雑誌で特集しないの?

北上　行き方とかはあるけどさ。会話はないよ。

大森　サッカーなんかだと、イタリア語ではどう言うとかって特集がたまにあるけど。

北上　うん。まあ、単勝は「ウィン」って言うんだけどね、それは。だから「ウィン」って言えばだいたい単勝馬券を買うことはできる。でもなんかもっと細かいことあるじゃん、いろいろ、付属するような。

大森　まあ、サッカー雑誌だって、向こうのサポーターのオヤジと喋るときの会話集とかはあんまり載らないかな。

北上　そうそう、野次の仕方とかな。あと(掛け声の)**「そのまま!」は何と言うのかとかさ**。俺、香港行ったときにさ、最終レースで現地の人たちが「ガウチョ、ガウチョ」って言ってたわけ、その意味がわかんなくてさ、俺はそのままがよかったんだけど、もしガウチョが「差せ!」だったら困るじゃん、だから自分も一緒に叫べないわけだよ。「ああっ、わかんない!」って頭をかきむしって、わかんないまま帰ってきて香港に詳しい人にあとで聞いたら、「ガウチョ!」は「そのまま!」だったんだよ。じゃあ俺もガウチョって言やあよかったと思ってさ、そういう必要な言葉ってあるんだよ。

大森　それはそうですよね。サッカーの試合でも、オランダのサポーターがものすごい声を揃えて何か叫んでるけど何て言ってるかよくわかんない、あれはいったい何て言ってるんだろうみたいな。

北上　ね? そういうのわかったら面白いよな。だからそういう実際にやってる人たち、実際に現場にいる人たちが必要なものをね、本にしてほしいんだけど、そんな必要としてる人がいないから本にならないんだよな、きっと(笑)。これはだから何を必要としてる人たちのための本なのかがわかんないんだよ、そういう意味で言うと。外人と話してカッコよく見えるとかなのかね。

大森　六本木で外人と二言三言ぺらっと喋ってみせる

のに最適とか。
北上　あ〜、なるほどね、じゃあ、関係ねえや、そんなの全然。
大森　まあ、入口なんでしょうけどね。でも、内容的には、少し前ベストセラーになった『**ビッグ・ファット・キャットの世界一簡単な英語の本**』（向山淳子・向山貴彦著／幻冬舎）なんかのほうが新鮮だったかな。
――じゃあ最後はシアラー『**青空のむこう**』。
北上　これはよくあるパターンで。
大森　**百回は読んだような**（笑）。
北上　つまり死んだあともう一回地上に戻ってくるっていう話なんだけど。なんでこれが売れてるのかっていう。僕はこのパターン好きなんで、これ自体はまあまあ面白く読んだからBにしたけど、別にどうってことはないんだよね。これが売れてるんだったらなんで森絵都の『**カラフル**』（理論社）が売れないんだよって逆に言いたくなる。でも『カラフル』も別にあとで聞いたらオリジナルじゃなくてその前からいっぱいあるんでしょ、こういう話は。
大森　ありますね。少女マンガでも大島弓子の『四月怪談』とか、映画でも牧瀬里穂が主演した『東京上空いらっしゃいませ』とか、もういくらでもある。ただ、この小説でちょっと面白かったのは、イギリスの今の子供の話なんで、そういう現代的な生活感が少しだけ出てくるところ。やっぱり（ゲームの）『ウォーハンマー』ってイギリスでは人気あるんだなあとかね。ただ、そういう色は抑え気味で、どっちかというと普遍的なとこで勝負しようとしてるから、すごくシンプルな、老若男女も国籍も問わず誰にでもわかる話になっちゃってる。**昔ながらのパターン通りで、ひねりも何もない**。
北上　浅田次郎の『**椿山課長の七日間**』（朝日新聞社）っていうのもまさにこのパターンで、中年男が死んじゃって天国と地獄に行く間に中継ステーションってとこに行くんですけど、現世でどんなに悪いことした人でもそこで〝反省〟っていうボタンを押せば全員天国に行けるんですよ(笑)。ところが、なんかやっぱり思い残すことがあって、ボタンを押さない人が三人だけいて、それが主人公の椿山課長とヤクザの組長と少年。で、しょうがないから現世に戻されるんだけど、三つだけ条件があって。一つは七日間しか地上にいられない。次が正体をばらしちゃいけない、最後が復讐しちゃいけないという。それで、その中継ステーションと二十四時間つながる携帯電話をひとつと、なんでも出てくるバッグを持たされるという話で、まあ浅田次郎らしいアクの強い話ですが、これと続けて読んだんでちょっと平板な印象でしたね。

大森　その『椿山課長』みたいに、独自の特殊ルールをどう設定するかがこの手の話の勝負どころなんだけど、これはそのへんが非常に甘いですね。お母さんを百五十年捜してるとかいうアーサーにしても、どんな努力をしてるのか全然見えないし、最後で急に巡り会えちゃうのもよくわかんない。そういうのを全部すっ飛ばして癒し系みたいなとこで勝負してる本は、僕の場合、基本的に敵だと思ってるので(笑)。

北上　すごく不思議なのがね、この手の話は昔からあるのに、売れる・売れないっていうのは実にちょっとした差なんだよね。オリジナルだから、新しいからって売れるわけじゃなくて。だから、これが売れてるって聞くと、その差をしみじみ感じます。

もし未来から息子が訪ねてきたら?

——わかりました。じゃあ、北上さんの三冊のほうにいきたいんですけども。

北上　じゃあ、『青空のむこう』に続いて、趣向ものということで『**トキオ**』からいきましょうか。これもよくあるタイムスリップものなんだけど、これは面白かったんですよ。タイムスリップを使ったエンターテインメントっていろいろあるんだけども、そういうのとどこか違いをつけなきゃいけないんで、どうするかっていうときに東野圭吾の『トキオ』が面白かったのは、自分の父親の若いときにトキオという息子が会いに行くんだけども二十幾つだからこの父親がどうしようもないいんですよね。将来どうなるかわかんなくて、デカい夢ばかり言って実体が何もない。で、そのままじゃ困るから息子がさりげなく誘導しなきゃいけなくて、ある種、水先案内人をすることになる。それが面白かった。つまり父親と息子の役割が逆転しちゃう。

大森　でもそれ、『バック・トゥ・ザ・フューチャー』じゃないですか。

北上　あ！　そうかあ。

大森　あれも気弱なお父ちゃんをなんとかお母ちゃんとくっつけようとして頑張る話でしょ。

北上　まあでも、僕はこういう話大好きなんで。あとやっぱり東野さんうまいから自然なんですよね、物語が。『バック・トゥ・ザ・フューチャー』ってなんか取ってつけたようなとこあるじゃん、すごく。作り物めいたところが——まあ、作り物なんだけどさ。

大森　まあ、あれはシチュエーション・コメディですからね。

北上　それと比べて、東野さんのはやっぱりなかなか説得力あると思ったけどね。

大森　でも、メインの話は要するに人捜しだから、未来から来たって設定があんまり本筋とからまない。だから、読者はわかってて主人公はわかってないっていう、ひとつの〝趣向〟にしかなってないところが、まあそのほうがいいっていう人もいるだろうけど、僕にはかなり物足りない。

北上　ああ、そうなの、ふ〜ん。

大森　うちの一歳の息子と名前が一緒なんで、うちのトキオがこの年になって、このぐらいしっかりしてればなあとか思いますけどね。

北上　じゃあ、大きくなったトキオがおまえの若いときに会いに来たらどう思う?。

大森　(笑)。そりゃもう、未来から来たとか言われた瞬間にもっといろいろ検証しますよね。山ほど質問して、信用できそうだとなったら、その知識の一番有益な利用方法を考える。

北上　**やな父親だね**(笑)。

——(笑)。今までの東野さんのと比べたらどうなんですか。

北上　やっぱり最近の作品はみんなうまいですよ。『秘密』(文春文庫)の少し前あたりから読者を引きずり込む力技みたいなのを身につけてきて、それがときおり鼻につくかもしれないけども、僕はすごくいいと思う。

大森　僕も『秘密』『白夜行』はすごく好きなんですけどね。でも、ここ何作かは少し物足りない感じ。この話だったらもっとひねってほしい。

北上　このぐらい読ませてくれれば充分だよ。このレベルはそうそうないよ。確かに最高傑作とは言いがたいけど。

大森　まあ個人的に、時間ものに関しては採点基準が高くなるので。

決戦!
ララバイ・ウォーズ

——じゃあ、次は『**コンビニ・ララバイ**』なんですが。

北上　今年の僕のベスト1候補はこの『コンビニ・ララバイ』と『グッドラックららばい』で、一人で〝ララバイ・ウォーズ〟と言ってるんですが、この池永陽の前の作品は、実は、新刊で読んでなくてですね、ずいぶん経ってから読んだんですが、『**走るジイサン**』（集英社文庫）といって、老人の頭の上に猿が乗ってるという、とんでもない話なんですよ。だいたい新人賞の応募作に老人小説を書くという発想が太い。だから非常に風変わりな小説を書く人なのかなと思ってたら、今回はストレートな話で、短編としてよくできている。コンビニの日常を描いた作品だから趣向は別に新しくないんだけど、文章力と構成力が秀でてますよ。君はどうなの？　あれ、Bじゃないか？（笑）

大森　まずこの〝**ミユキマート**〟**っていう店の名前がイヤですね**（笑）。

北上　なんでだよ（笑）。

大森　そもそも、奥さんの名前をつけた夢の店を開こうとしてコンビニをやるっていう発想が間違ってると思うんですよ。コンビニを看板にするなら、やっぱりちゃんとコンビニのことを書いてほしい。ローソンとかファミリーマートの話だったらだいぶ印象が違ったと思うんですけど、このコンビニはダメです。ミユキマートはもう潰れてますね、この話が始まる前に（笑）。そりゃまあ、世の中に独立系コンビニは存在するけど、イメージとしてはコンビニ風の商店ですよね。チェーンに入らないんじゃ、小説の舞台をコンビニにする意味がない。

北上　いやいや、コンビニにすることによって成り立つ短編があるわけですよ。時間切れの弁当を捨てるのをもらいに来るホームレスの話とか。

大森　そんなの、食堂の裏に捨ててある残飯を拾いにくるホームレスでもいいじゃない。

北上　それだとイメージが違っちゃうよ。あとこれ、君はこのコンビニがもう潰れてるって言うけどさ、それはちゃんと書いてあるわけですよ。コンビニをなぜ始めたかっていうと、子供が死んで妻がすごく落ち込んでるから夫婦でできる商売をやろうと。で、大手チェーンに入ってないから経営が苦しくて、もう潰れそうになってる。だから従業員が気にして「オーナーもっと一生懸命やりましょうよ」と言っても、子供も妻も死んじゃったから全然やる気がないってとこから始まるわけだから。

大森　いやいや、書いてあるけど、切実感がない。ファンタジーのコンビニですよ。いや、ファンタジーならファンタジーでいいんだけど、だったらなぜコンビニなのかと。

北上　そうかなあ。これはね、コンビニの業界小説じゃないんでさ、そのへんを書こうとしないのは確信犯ですよ、あくまで舞台設定だけでいいわけですから、それは。そこをさりげなく逃げるために、やる気がないんだってことにしてるわけですよ。その前提に対する批判はあってもいいけど、小説の眼目は違うわけだから。じゃあ、その前提のもとに始まるドラマに対する批判を聞かせてよ。

大森　一話一話のドラマっては、まあ、うまく書けてるしそんなに腹は立たないんだけど、なんか〝いかにも〟っていうタイプの話が多いでしょ。

北上　いかにもね、そりゃもういかにもだよ(笑)、うん。

大森　で、その舞台をコンビニにすることで現代的に見せたいって意図だと思うんだけど、今のコンビニの空気が伝わってこない。僕はほとんど毎日コンビニに行ってるけど、この小説には、〝街のホットステーション〟とか言いながら夜中は殺伐としてたり、茶髪の高校生が店の前でおにぎり食い散らかしてたり、そういうナマのコンビニらしさがほとんど出てこないじゃないですか。これなら居酒屋兆治でもなんでもいいわけで。現代のリアルなコンビニなんか書きたくなかったのかもしれないけど、それで『コンビニ・ララバイ』と言われても……。

北上　君は重松清は嫌いなの？

大森　いや、ものによっては。

北上　あっそう、ふ〜ん、つまりある種その、オーソドックスな人間たちのドラマを書くって意味では重松と同じなんだよね。つまりこういうストレートなものは、重松清を例外として実は意外に少ないんですよ、最近。

大森　うんうん。

北上　どっかでやっぱり浅田次郎みたいにもっとアクを強くしちゃうか、あとは東野圭吾の『トキオ』みたいに趣向を凝らしちゃうか、両端に揺れちゃうケースが多くてね、真ん中をストレートに書くっていうのは、これ筆力がないとできないからなのかもしれないんだけども意外と少ない。そういう意味でこれは非常に貴重なものです。僕は第五話の「あわせ鏡」が一番好きで、これ、昔から書かれてるような哀しい女の話なんだけども、それをここまで書くっていうのはうまいですよ。それはちゃんと評価しなきゃいけない。

大森　うん、各話の語り口とか視点とかは非常によく考えられてますよね。

——では、平安寿子『**グッドラックららばい**』を。

北上　ああ、これは君もAなのか、なるほど。**わかったな、だいたい**(笑)。

大森　これはすばらしい。傑作ですね。

北上　うまいよねえ。なるほど。『コンビニ・ララバイ』に比べると、オーソドックスさとはまったく縁遠く(笑)、どんどん変な話になっちゃう。四十一歳の母親が突然家出したところから始まるんだけども、ふつうだったらそこから考えられる家族のドラマっていろいろあるじゃないですか。それなのに全然違った風に展開していく。「人の迷惑顧みず、自分のことだけ考える、タフな一家がここにいる。」という、帯の裏の惹句がすべてを語ってると思う。

大森　北上さん、《本の雑誌》でもそう書いてましたけど、それは違うと思う。

北上　そうなの？　だってさ、つまりお母さんが家出しちゃうじゃん。で、家出してる間、妹も姉さんも、お母さんのことを忘れてとは言わないけども、それぞれ自分勝手にやるわけじゃん。お父さんもあんまり探さないし。で、一番最後のおばさんの台詞、「すごくみんな勝手なのになんであんたたち何も気にしないのよ!」って、あれがすごく象徴的じゃない?

大森 うん。でも別に他人に迷惑はかけてないでしょ。勝手に気をもんでる親戚のおばさんがいて、一人で怒ってるだけ。だいたい家出したお母さんなんか、人助けに行ってるんですからね(笑)。主婦のキャリアを生かしてたくましく自活してるわけじゃないですか。まあ、次女はちょっと迷惑かけてるけど、お父さんはすごく淡々と日々暮らしてるし、長女はどっちかっていうとお父さん似で勝手にやってて、ダメ男に貢ぐのが趣味。「人の迷惑顧みず」って言葉から連想するような、それこそ戸梶圭太的な暴走家族の話じゃないんです。迷惑とか自分勝手っていうんじゃなくて、どんなに離れ離れになってても家族はしっかり芯があってつながってると。ジョン・アーヴィング的な開かれた家族の心温まるホームドラマって感じでしたね。

北上 俺はね、そこは逆なんですよ。戸梶圭太みたいにね、みんなが本当にとんでもなく自分勝手で突出してる話って、小説として面白く読んでもさ、リアル感がないんですよ。で、この平安寿子の『グッドラックらくばい』がすごくリアルだなあと思ったのは、世間一般の常識で言えばね、お母さんが、娘が中学生とか高校生なのにそれほっといて家を出るっていうのはやっぱり迷惑かけてるわけですよ。つまり家族はみんなバラバラなんですよ、これ。お父さんだってさ、淡々としてると言ったって、妹のほうがどうしてもお金に困って借りにくると寝た振りするじゃん、病気になって。とんでもない親ですよ、これ。自分の娘がだよ、再婚したあとか事業か何かで金がどうしても必要だと、何百万。そうすると寝た振りしちゃうわけ、病気で痛い痛いとかなんか言ってるんですよね。

大森　(笑)。泣いたりするんですよね。

北上　そうそう、淡々じゃないんですよ、まったく自分のことしか考えてないんですよ、みんな。でもそれがさ、戸梶圭太が書く家族よりはいかにもありそうじゃん。そこがうまいと思う、うまいっていうか、俺にとってはリアルなわけ。だから家族である必要ないんですよ、こいつら。それでいて最後は、「あっ、これでいいのかもしれない」っていう気になってくるの、これ読むと。それがすごい。

大森　僕が一番感心したのは——お母さんが出てってどうこうっていう前半の話はまあそんなにびっくりはしないんですけど——家出したお母さんがたどる波瀾万丈の流浪の人生ね。**全然流浪してる感じがなくて、すごく地に足がついてるんだけど**(笑)。で、前半はハガキとか電話とかでちょこちょこお母さんの消息が伝わってくるじゃないですか。旅芸人の役者にくっついて全国各地を歩いてるらしいとか、今は旅館にいるらしいとか。で、そのとき具体的にどうだったかが、後半、お母さんの視点から語られて、それがもうすばらしい。勢いで旅芸人の車に乗っちゃって、「奥さん舞台に立てるよ」とか「女優になれるよ」とかおだてられたのを本気にして、なんか迷惑がられつつもなんとなく居着いちゃうとか、借金のカタに旅館に置いていかれるとか、すごく意外な展開なのに、語りの呼吸が抜群にうまい。

北上　途中でさあ、郵便貯金をお母さんがしてさ、その数字をお父さんが見て安心するっていうくだりがあるじゃない。遠く離れてるんだけど郵便貯金をしっかり毎月やってるからお母さん大丈夫だって、変なつながり方をしてる。

大森　そうそう、そういうところがいいんですよ。あのお父さんも、最初どうしようもない感じだったのが、お母さんのパートになるとすごく褒められてるのがまたおかしくて。お父さんのパートでは、仕事中なんで上の空で電話を切っただけなのに、お母さんの視点からは、「ああ、やっぱりウチのお父さんはちゃんとわかってくれてる」みたいに、すごく勘違いして評価されたり。そうやって同じシーンを別の視点から描き分けるのもうまい。その後の次女の人生はまあちょっとステレオタイプかなって気もしますけど。

北上　まあ、最近はよくあるよな。妹のこの人生の書き方ってな。唯川恵のあれがそうだったし、『ベター・ハーフ』（集英社）だっけ？　でもうまいよ、すごく。

大森　今どき旅芸人の話をね（笑）、こんなにリアルな話としてちゃんと書けるっていうのは貴重ですね。そのあと旅館で住み込みをしてることは読者にもうわかっちゃってるから、いったいどうして旅芸人の一座から旅館に転向したんだろうと思ってると、「なるほどこういう事件があったのね」と納得させてくれるし。たいへん楽しく読めました。

こんなすごい作家がいたのか！ ジェラルド・カーシュの魅力

――じゃあ大森さんの三冊のほうに。

大森　『**石の中の蜘蛛**』、これはですね、浅暮三文さんの五感シリーズ第三弾です。『**カニスの血を嗣ぐ**』っていう犬の嗅覚を持つ男の話、『**左眼を忘れた男**』（ともに講談社ノベルス）っていう目玉が片方飛び出しちゃって遠隔地の景色が見える男の話に続いて、今度は聴覚の話。異常に耳が鋭くなった男が主人公なんですけど、『**オルファクトグラム**』（井上夢人／講談社文庫）みたいなものを想像してると、話がどんどん違う方向に暴走していく。要するに、異常な聴覚だけを頼りに、自分のアパートに半年ぐらい前まで住んでいた女の生活を再現するんですね。なんでそんなことが可能かというと、生活音が部屋の床や壁に染み込んで残ってるんだと。音は音波だから、床とか壁とかにある程度物理的な衝撃を与える。床をスプーンでコンコンと叩いてくと、ちょっとした反響の違いで、床が吸収した過去の音が頭の中に再現されていく。まあ、あり得ない話なんだけど、そのディテールがものすごくうまいんです。で、その〝幻の女〟捜しにどんどん入り込んでいくという。基本的にはこれ、ノワールというか、主人公はいい奴でも何でもないというね、一種のストーカー小説なんです。結局そうやって一生懸命思い込みで女を追いかけていって、どうもなんかトラブルに巻き込まれようとするから助けようとするんだけど、女のほうはなんかよく知らない人が追いかけてきて気持ち悪いみたいな感じで(笑)。で、後半のどんどん暴走していく感じが非常に面白い。

北上　あのさあ、おまえの言い方聞いてるとすごい褒めてるんだけどBじゃんか。

大森　そうねえ、まあAつけてもいいんですけどね、Aにしようかな。**どうも浅暮さんの顔が浮かぶとAをつけにくいんだよな**(笑)。

北上　要するにこれディテール小説なんだけど、コンコンって叩いてね、なんか音が残ってるのが聞こえてくるっていうのも本当に思えてくるほど微に入り細に入り書いてある。で、そのディテール描写は『カニス』のときよりはるかにうまい。

大森　そうですね。

北上　だから、すごく成長したなっていうのはあるんだけど、問題は、やっぱりそれは一つの趣向で、本線の物語があるわけだから、それがまだ弱いんだよね。だから僕はAつけられなくてBにしたんだけど。

大森　まあ確かに、女性捜しから主人公が事件に巻き込まれていくあたりは話が借り物っぽいんですよね。無理やりミステリ風のプロットをくっつけた感じで。

北上　そうなんだよ。物語の弱さが目に付いちゃう。

だから、これだけディテール描写がうまくなってきたんで、もうひとつ今度は物語の弱さがなくなると初めて傑作が生まれるんじゃないか。だから、今後が楽しみ。

大森　でも、この突き放したラストはすばらしいと思う。一皮剝けた感じ(その後、『石の中の蜘蛛』は第五十六回日本推理作家協会賞を受賞)。

——では『**壜の中の手記**』ですが。

大森　これはジェラルド・カーシュっていう、一九一一年生まれかな、一九三〇年代～五〇年代に活躍した作家の短編集です。僕はSFのほうで前から知ってるんですけど、この本の中ではSFは一本だけで、怪奇幻想とか秘境ものとかの短編が中心ですね。

北上　これはねえ、すっごい気に入った。**こんなすごい作家をどうして俺は知らなかったんだろう**と思うくらい。この短編集でも何がよかったかなあ。半分以上はよかったですよ。まあ、言ってしまえば、奇妙な味っていうことなんだろうけども。

大森　ただ小味の効いた話じゃなくて、すごくスケールが大きくて、いわくいいがたい個性がある。例えば巻頭の「豚の島の女王」は、無人島で奇妙なヒト型の生物の骨を見つけた船長が、これはものすごい進化上の大発見だと興奮するんだけど、実はそれは難破したサーカスの船から漂着して死んだフリークスたちの骨だった——ってところから本題の話になる。小人の双子と怪力の大男を支配していた手足のない少女の話で……って説明しても全然雰囲気が伝わらないなあ(笑)。

北上　そうだよね、これはむずかしいよねえ。奇妙な味と言っても零れ落ちるし、怖いと言っても微妙に違うし。でも、今回収録されている作品って一番新しいやつでも一九五八年だから、今から四十年以上前の作品ですよ。なんでこういうのって古びないんだろうね、不思議だよねえ(笑)。新潮文庫から北村薫さんが編んだ『**謎のギャラリー**』というアンソロジーが今年の初めに出て、すごく面白かったんだけども、あれも考えてみりゃそんなに新しい作品じゃないんですよ。だからまだまだ埋もれた傑作がたくさんあるんだなと思った。

大森　うん。一時この手の短編は全然本にならない時期があったから。この本も前にソノラマ文庫で出た『冷凍の美少女』と収録作が半分ぐらいだぶってて、そこが不満と言えば不満なんですけど、これが売れてくれると、こういう短編集をどんどん出せるようになるからぜひ買って読んでほしい(笑)。(その後、河出書房新社から《奇想コレクション》がスタート、実際にこういう短編集がどんどん出るようになった)

北上　うん。これはもうぜひおすすめですね。今年の正月休みに、その新潮文庫のアンソロジーで読書の至福を味わって以来、いかにも読書してるなあっていう喜びが久々にありましたね。

――では、最後に『**クリプトノミコン**』全四巻なんですが。

北上　全四巻だよ！　**おまえ、いいかげんにしろよ！**　これはね、一巻目の途中で挫折しました(笑)。確かに冒険小説っぽく書かれてるのはわかるんだけども、一巻の最初で長〜い台詞で数学原理について説明するところがあるじゃない？　いくらなんだって、この部分長過ぎるよ(笑)。

大森　そういうところは飛ばして読めばいいのに。まあ筋を追いたい人にはあんまり向いてないかもしれないけど。これはですね、かつて第二次大戦中に日本とドイツが南の島に埋めた財宝を巡る一大冒険小説なんです。宝を埋める話と宝探しの話がセットになって、戦時中の話で出てくる人たちの孫の世代が現代側の主役になる。それをつなぐモチーフが暗号だと。現代編ではＩＴベンチャーで南の島に通信ケーブル引いて洞窟の奥にデータヘヴンを作る話が中心で、そこにまた暗号が絡んでくる。政府×個人、規制×自由の構図が根底にあって、過去のパートでは暗号おたくの数学者たちが主役、現代のパートではハッカーたちが主役になる。ＳＦ文庫で出てますが、**中身はまったくＳＦじゃありません。**

北上　(笑)。

大森　だから、ストーリーがどんどん進むローラーコースター型が旧来の冒険小説の王道かもしれないけど、これはそうじゃなくて、一個一個のすごく細かいディテールや一見無関係な爆笑のエピソードがだんだん積み重なっていって、遠くから離れて見ると実はものすごい冒険小説だったことが最後にわかる、そういう話なんですよね。だからＳＦ文庫で四分冊じゃなくて、ハードカバーの分厚いのでドーンと出して『このミス』一位を狙うべき本だと思いますけど。

——北上さん、どうですか？(笑)。

北上　第二次大戦中に金塊を埋めたという冒険小説はもうそんなに読まれないんだよね。それに何かがプラスされていなければ、ちょっと困る。

大森　だから、そのプラスアルファはめちゃめちゃいっぱいあるじゃないですか！

北上　そう(笑)。**あり過ぎるんだよ**。すごく余分なような気がするわけ。最初に数学に関する長〜い会話があって、その段階で早くも俺、違うような気がしたんだよ。

大森　確かに、どう見ても本筋と関係ないだろうみたいな話はたくさん出てくるけど……。

北上　そうなんだよ。

大森　でもそこが面白いんですよ！

北上　だからまあ、これは選ばれた読者の方が読めばいいんじゃないでしょうか(笑)。

第7回

（2002年 冬）司会＝古川琢也

ブック・オブ・ザ・イヤー2002

編集部選

松久淳 田中渉『天国の本屋』（かまくら春秋社）

オグ・マンディーノ『人生は素晴らしいものだ』
（伊藤知子・訳 PHP研究所）

宮部みゆき『あかんべえ』（PHP研究所）

乙一『GOTH リストカット事件』（角川書店）

奥田英朗『イン・ザ・プール』（文藝春秋）

北上選

1位：荒山徹『魔岩伝説』（祥伝社）

2位：平安寿子『グッドラックららばい』（講談社）

3位：重松清『流星ワゴン』（講談社）

4位：デニス・レヘイン『雨に祈りを』
（鎌田三平・訳 角川書店）

5位：ジェレミー・ドロンフィールド『飛蝗の農場』
（越前敏弥・訳 東京創元社）

大森選

1位：コニー・ウィリス『航路』（大森望・訳 ソニー・マガジンズ）

2位：古川日出男『アラビアの夜の種族』（角川書店）

3位：打海文三『ハルビン・カフェ』（角川書店）

4位：ニール・スティーヴンスン『クリプトノミコン』
（中原尚哉・訳 早川書房）

5位：飛浩隆『グラン・ヴァカンス 廃園の天使I』
（早川書房）

『天国の本屋』の引用芸

――今回は一年の総決算「ブック・オブ・ザ・イヤー2002」ということで、お二人のベスト5に、編集部が選んだ二〇〇二年の話題書五冊について語っていただきたいんですが。まず編集部の五冊からいきたいんですけれども、松久淳、田中渉『**天国の本屋**』、これは二年前に発売されて、今、ベストセラーになっているという。

北上　あ、今年の新刊じゃないの？

大森　違う違う。もう第三弾まで出てますよ。なんかアマゾンでもめちゃめちゃ売れるし。

北上　へえ。ああそうなの。でも、なんだかわかんないよね(笑)。青春小説って書いてあるけど、これ小説？

大森　一応小説仕立てだけど、意味もなく横書きで。

北上　小説とするならば、もう一番最初でめげちゃったんですが。「レジの裏にしゃがんで伝票の整理をしていた茶髪の店員が、驚いてカウンター越しに頭を出してさとしを見つめたが、さとしは気にすることもなく雑誌棚の前でもう一度「はー」と、第二位ランクイン間違いなしの溜息をついた」って、これ小説の文章なの？

大森　文章は最低に近いですよね、かなり。

北上　ねえ？　だからまあ、小説じゃないように読めばいいやと思って。そうやって読んでったんですが、**これ何を言いたいのか全然わからないんだよ**(笑)。

大森　なんで天国にする必要があるのかもよくわかんないでしょう。天国の本屋で一定期間雇われ店長をやる話なんだけど、別に天国じゃなくても成立しそうな話で。

北上　天国の本屋で朗読するじゃん？　で、人が集まってくるじゃん？　現実の本屋さんでそういうことをすればもっと人は来るのに、現実の本屋さんはそれをしてないという書店批判なのかなとも思ったけど。

大森　それがテーマのわけないでしょ(笑)。

北上　設定は好きなんだけどね。人間の寿命は百歳って決まってて、それより早く死んだ差額分だけ天国にいるっていう。でもさ、この主人公は死んでもないのに唐突に天国に行くわけじゃん？　しかも説明がないでしょ。

大森　だから、その百年っていう設定も全然話に活きてないじゃない。単にふつうの本屋に見える。まあふつうの本屋よりはだいぶ客筋がいいような気がするけど(笑)。

北上　俺、こういう設定大好きなのよ。たとえばこの設定生かせばさ、現世で五歳ぐらいで死んじゃったらすごい可哀相なんだけど、天国に行けば九十五年も生きられると思うと救われるじゃない。ちゃんと使えば、いい設定なのになあ。これじゃただの思いつきだよなあ。

大森　とまあ、文句を言いだしたらキリがないんですけど、ただし、この本には二つ、非常に大きな長所がある。ひとつはこの話を真に受けて、書店員になりたいと思う人が読者のうちで〇・一パーセントぐらいは出るんじゃないかと。

北上　それはいいことだねえ(笑)。

大森　で、もうひとつは**主人公が書店で朗読する本のセレクションが実にいい！**

北上　そうなの？

大森　うん。何しろ、朗読のかたちで引用される三冊は、三冊とも、ぼくが子供の頃、うちの母親が朗読してくれた話ですから(笑)。特に浜田廣介の『**泣いた赤おに**』(偕成社)の使い方は絶品。あとは『ナルニア国ものがたり』(C・S・ルイス／岩波書店)から最終巻の『**さいごの戦い**』と、H・A・レイの《ひとまねこざる》シリーズから『**ロケットこざる**』(岩波書店)。

いきなり『さいごの戦い』読むなよとは思いますけど、最近は**『指輪物語』**（J・R・R・トールキン／評論社）の天下だから、この機会にぜひ『ナルニア』も思い出してほしい。キュリアス・ジョージのキャラグッズとか買ってる人も、この機会にぜひオリジナルの《ひとまねこざる》を読めと。

北上　なるほど。どんな本であっても、それをきっかけとして、本読まない人が『流星ワゴン』を読んでくれるようになればいいと――。

――ははははは。

北上　そういう意味で『天国の本屋』は、将来の本読みが少しでも生まれる可能性があるけど、次の『人生は素晴らしいものだ』はね、これも売れてるのかもしんないけど、誰も将来の小説の読者にならない気がする。

大森　ま、小説には来ないでしょうね。

北上　うん。だから同じ面白くない本でも、その違いはある(笑)。

大森　結局、最後の全十カ条の人生訓を読ませるのが目的で。大胆なのは、聖書をそのダシに使ってるという。

北上　つまりね、去年の『チーズはどこへ消えた？』もそうなんだけど、この手のものが決定的に嫌いなのは、背景に読者の衰弱があるような気がするんだ。こういう至極当然の人生訓を言うために、物語作家っていうのは膨大な物語を作って、読者に染み込ませるためにどうするかって考えてるわけで。ここではそれを一切排除して、面倒くさいから直接言っちゃうわけだよ。「航路は明確に海図に書きなさい。漂流者とならないために」って、これで済むんだったら、もう物語は要らないよね。ビラ一枚のメッセージでいいわけだから。

大森　だから、これの場合は話が逆なんですよ。**人生訓のおまけに物語がついてる。**

北上　そうなんだよ。現代の人たちはみんな忙しくて、物語を読む暇がないから小説が売れなくて。この本もその影響なんだろうなあ。ただまあ、版元も企業なんでね、どっかで売り上げを得なければ売れない本を作れないんで（笑）。PHP研究所がこういう本を売ってね、いい本を出してくれればいいんだけど、その代わりに出すのが宮部みゆきでしょ。**「おまえ、宮部さんなら、どこでも売れるだろ」**って。

——ははははは。昨年は宮部さんの『模倣犯』が話題作でしたが、今年の『**あかんべえ**』はどうだったんでしょう。

北上　いやあ、うまいですよ。料理屋に生まれた少女を主人公にして両親が苦労してやっていくというストレートな市井小説なんだけど、宮部さんだったらこの手のものはいくらでも書けると思う。だけど、そこに敢えてお化けを出して、少し違う要素を入れてくるっていうのがうまいですね。

大森　それにこれ、超能力者が出てくる宮部さんの時代物の中でも新しい切り口に踏み込んでいて。今までは、何か不思議なものを見る人がいて、その力をどうやって使うかって話だったんですね。それが今回は、主人公の少女がなぜお化けを見るのかっていうWHYの話が核になってる。

——やっぱり相変わらず、技術的にもすばらしい小説なんですかね。

北上　そうですね。ただ……もう宮部みゆきっていうのはひとつのブランド名になっちゃってるんで。まあ宮部さんは確かにすごいんだけど、そのレベルに近づいている作品もあるので、もっと他の本も売れてほしいなと。

——なるほど。では次は、今年、比較的話題になった『GOTH』なんですが。

北上　乙一はこの連載で大森くんに存在を教えてもらうまでは手に取ったことなかったんですが、『暗いところで待ち合わせ』（幻冬舎文庫）を読んでびっくりして、あわてて前の作品を買ってきた。一冊読んであわててその人の本を買いに走るなんてめったにないんで。そういう行動を起こさせるだけの力を持ってる作家なんだよね。しかも、この『GOTH』でますますうまくなってるよね。そういう気がしない？

大森　乙一ファンとしては『GOTH』はちょっとふつう寄りかなと(笑)。主人公のキャラクターとか、乙一ならではのところもありますけど、結果的に最近の講談社ノベルズ系若手作家の書くミステリにわりと接近している。

北上　『暗いところで待ち合わせ』でエッと思ったのは、いわゆる既製の文脈からずれてるところなんだ。どんな斬新な小説でも、ある一定の約束事があって、その上で膨大な筆力と描写力を駆使して新鮮さを創り出すわけだけど、乙一はその基本の土台からずれている。しかも、乙一のずれ方っていうのは、僕がまだ許容できる範囲なんですよ。ずれ過ぎるとまたダメなんだけど(笑)。

大森　というか、誰にでもわかる感覚をさらっと描写できる人。だから、奇天烈な設定の話でも、すんなり入っていける。ただ今回の『GOTH』は、北上さんの言う既製の文脈とのズレがあまり目立たない。

北上　そうかなあ。

大森　でも、その分とっつきはいいので、乙一を初めて読む読者への入口にはなりますね。

奥田英朗の芸域の広さに感服

――最後は『**イン・ザ・プール**』なんですが、これは評判の高かった一冊で。

北上　奥田英朗がこんなに幅広い作家と思わなかった。つまり彼は『最悪』と『邪魔』（ともに講談社文庫）と

いう異色のクライム・ノベルでブレイクした作家なんだけども、その後に『**東京物語**』(集英社文庫)っていう青春グラフィティを書いて。そして、その次にこの『イン・ザ・プール』という、非常に変な小説をお書きになって。最新刊の『**マドンナ**』(講談社)に至っては、重松清さんのような人情ものなんだよね。だから、「この作家、どこに行くんだろう?」って気がしてくる。

大森　『イン・ザ・プール』はめちゃくちゃな精神科医の伊良部を軸にした連作ですけど、逆にそういう枠がある分、コメディの部分がはっきりし過ぎて少し人工的に見えるのが惜しい。むしろ僕は『マドンナ』のほうが好きですね。

北上　お、そうなのぉ!

大森　うん。『マドンナ』は四十代課長クラスが主人公の連作ですけど、同い年の女性が上司とできちゃう話のオチとか、めちゃめちゃ好きですよ。

北上　へえ、意外だなあ! ああ、そうか。ある種の作りものなわけですよ、『イン・ザ・プール』は。**作りものには厳しいんだ、君は**。ね?

大森　まあ、そうかもしれない。

北上　もともとSFってある種作りものの世界じゃない、新本格とかも。だから、そういう作りものの世界が好きな人は、作り物に厳しいんだな。

大森　ほら、荻原浩の『**神様からひと言**』(光文社)、あれが『マドンナ』と同時期に出て、どっちもサラリーマン小説のコメディで——みたいに言われてるけど、僕、あっちは全然ダメなんです。

北上　わかった、『神様からひと言』はちょっと作ってるからなんだよ。

大森　そうそう、ベタすぎてまったくダメ。

北上　ああ、わかるわかる。君、重松清好きなんじゃないの、ほんとは?

大森　ははは。別に嫌いとは言ってないでしょ。

北上　今まで散々けなされたけど。

大森　けなしてないってば（笑）。
北上　ああそうなの。知らなかった。
大森　『マドンナ』だって、表題作はわりあいパターンですけどね。
北上　表題作ってなんだっけ――ああ、部下が来るやつだ。
大森　（笑）。そうそう、かわいい部下が来て、惚れちゃいけないっていう。
北上　新入社の女子社員が自分の部下に配属されるとき、主人公の中年課長が、「好みの女の子じゃなきゃいいな」って思うとこから始まるんですよ。好みの子だと仕事する気がなくなっちゃうから。そしたら完璧に好みの女の子が来る（笑）。そっから始まる話。
大森　（笑）。あの奥さんがめちゃくちゃいいですよね。まあ、この話はわりと型通りの中年課長ものなんだけど、それ以外の短編がけっこう意表をつく。
北上　なかなか質の高い短編集ですよね。その手のものを書いてくれる人が今は少ないんで。
大森　**北上さんの推薦本だけ読んでると、なんかすごくいっぱいあるような気がしてくるんですけど**（笑）。
北上　少ないよ、全然（笑）。でも、奥田英朗は本当にわからないですね。『イン・ザ・プール』も『東京物語』も『マドンナ』もみんなうまくて。どこが本線なのか。
大森　ユーモアを書く才能はすごくある人ですよね。

波瀾万丈伝奇小説『魔岩伝説』

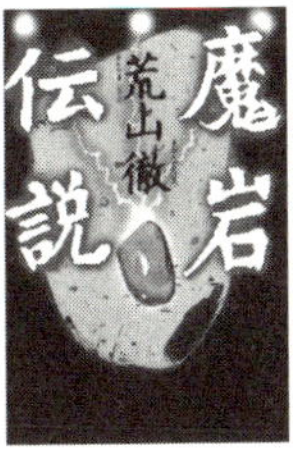

――では、次は北上さんのベスト5にいきたいんですが、敢えて順位をつければ一位はなんでしょうか？
北上　どうしよう……でもまあこれにします。一位は『**魔岩伝説**』。今は波瀾万丈の伝奇小説というのが非常に少ないんだけど、これはそうした久々の傑作です。

前二作の『**高麗秘帖**』『**魔風海峡**』(ともに祥伝社文庫)も波瀾万丈の傑作だったんですが、全然評判にならず、今作が三作目。要するに朝鮮通信使の一行が徳川将軍が代わるたびに朝鮮から来日してきたという史実があって。そこには謎がたくさんあるんだけど、その裏側を波瀾万丈のドラマにした大伝奇小説です。この手のものが好きな人ならまず間違いない。

大森　これは、北上次郎だけならともかく(笑)、豊﨑由美も絶賛してて。この二人がそろって絶賛する本はかなり珍しいので読んだんですけど、思ったより薄味だったかな。前半、白石党と朝鮮通信使にまつわる謎で引っ張ってくところは面白いんだけど、後半はプロットの二転三転ばっかりになって、だんだん興味が持てなくなる。これだったら、全十三巻が今年完結した酒見賢一の『**陋巷に在り**』(新潮文庫)のほうがおすすめ。そっちはなかなか話が進まないから北上さんは嫌いかもしれないけど。

北上　いや、でもねえ、基本的に伝奇小説っていうのはストーリーなんですよ。もちろんそのストーリーを動かすために特異なキャラクターとかが必要ではあるんだけども、基本的にはプロットこそが大事で。とにかく「おっ!」と驚くどんでん返しなんかが重要だと思う。その意味で、僕はこれを読んで、何度も「ええっ!?」って(笑)。

大森　朝鮮通信使の話は非常に面白いし、謎解きも伝奇小説の王道みたいな感じでいいと思うんですけど。でも結局、柳生卍兵衛と遠山景元の対決が主軸になってきちゃって、「おっ!」と驚くものではなくなってしまう。そこが残念でしたね。

北上　だから君の好きな伝奇小説って違うんだよな、同じ伝奇小説って名称は使ってても。

大森　まあね、それはそうかもしれない。

——第二位は、前回も強く推されていた『**グッドラックららばい**』。

北上　まあ、別に僕はこれが一位でもよくて、三位までは全部一位の気持ちなんですけどね。内容は前回話したとおりです。

大森　これは僕も傑作だと思います。今年のベスト1に推す人がいても不思議はない。というか、ジャンル小説以外でベストを選んだら、三本の指には入るんじゃないかと思います。

――では、第三位。

北上　自分としては、この『**流星ワゴン**』が一位なんですよ。中年男がリストラに遭って、家族もバラバラで、もう死のうかなと思ってるときにワゴンが現れて「あなたの一番大切なときに連れてってあげます」と。それで一年前の新宿で妻が見知らぬ男に肩を抱かれて歩いていく姿を目撃する。逡巡していると、止めんでいいのかって声をかけられて。振り向くと、故郷で寝たきりの父親が自分と同い年で立っているという。それだけでもう！

――はははは。

北上　これだけで僕は充分なんだけども。タイムスリップものって大好きなんで。

大森　でもこれ、タイムスリップものとは……。

北上　純粋にタイムスリップとは言えないけどね、そのあとは、重松さんならでは、実にうまく話が展開して。最後も非常にいいんですが、これねえ、僕は実は読み終わったときよりもね、時間が経てば経つほど、どんどんよくなるんですよ。だから、**もしかすると二、三年経つと、これがオールタイムベスト1になるんじゃないか**ってぐらい好きでね。一般的には『ナイフ』(新潮文庫)とかのほうが評価高いですけど、今はこれがベストじゃないかって気がします。

大森　ま、今までの要素が全部入ってますよね。父親との関係、息子との関係、奥さんとの関係。さらに、ワゴンに乗ってやってくるもう一組の親子関係。それが全部重なってくる。

北上　すごく好きなのよ、この終わり方が。ここだと言えないんだけど。なんかさあ、俺、小説読んでこんなに元気を与えられたのって久々だったよ。つまり『グッドラックららばい』も元気を与えてくれるんだけど、最終的にどこか客観的なんだよ。だけど『流星ワゴン』は、そうやって観察する余裕がない、うん。このラストはいいなあ……家族で悩んでる中年男性にぜひ読んでほしい。

大森　いや、よくできてますよね。僕はこれ、現代版『**クリスマス・キャロル**』(チャールズ・ディケンズ／岩波少年文庫他）だと思ったけど。

北上　ほう。あ、そうなの。僕、読んでない、『クリスマル・キャロル』(笑)。

大森　連れて行かれて自分の過去を見せられる、で、変えようとしても変えられないってあたりが。まあ、それだけじゃなくて、東野圭吾の『トキオ』(講談社)みたいな時間ネタもあるし、さっきの『天国の本屋』やベストセラーの『青空のむこう』みたいなあの世設定も入ってて。迎えに来る人たちっていうのは、成仏できなくて天国に行ってなくて、まだ地上にいるっていう、『椿山課長(の七日間)』(浅田次郎、朝日新聞社)の主人公とかと同じようなね、そういう立場の親子なんですよね。息子のために一生懸命運転免許を取って、車も買ったら、最初のドライブで事故で死んじゃって、この世に思いを残している親子がガイド役で。ガイド役側の話っていうのは、まあ天国ものの常道を踏みながら、微妙に踏みはずして、そこにも一応ネタが仕込んであると。主人公側の話としては、過去の自分の体験に遡って、タイムスリップもの的に自分の人生をやり直せるかもしれない、みたいな話が出てきて。その二つの違うパターンの小説がうまくひとつにドッキングしてて、全然違和感がない。技術的にはだからたいへん優れていると思いますけど、北上さんほどは入れ込めないな(笑)。

翻訳ハードボイルドの二大傑作シリーズ

——では第四位ですが。

北上　四位五位は無理して順位をつけたんですけども、四位は『**雨に祈りを**』です。ただ、これはシリーズものの五作目でね、それまでを読まずに単独で読むと「なんでこれがいいの？」って言われちゃうかもしれないんだけど。これは、パトリックとアンジーという探偵コンビが活躍するシリーズで、そこにブッバという、《スペンサー》シリーズのホークみたいな男が出てきて。

大森　**もうまるっきりホーク**（笑）。

北上　そうそう。同じ時期に出たハーラン・コーベンの《マイロン》シリーズも実は同じような構造を持ってるから、人物配置に別段新しさはないんですよ。ただ、このシリーズが非常に新鮮なのは、パトリックとアンジーという主人公のコンビと、ブッバという暗黒街の殺し屋、こいつらがみんな幼なじみなんですよ。それはシリーズ第二作の『闇よ、我が手を取りたまえ』（角川文庫）の中で非常にいい挿話として語られるんだけども、つまり、みんなストリート・キッズなんだね。大人になってからの友情ではなくて、幼なじみの強い絆で結ばれている。だから前作でパトリックとアンジーが結ばれて、ここでは一緒になってるんだけども、**スペンサーとスーザンがまったく能天気に乳繰り合ってる**のと違って、なんか非常に——。

大森　でも、スペンサーとスーザンだって、確か別れちゃうでしょ。いろいろ大変なことになるじゃないですか、後半のほうは。

北上　でもさ、今は別の街にいてもさ、あの二人は蜜月じゃんか。**あの蜜月がすごく俺、腹立つわけよ**。

大森　はははは。

北上　ね？　でもこの蜜月は腹立たないの。
大森　(笑)。それはさ、スーザンよりアンジーのほうが好きってだけじゃないの？
北上　そうかなあ。いや、こいつらがね、ここでまた和解をするんだけど、もう許してあげようっていう気持ちになってるんですよ。おまえたちはもう一緒に生きていけと。おまえたち辛いんだからと。スペンサーとスーザンの蜜月とは、絶対違うと思う。こいつらがなぜ結ばれたかっていうと、男女じゃないんですよ、幼なじみだからなんですよ。だからこの巻でブッバが初めてこんな活躍するわけ。ブッバって実はこれまであんまり出てこない、ちょっといい役のキャラクターだったんだけども、今回はもう全面的に活躍する。友人の助けを借りなきゃ事件を解決できないなら、もうパトリックが主人公じゃなくなってもいいはずなのに、なんでブッバの力を借りるのかっていうと、幼なじみ性の強調ですよ、物語的には。ただ、そういうのはシリーズ全部を通して見えてくることであって、いきなりこれから読んでもなあ。
大森　いや、僕はすごい面白かったですよ。
北上　君、このシリーズ読んでる？
大森　ううん。
北上　これだけ読んで面白かった？
大森　うん。レヘインは単発のしか読んでない。ハーラン・コーベンもいきなり『ウイニング・ラン』だけ読んだしね(笑)。あれと一緒で、こっちもいきなり読んだって大丈夫ですよ。人間関係もすぐわかるし。で、この『雨に祈りを』だけ読むとですね、今回のメインの話は――北上さんは今までしゃべって、この巻のメインストーリーにまったく触れてないんですが(笑)。――シェイマス・スミスの『**わが名はレッド**』(ハヤカワミステリ文庫)を逆側から書いた話としても読める。
北上　あ、知らない。それ読んでない。
大森　『わが名はレッド』は、完全犯罪を企む悪党の話。

最初に自殺しちゃう女を罠にはめるために、ものすごい計画を練る、その男の側から書いた話なんですよ。それに対してこっちは、しばらく連絡がとれずにいるうちに、かつての依頼人が突然裸で飛び降り自殺をする。ニュースでそれを知った主人公たちが事件の背景を調べていくと、どうも完全犯罪的な陰謀があるらしいというのがだんだんわかってくる。そのへんの呼吸が非常にうまいと思いますね。説得力もあるし。リアルなハードボイルドとしては、ちょっとね、主人公側がかっこよすぎるんだけど、まあ納得はできる。

北上　レヘインが日本ではあんまり売れてないみたいなんだ。だから、ちょっとプッシュしたいっていうのがあって。

——北上さんの中ではベストシリーズとも言えるものなんですか？

北上　今の翻訳ミステリでベストのシリーズを二つ選べって言われたら、ハーラン・コーベンの《マイロン・ボライター》シリーズと、デニス・レヘインのこのシリーズですよ。

大森　ロバート・B・パーカーの《スペンサー》シリーズを高校生時分に愛読していた感覚が甦りましたね。それがちゃんと現代的になって、しかも《スペンサー》のいやな部分がきれいに抜け落ちてる。今の私立探偵ものを読んでみたい人にはうってつけじゃないですか。それはハーラン・コーベンも同じですけどね、キャラクター小説としても読めるので。

北上　二つとも非常に質の高いシリーズですよ。

大森　しかも、いわゆるハードボイルド臭さがほとんどない。チャンドラー系だと、**「何もそんな我慢しなくてもいいじゃん」**ってすぐ思うんだけど(笑)。スペンサーも最初の頃はけっこう現実派で、やっと助け出した女の子がやっぱり売春を続けたいって言うから、じゃあちゃんとした売春組織を紹介してあげようとかするんですけど。このシリーズも、夢や理想を追い求めるんじゃなくて、自分でやれることはやるけど、ほんとにピンチになると、伝家の宝刀じゃないけど、すがれる人にはすがる、すぐ助けを求める。

北上　(笑)。ちょっとでき過ぎたとこはあるんだけどな。でもそれはしょうがない。

大森　昔のハードボイルドだったら、あんなおじいちゃんには意地でも助けを求めないっていう痩せ我慢の系譜があったんですけど、そういう男の意地の世界とはちょっと違うんで。ストリート・キッズ上がりっていう設定が生きてるのかもしれないけど、もっとしたたかで現実的。だんだん犯人側のほうがかわいそうになってきます(笑)。

——最後は第五位です。

北上　はい、『飛蝗の農場』ですね。**今年の翻訳ミステリーで一番驚いたのがこの小説です**。とにかくね、最初から何が起きてるのか全然わからないんですよ。しかもね、全部読み終わっても別に大した話じゃない。

大森　うん。

北上　だけど、構成で読まされちゃうんですよ。そして、読んでて混乱したものが途中でフワッとひとつにまとまるのが快感で。これは驚きの小説ですね。

大長編を一気に読ませる　コニー・ウィリスの筆力

——では、大森さんのベストなんですが、第一位は『航路』ということで。

大森　自分が訳した本だし、長々と解説を書いたんで、あらためて語ることもないんですけど……。

北上　(笑)。えー、訳者を前にして言うのもなんなんですが、僕十時間かけてこれ読んだんですけども、面白かったですよ。ただ、少し長過ぎるよね。引っ張り過ぎだと思う。

大森　話自体は単純なんですよね。、臨死体験を研究している女性心理学者の主人公が自分から実験台になって人工的な疑似臨死体験をするんだけど、その度にどうも同じ場所に行くらしいと。前半はその謎だけで延々ひっぱるから、物語の密度のわりに長過ぎるっていう声はけっこうある。でも、その無駄口だと思ってた話すべてにメタファーとしての意味があったことが最後の最後でわかる。一気に小説の見え方が変わるその感覚が、僕はものすごく好きなんですよ。

北上　いや、だから、あとで出てくる『クリプトノミコン』と比べればね、途中で挫折せずに、一気に読めたわけですから、やっぱり筆力はありますよ。

大森　北上さんが長過ぎるっていうのは、迷路みたいな病院の中で何度も迷うとか、会いたい人と会えずにすれ違い続けるとか……。

北上　そうそう。

大森　ポケットベルで呼び出そうとしても、いつも電源を切ってるとか。

北上　そう。あれ、何かの伏線？

大森　**それ全部伏線なんですよ**。

北上　あ、知らなかったよ、俺(笑)。

大森　(笑)。伏線というか、それがすべて臨死体験のメタファーになってる。ネタバレになっちゃうけど、救難信号が通じないまま沈んだタイタニック号の悲劇がこの小説の下敷きで、だから、メッセージは伝えようとしても伝わらない。いくらポケベルで呼び出しても通じないし、会おうと思ってもすれ違う。それでも最後まで努力をやめない人たちの話なんですよ。なんかまだるっこしいなあといらいらしながら読んでいたことが、みんなひとつのメタファーに整理されて、「そういうことだったのか」って腑に落ちると。

北上　**ああ、そうだったの！　感動的だねえ**(笑)。それ解説に書いてる？……ああ、「病院の構造などが有機的にからみあい、重層的なメタファーとなって立体的に立ち上がってくる」。へえー……ふーん。

――はははは。

北上　俺は読者に向いてないな(笑)。

大森　(笑)。まあ、プロットレベルの伏線じゃないから、読み飛ばして気づかない人もいるでしょうけど。その意味ではちょっと文学的かもしれない。

――二位は連載時にお二人とも大絶賛だった古川日出男『**アラビアの夜の種族**』なんですが。

大森　日本推理作家協会賞と日本SF大賞をダブル受賞しましたけど、これは日本の幻想文学のオールタイムベストに入るぐらいの傑作です。

北上　僕はファンタジーが苦手なんですけど、それを忘れさせちゃうぐらいにうまい。これ、ある種の伝奇小説ですよね。ストーリーで読ませるじゃん。伝奇小説はストーリーだと思ってるんで、これはまさしくそれを証明してるんじゃないかなあ。

――第3位は『**ハルビン・カフェ**』ですね。

大森　近未来の日本海側に海市という街があって、韓国・中国・ロシアのマフィアが集まってる。警官の殉職がすごく多くて、業を煮やした下級警官たちが通称Pと呼ばれる報復テロ組織を作る。その革命にも似た熱が醒めてから八年後の話なんですが、とにかく文章がものすごく緊密ですばらしい。

「夜も昼も、数千数万の小舟にしがみついて日本海を渡ってきた難民の群れから一人の成功者が生まれ、その黒竜江省出身の朝鮮族の片肺の男が、小さな岬の台地の上にハルビン・カフェを建てた。」っていう、冒頭のこの一文からめちゃくちゃかっこいいんですよ。最後まで読むと一種のヒーロー小説なんだけど、主人公をストレートに描くんじゃなくて、周辺から埋めていって、謎めいた人物像がだんだん浮かび上がってくる手法。その意味では『白夜行』(東野圭吾/集英社文庫)や『火車』(宮部みゆき/新潮文庫)とも近い。

――北上さんは、どうでした?

北上　抑えた筆致に一見見えるんだけども、実はこの文章ってすごくハイテンションなんだよ。そのテンションについていけない。すごくうまい小説で完成されてるとは思うんだけども、俺とは無縁だなっていう気がする。

大森　確かにエンターテインメントとして読むには、ハードすぎるくらいハードですけどね。

北上　うん……やっぱりエンターテインメントっていうのは入り口をいくつか用意してほしいと思うんだよ。ところが、これはいきなりすごく高い梯子を登らなきゃいけなくて。

大森　確かに敷居は高いけど、でもミステリーでこれだけのことができるというのは感動ですよ。それこそ全盛期の大江健三郎ぐらいの密度がある。

北上　だから、**これは文学だよね**。

大森　うん、まあ、文章のレベルで言えば。でも全体としては、例えば結末のつけ方なんか、やっぱりエンターテインメントを意識してると思うし、ハイレベルなエンターテインメントとして読めますよ。

——なるほど。では第四位は連載時も登場した『**クリプトノミコン**』です。

大森　『ハルビン・カフェ』とは全然違うタイプですけど、現代のリアルな冒険小説ならこのぐらいの密度で書いてほしいという意味では同じクラスですね。これ、基本的には体制vs自由の話なんですよ。右翼vs左翼と単純化してもいいけど。今のコンピュータ文化の文脈で言うと、マイクロソフトvsリナックス。コピーレフトとかオープンソースに代表されるハッカー的な文化と、それを管理しようとする政府側との対立が話の根底にある。で、政府と戦うための武器が暗号だと。第二次大戦の暗号解読競争の話と、ITベンチャー企業を作ろうとするハッカー上がりの現代の若者たちの話とがカットバックで進んでくんだけど、大枠としては宝探し冒険小説。無駄口が多くて楽しめないっていうのもわかるけど、逆に僕は、このぐらいの情報密度がないともはやリアリティを感じない。プロットだけの冒険小説はもうあんまり興味が持てなくなってて。

――じゃあ最後は第五位の飛浩隆『**グラン・ヴァカンス**』なんですが。

大森　これもコンピュータがらみなんですけど、どっちかって言うと『アラビアの夜の種族』に近いかな。いわゆる娯楽のための仮想現実環境、今だと『FFⅥ』みたいなネットワークRPGが進化したやつをイメージしてもらえばいいと思うんですけど、そこの世界に住んでいる人工知能、NPC（ノン・プレイヤー・キャラクター）たちの話なんです。要するに、ドラクエでもFFでも、人間が操作していないキャラがいるじゃないですか。そういうキャラクターたちがその世界でちゃんと生活してるんですけど、そこに〈蜘蛛〉と呼ばれる破壊者みたいなものが闖入してきて、それとの攻防戦という。だからSFって言っても、いわゆるコンピュータ的説明は全然出てこないし。読みやすいと思います。

――どうですか?、北上さん。

北上　俺ねえ、一番最近読んだSFが谷口裕貴の『**ドッグファイト**』（徳間書店）なんだよ。なんであれ読んだかっていったら、単に犬が好きって理由で。犬という入り口があるから入っていけたわけ。やっぱりSF読み慣れてない読者にとっては、**なんか入り口がないと入っていけない**んですよ。

大森　でも、『グラン・ヴァカンス』に関しては、SF特有のとっつきにくさはほとんどないですよ。舞台の街の成立、過去の歴史が繙かれる場面は、『アラビアの夜の種族』の作中作みたいな感じだし、異界が崩壊するファンタジーとしても、映画の『ザ・セル』みたいなミステリタッチのホラーとしても読める。きっと北上さんも面白いんじゃないかと。作者の飛浩隆は、この長編で十年ぶりにカムバックした人で、SF好きの人は飛浩隆のこれからの活躍にぜひ注目してほしい。

（その後、ハヤカワ文庫JAから出た短編集『象られた力』が「ベストSF2004」の第一位に輝いた。）

——なるほど。以上でそれぞれの五冊について語っていただいたんですが、それ以外にも二〇〇二年のおすすめ作品があれば教えてください。

北上　この五冊を決めたあとに出た本で、佐藤多佳子の**『黄色い目の魚』**（新潮社）っていうのはもうベスト5クラスだろうっていう気がしますね。絵の才能があるんだけども、本人は落書きを描いてるだけのつもりで、クラスから落ちこぼれ意識を持っている少年と、その絵の才能を発見する少女の、恋愛でもない微妙なつながりを描いてるんですよ。青春小説ですけどね。

——大森さんはいかがですか。

大森　挙げるとすれば、さっき言った酒見賢一の『陋巷に在り』。孔子が高く評価していた最愛の弟子、「一を聞いて十を知る」天才だった顔回という若者が主人公ですが、歴史小説だと思ったら大間違いで、全十三巻の一大サイキック伝奇アクション巨編です。顔回は、顔氏っていう儒者の一族のホープみたいな男なんですよ。当時の儒者はほとんど超能力集団で、その顔氏が住んでる村なんか、まるで忍者の隠れ里みたいな雰囲気(笑)。舞台は春秋時代の中国だから、小野不由美の《十二国記》（講談社文庫）みたいなところもありますけど、活劇は隆慶一郎の時代劇とか、山田風太郎の伝奇アクションのノリ。南方で修行した当代最高の名医と、ものすごい呪殺を持つファム・ファタルみたいな美女との対決があったり。先の読めない面白さがってことで言えば、北上さんには申し訳ないですが、『魔岩伝説』は敵じゃないな(笑)。**今年の伝奇小説ベストワンは圧倒的に『陋巷に在り』ですね。**

第8回

（2003年 春）司会＝古川琢也

著者名・書名（出版社）	北上	大森
編集部選		
横山英夫『半落ち』 （講談社）	A	B+
橘玲『お金持ちになれる黄金の羽根の拾い方 知的人生設計入門』（幻冬舎）	B	A-
川浦良枝『しばわんこの和のこころ』 （白泉社）	C	C
北上選		
広谷鏡子『花狂い』 （角川春樹事務所）	A	B+
エディー・ミューラー『拳よ、闇を払え』 （延原泰子・訳　早川書房）	A	B
唯川恵『今夜 誰のとなりで眠る』 （集英社）	A	B-
大森選		
恩田陸『ねじの回転』 （集英社）	A-	B+
福井晴敏『終戦のローレライ』 （講談社）	A	A-
ジョージ・R・R・マーティン『七王座の玉座』 （岡部宏之・訳　早川書房）	A+	B+

二〇〇三年度《このミス》1位の真価

――今回からAプラス～Cマイナスの九段階評価でお二人おすすめの三冊と編集部の三冊についてうかがいたいんですが、まず編集部の三冊なんですけども、二〇〇三年の《このミステリーがすごい！》（宝島社）で一位、横山英夫の**『半落ち』**はどうでした？

北上 《このミス》で一位っていうのは意外でしたけどね、面白かった。致命的な欠陥があるという風に直木賞の選考会で指摘されたという話をあとで聞いて、それ大森くんに訊いたら、去年の秋口にもう朝日新聞で報道されてたって、僕、全然知らなかったんですけども。

大森 いや、僕も知らなかったですけどね。誰も指摘していなかったのがおかしいみたいな話が選考会の席で出たらしくて、そんなはずはないだろうと思ってちょっと調べたら、ネット上でも何人かそれに触れてる人がいるし、何より去年九月の段階で、朝日新聞が現実の問題を報道した記事の中で『半落ち』に触れて、「この問題が著者の既に知るところであるとすれば、これは『半落ち』の隠れた主題であろう」と書いてる。僕の感覚だと、杓子定規にルールを適用したらダメって言われるかもしれないけど、『半落ち』のケースならたぶん最終的にOKになるんじゃないかと。

北上 そうだね、ネタの部分だから詳しく言えないいんですけど、今話聞くと、別に法律に違反するということではないわけだよね。

大森 うん。その問題に作中でまったく言及されないのが不備といえば不備だけど、致命的な欠陥とは思わない。

北上 というわけで私は心おきなくAをつけたんです

が、これまで横山秀夫さんは、警察小説なのに捜査課ではなく、警務課とか管理部門の人間を主人公にしてきた人で、管理部門ってことは、ただ犯罪を暴くだけだと警察の不祥事になっちゃう。だから犯人を捜すことは捜すんだけども、彼がなぜそうしたのかを探ることによって、表沙汰にならずに済む解決をめざす。そういう心理小説的な手法が斬新だった。それが今回は捜査畑の人間が主人公で、じゃあ今までとは違うのかと思ったら、それが変わってない。あくまで犯人が何を考えてるのかが眼目になっている。妻殺しの犯行から自首してくるまでの二日間、何をしてたのかという。その意味で、今評価が分かれてる『**顔**』(徳間書店)とか『**深追い**』(実業之日本社)とかと比べて、これはいかにも横山秀夫らしい作品という気がします。

大森　北上次郎という人は、『顔』について、ストーリーが先にありその上に登場人物をはめ込む無理が随所に見えてしまうのである、そのためにこの作者の美点が消えてしまっているのが残念だ——とお書きになってますが、それと同じ問題は『半落ち』にも多少あるんじゃないですか。

北上　あっそう?

大森　主人公が順番に交替しながら少しずつ真相に迫っていくっていう構造がまず先にあるじゃないですか。それにあてはめるためにちょっとずつ無理をしてる感じがする。これ、横山さんの小説の中では例外的に、ひとつのネタに向かって収束させる話ですよね。二日間どこで何をしていたのか、なぜ明かせないのか。その謎を連作短編形式で外側から書いていって、最後に真相にたどりつくって構造なんだけど、この形式自体が横山さんの作風とはマッチしない気がしました。

北上　いや、だって今回が初めての長編でしょ?　その違いがちょっとあるだけで、基本的に同じですよ。確かにまあ、『半落ち』は無理がないっていうのは言い過ぎかもしれないけど、『顔』ほどないよ。『顔』は無理があり過ぎますよ。

大森　僕は同じぐらいだと思うけどなあ(笑)。

北上　ああ、そうですか、君、何なの、評価？　Bプラスか、ふ〜ん。

大森　もうひとつは、ミステリ的に言うと、ネタの部分にわりと早い段階で見当がついてしまうので、その謎だけで最後までひっぱるのはちょっとつらい。

北上　ちょっと待って、途中でわかっちゃうの？

大森　××××がらみだなっていうのはわかるじゃないですか。

北上　ああ、ああ、うんうん。

大森　まあでも、これが《このミス》一位になって横山秀夫作品がどんどん売れるというのは非常によかったんじゃないかと思いますけど。僕は『**動機**』（文春文庫）が一番好きなんですよ。

北上　あれはうまいよね。でも、『**第三の時効**』（集英社）もまたいいんですよ。いかにも横山秀夫らしく、隣の人間が何を考えてるかだけを探る話を徹底している。

――『このミス』の例年のレベルと比べては、どうなんでしょうか。

大森　デビューから一貫して玄人筋の評価が高かった人だから、なるべくしてなったという感じじゃないですか。

北上　そう？　でも、海外編一位の『飛蝗の農場』（ジェレミー・ドロンフィールド／創元推理文庫）にしてもそうだけど、デビューから早いんですよね。出版界全体が早め早めに手を打つっていう傾向があるんで、そういう傾向を反映してるような気がします。

金持ち本を読むやつは金持ちになれない！

――次はじゃあ橘玲『**お金持ちになれる黄金の羽根の**

拾い方』なんですが。

北上　面白かったよ、自分の知らないことを教えられるのってね。でもね、僕ですらわかることが半分ぐらい書いてあるんだ、つまり税法のね。

大森　それはだって、北上さん、会社経営者だから(笑)。

北上　こういう風にやれば節税になるとかね。**そんなの僕ですらわかってるんですよ。**もっとすごいことが書いてあるかと思ったから、「えっ?」と思って、つまりこういう本を読む人っていうのは、お金を残したいとか考えてる人でしょ?　そういう人だったらば当然の常識だろ、節税の問題っていうのは。読者はこれで満足するんだろうかって、それがわかんなかったですね。

大森　著者の橘玲が属している「海外投資を楽しむ会」はメディアワークスから出てる《ゴミ投資家》シリーズで有名なんです。これはそのシリーズの集大成というか、ロバート・キヨサキなんかのいわゆる《金持ち》本ふうの体裁で一般向けに書き直して、たぶん最初からベストセラーを狙った本なんですよね。だから、それまではわりと身も蓋もない言い方をしてたのが、今回はわざと〝黄金の羽根〟みたいな表現を使って、ソフト路線を採用してる。そうは言っても根っこの考え方は一緒だから、「元手が少ないと投資しても無駄」とか、「誰でも老後は(働いて稼げなくなるから、貯金や年金に頼って)一人の投資家として生きていくことになる」とか、そういう真理がずばっと書いてある。税制や公的融資や保険制度の矛盾についてもマクロな視点から背景をちゃんと説明してあってわかりやすい。手っ取り早く金を儲けたいと思って読む人の期待には全然応えてないと思うんですけど、実践的な経済入門書として非常に面白いんじゃないですか。

北上　そういう意味じゃ本当の入門書だよね。

大森　うん。日本の制度はこうで、なぜそんなことになってしまってるのか、本当に基本的なことからきっちり書いてある。とっくに破綻してる年金制度がいつまでも続くのはなぜかとか、税金がどうしてこんなにサラリーマンの不利になっているのかとか。読者の期待には応えてないかもしれないけど、僕はそこが面白かったですね。例えば、この十年で住宅価格が半値になった、それがどういうことかというと、家を買わずに十年間、現金をただ寝かせていた人は、年利七パーセントで資金運用してたのと同じだとかね。あるいは、いま金利が一パーセントぐらいしかないから、年収五百万の人は五億円の資産を持ってるのと同じだと。つまり、五億円を年利一パーセントで運用すると五百万円の運用益が生まれるわけですね。

北上 う〜ん。

——北上さん、これはあんまり納得いかなかったんですか。

北上 全部知らないことなら、はあ〜って感心するけど、半分ぐらい知ってることだったしなあ。ワンルーム・マンションほど馬鹿な投資はないとか、全部これはダメこれはダメって教えてくれると何もすることなくなっちゃって。あとは、制度の歪みを利用するとこういう利益があるっていう具体例ぐらい。それは今までもさんざん語られてることで、でもそれはさ、ある種ねずみ講みたいなもんで、その歪みをみんなが利用しっちゃったらば、そうじゃなくなってくるんじゃないの。

大森 だからそれが目的なんでしょ。制度上の歪みなんだから、みんなが利用すればその制度が変わらざるを得なくなると。

北上 それでね、その制度の歪みを例えば利用してね、何がしかの金を儲けられるんだけど、よく考えてみると大した額じゃないんだよね。三百万ぐらいしか持ってない連中がさ、いくら制度の歪み利用して節税したりなんかしたってさ、そんな莫大に金儲からないじゃない。で、そんなことを考えるぐらいだったらもっと違うことしたほうがいいような気がするんだよ、俺、いっつもそう思うんだけど。**そんなこと考えるぐらいだったら自分の仕事ちゃんとやれと**(笑)。

大森 だからそれも最初に書いてあるじゃないですか。

北上 書いてあるの？

大森 資産の運用というのは、もとの資産の額にかかわらず一定の運用コストがかかるから、元手が少ない人は運用しても無駄ですってちゃんと書いてあるし、短期の投資はギャンブルなので人生設計の柱にしてはいけないとか(笑)、非常に真っ当ですよ。

北上 俺の友達が新宿に今度ビル建てるんだよ、春にできるんだけどさ、そのトクちゃんは、三十年前に一文もなしで東京出てきてさ、金もないで店はじめちゃって今ビルだよ、ビル。だから長続きする奴は勝ちだなと思った。つまりある一時こういう本を読んでさ、金儲けようと思うんじゃなくてずうっとそういうこと考えてる奴はやっぱりちゃんと金残すんじゃないの。

大森 でもこの本のポイントは、考え方の基本を書いてることですよ。家を買うとはどういうことか、生命保険に入るのはどういうことか。例えば保険料を年間五十万円積み立てるような生命保険に入るとしたら、三十年、四十年のスパンだと家一軒買う分ぐらいのお金を払うことになるのに、隣の奥さんに勧められただけですぐ入っちゃっていいのか。家を買う、保険に入る、銀行に預ける、それぞれを同一の尺度から評価して、マクロな視点で書いてるから、目からウロコって人も多いと思うんですけど。実際に役に立つかどうかはともかく。

北上 そうだよねえ、でも、**トクちゃんはこういう本、一冊も読んでないと思う**、今までの三十年間で(笑)。ふだんは酒場で酒飲んでてさ、日曜日にちょっとこういう本を読むって奴は金残さないよ。こういう本読まなくても、ずっとそういうことを持続して考えてる奴らが金残すんだ、ビル建てて。

大森　この本は基本的にサラリーマン向けですからね。サラリーマンがいかにひどい目に遭ってるかっていう話だから。

北上　**関係ねぇよな、俺たちにはな。**

大森　自営業者がいかに得してるかと。

北上　まあ、いいんじゃないの。日曜日にこういうの読んで「俺も金残るかな」と思う人がいても(笑)。

大森　この種の金持ち本の中では非常によくできてると思いますね。『**金持ち父さん貧乏父さん**』(ロバート・キヨサキ／筑摩書房)とかよりはずっと面白い。それっぽい作りにはしてますけど、妙な人生訓も全然入ってないし。これが面白かった人は、もっと身も蓋もない『**ゴミ投資家のための人生設計入門**』(メディアワークス)をおすすめしておきます。

――わかりました。それで、次は編集部セレクトの最後になるなんですが、川浦良枝『**しばわんこの和のこころ**』です。

大森　これ、発想としては、日本の正しい風習について、『おばあちゃんの知恵袋』みたいに年長者から言われるとうっとうしいけど、柴犬が言うことなら抵抗なく聞けるだろうってことですよね。もとは《MOE》の連載で、雑誌で読むぶんにはいいんだろうけど、こうやって一冊にまとまると、読み通すのはかなりつらい。それにあんまり実用的ってわけでもないし。

北上　そう。だから、書かれてることは非常に真っ当なんだけど、犬を利用したところが、犬好きとしては許せないよね(笑)。

大森　イラスト見ても、全然犬じゃないし。こんな犬いないって。

北上　そうだよな。それに、これ犬じゃなくてもいいんじゃないの、柴犬じゃなくても。おばあちゃんを前面に出せばいいじゃない。

大森　まあ、『サザエさん』を読めばいいんじゃないかと思いますけどね。『サザエさん』にそういう注をつければいい。でなきゃ、〃フネさんの和の心〃とか。
北上　まあ、書いてあることは真っ当ですけどね、柴犬をこういう風に使うっていうのが**柴犬が聞いたら怒りそうな気がしますね**。しかし、これほんとに売れてるの？
大森　売れてますよ。続編と一緒にレジ前に山積みですよ。
北上　いったい誰が買うんだろうな。まあ、いいんだけどさ(笑)。
大森　そんなに実用的でもないですからね、検索しづらいし。とりあえず節分は何をすればいいのか調べてみようとか思ったら、お正月の次はもう春が来てて暖かくなってるから、あまり役に立たない(笑)。
北上　それはいけないねえ。
大森　まあ、映画でも『阿弥陀堂便り』が妙に評判よかったりして、昔懐しい日本的な生活に対する憧れっていうのが背景にあるんじゃないですかね。

『花狂い』でふと気になる、「奥さんと最後にセックスしたのはいつ？」

――では、北上さんの三冊ですが。
北上　広谷鏡子**『花狂い』**からいきましょうか。これは、要するに情痴小説です。六十六歳の大学教授が主人公なんだけど、昔の教え子の愛人がいて、全然衰えてない。それで、色香に迷い、理性を失って振り回されるという典型的な情痴小説なんだけど、最近この手のものって少ないんで、面白かったですね。読んでて「おまえ何してんの？」って言いたくなるじゃないですか。「六十六歳だろ、おまえは。何バカなことをやってんの？」って、ブツブツ言いながら読むのが、すごく楽しいんですよ。後半、妻の視点が途中途中で入ってくるのが逆に言うとちょっとうるさかった。これはや

っぱり、振り回される老人の視点で通したほうが面白かったような気がしますね。
大森　うん。奥さん側の話にあまりリアリティがないですね。奥さんが同窓会で出会った相手がかっこよ過ぎて。
北上　かっこいいっていうか、**あの野郎アタマ来るじゃねえか**、あの男。かっこよくないよ、ただの詐欺師じゃない。もう俺、腹立った、一番。
大森　（笑）。まあでも、六十歳過ぎてお金があるとこういう風に使うのかっていう感じで勉強になりましたけどね。
北上　だから構成的には、妻の視点を入れることで、妻は妻で考えることがあって、同窓会に行って口先だけの男と知り合ってね、なんか新しい世界を知るっていうのがあるんですが、それはこの老人にとっては関係ないんですよ。あくまで老人の妄想の中の話としてやったほうが面白かったですね。両方を平等に書こうとしちゃったのが構成的にちょっとあれかなっていう気がする。
大森　一番面白かったのは、もうすぐ還暦の妻に突然色気を感じた主人公が、なんとかセックスしようとあれこれ算段するくだり。自分も勃つかの不安と、妻の衰えた肉体をいざ目の前にしたときの狼狽とか、すばらしくよく書けてて、そこは爆笑でした。でも読みながらずっと考えてたのは、**北上次郎が最後に奥さんとセックスしたのはいつだろうかと**（笑）。
——はははは！
北上　おまえ、人のこと考えるな、自分のこと考えろって（笑）。
大森　僕はまだ若いんで（笑）。
北上　一九九四年に……。
大森　十年も前なんですか！
北上　そうじゃなくてさ（笑）、一九九四年に石和鷹の『**クルー**』（福武書店）という情痴小説の傑作が出てるんですが、あんまりないんですよね、こういうの。つまり、みんな何かそこに意味をつけちゃうんだよ。その典型が渡辺淳一の『**ひとひらの雪**』(角川文庫)で、「わたしの手に雪が落ちてくるのをまた摑みたい」とか理由づけるんですよ。バカ！って言いたくなるじゃないですか。意味がなくただ振り回される、それが『クルー』であり『花狂い』で。情痴小説の傑作だと思います。大森くんの評価は？　Bか。これにAをつける勇気を持ってほしいなあ(笑)。

大森　Bプラスかな。奥さん側の話が今いちだから、Aまではちょっと。

——じゃあ次はどちらに？

北上　エディー・ミューラー『**拳よ、闇を払え**』にしましょうか。あの〜、最近の翻訳エンターテインメントは、やたら派手な仕掛けが多いんですよ。それが今の読者にウケる理由なんだろうけども、あんまりそういうのばっかり読んでると疲れちゃって。で、これは非常にシンプルでね、たまにこういうの読むとホッとするんだよ。ストーリーとしては、ボクシング記者の主人公が有望なボクサーを訪ねたところ、彼が殺人を犯していて。それで死体を隠す手伝いをして、なんでこいつがそういう手助けをするのかっていうのが最後のほうで明らかになるという、そういう話なんだけど。

大森　一九四八年のサンフランシスコのボクシング業界はすごくよく書けてますね。あと、**主人公が車を運転しないのが面白かった**。

北上　は？　車？

大森　うん。アメリカのハードボイルドには珍しく、主人公が車を持たずにいちいちタクシーでしょ。「タクシー代がずいぶんかかった」とか(笑)。

北上　へ？(笑)。変な読み方する奴がいるんだね。でも、最後にワッと山場がくるわけでもなく、一定のトーンで淡々と描いていくんだけど、そういうのは、ある意味で筆力が必要とされるんだよね。つまり特殊な仕掛けや道具立てがないから、筆力がないと読者を引きずり込めないいじゃないですか。これは、その意味で細部がセンチメンタルで、非常にうまいですよ。

大森　文体はハードボイルドだけど、プロットは全然ハードボイルドじゃない。むしろ風俗小説というか。

北上　ああ、風俗小説だよね。今、この手のものが軒並み壊滅してるので、これはなかなかよかった。

――最後は唯川恵さんの『**今夜誰のとなりで眠る**』ですが。

北上　唯川恵はほんとうまくなりましたよねえ。君は何？　Bマイナスなの!?

大森　『肩ごしの恋人』(集英社文庫)よりずいぶん落ちると思いますけど。これ、どう見てもテレビの連ドラでしょう。プロットは、このまま月9の枠でドラマ化するのに最適。ただ、ダイアローグは総とっかえ。しゃべってる内容はいいんだけど、台詞の口調があまりに古臭いから。

北上　ああ、そう？　話としては、三十七歳のヒロイン五人の、まあ言ってしまえば、自分探し。

大森　人物配置がほんとにテレビドラマですよね。キャリアウーマンで頑張ってきた人もいれば、サラリーマンの夫を持つ主婦もいれば、苦労してる自営業の人もいると。連ドラ的な意味ではすごくキャラが立っててわかりやすい。**会話はヘタだと思うけど**。

北上　ええ～？　ほんとかよぉ、俺は気にならなかったなあ。うまいのはさあ、それぞれの五人の主人公の自分探しなんだけども、結論がないんですよ。それはやっぱりこの人の自信の表われかなっていう気がする。自信がないほど、話に決着をつけたがっちゃうでしょ。それをつけないっていうのは自信があるってことだよね。僕は会話も気にならなかったし。

大森　というか、みんな口調が一緒でしょ。「なんとかだわ」とかって、今どきあり得ないような女言葉ばかりで、それがすごく気になった。

北上　まあ、『肩ごしの恋人』が傑作過ぎたんで、あれと比べると可哀相だけども、水準以上だと思いますよ。

時間SFの新機軸、恩田陸『ねじの回転』

――では大森さんの三冊ですが、**『ねじの回転』**からいきましょうか？

大森　宮部みゆきに**『蒲生邸事件』**（文春文庫）という、二・二六事件を扱ったタイムトラベルものがあるんですが、これはその恩田陸版ですね。ただ時間SF的な設定はすごく凝ってる。時間旅行が実現して、過去を自由に改変できるようになった未来の話なんですが、人類の歴史上の汚点を消そうとヒトラーを暗殺したら、その副作用らしい謎の奇病が世界に蔓延してしまったと。それで歴史を元に戻そうというプロジェクトが国連主導でスタートして、日本チームは二・二六事件を史実通りに確定させるのが任務。それで二・二六事件の当事者から協力者を三人選んで、事件を本来の歴史通りに進めようとするんだけど、その過程でいろんなトラブルが生じる。うまく行ってるかどうかは〝シンデレラの靴〟と呼ばれるコンピュータが判定するんですよ。史実とのズレが大きくなると「不一致、再生を中断せよ」って警告が出て、もう一回元に戻ってやり直し。それを何遍も繰り返す話なんですね。どうも納得がいかないとこもあるんだけど、今までに前例のないタイプの時間SFってことでは高く評価したい。

北上　あの〝聖なる暗殺〟っていうのはヒトラーだったの？　ふーん。それ、書いてあった？

大森　書いてなかったっけ？　でもどう見てもヒトラーでしょ。

北上　ふうん。恩田陸は前に**『月の裏側』**（幻冬舎文庫）を読んだときにね、物足りなかったんですよ。

大森　そうかなあ。あれは傑作だと思うけど。
北上　なぜかって言うと、つまり書いてない部分が多過ぎる。僕は古いSFファンだから理由を全部書いてほしいんですよ。その意味でいうと、村田基の『**フェミニズムの帝国**』（ハヤカワ文庫JA）が好き。
大森　意外というか、**珍しいものが好きですね**(笑)。
北上　あれはさ、どうしてこうなったのかって理由が途中で全部説明されるから。そうするとすごく納得するんです。ところが、最近のSFは、どうも書いてくれないらしくて。恩田陸もその系統だよね。だから、〝さわりの文学〟って気がしちゃう。
大森　『ねじの回転』の場合だったら、科学者が出てきて、一からちゃんと説明してくれたと。
北上　そうそうそう、**聖なる暗殺を説明してほしいね。誰を殺したのか**(笑)。そのお陰で世界がこれこれこういう風に変わって、それでその挙げ句に奇病が流行りましたと。そう書いてくれれば、おお、なるほどなって思うじゃん(笑)。ところがそういうの書いてくんないらしいんだ、最近のSFは。
大森　恩田さんはまだ説明してるほうですよね。もっと説明しないほうがよかったかもしれない(笑)。
北上　えっ？　これでも説明してるほうなの？
大森　本来は、現場の視点で、目先の作業のことしか考えてないはずなのに、なぜそんなことをしているのかみたいな話がちらちら出てくるじゃないですか。主人公たちの視点に立つんだったら、今さらあんな説明的な回想みたいなのが入るのはおかしい。それを説明するんだったらもっとちゃんと最初から説明しろって話になるのもわかる。でも全部説明しようとしたらボロが出そうだしね(笑)、そのへんはちょっとジレンマがある気はします。まあでも恩田陸の作品としては相当異色で――。
北上　そうなの？
大森　うん、もっと情緒的な話が多い。ここまで理屈っぽくやったのは初めてじゃないかな。それこそさわりだけじゃなく、みっちり書いてるし。

北上　まあ、説明が足りないのを除けば面白かった。俺、タイムトラベルものって大好きなんだよ。

大森　『蒲生邸』とどっちが好きですか？

北上　僕は、こっちのほうが面白かったです。つまり、なんて言うのかな、『蒲生邸』は宮部さんの眼目がタイムトラベルそのものにないような気がするんだ。けど、これは、作者がタイムトラベルを物語の中心軸に設定している。だから、タイムトラベルものが好きで入っていくと、こっちのほうが面白いんですよ、そっちが中心だから。

大森　そうそう。納得いかないところもあるんだけど、アイデアは非常にユニークですね。

——次は『**終戦のローレライ**』ですが。

大森　『**亡国のイージス**』(講談社文庫)に続く福井晴敏さんの大作ですね。ローレライと呼ばれる一種の秘密兵器を搭載した潜水艦が主役なんだけど、『**ソリトンの悪魔**』(梅原克文/朝日ソノラマ)みたいなところもあって、上巻はほとんど海洋冒険SFのノリ。下巻は日本海軍のあちこちから集められた男たちがその潜水艦に乗り込んで、一種の不正規部隊として極秘任務に出撃する。その中心となるのが、海軍学校を出たばかりの少年と、ローレライの立役者であるドイツ生まれの少女——って、要するにこれ太平洋戦争末期を背景に、**恐ろしくリアルに書いた『機動戦士ガンダム』なんですよ**。ニュータイプが操る新兵器の力で圧倒的な戦力差を克服する、と。福井晴敏は『∀ガンダム』のノベライズを書いてるほどの熱烈なガンダム・ファンなんで、クライマックスなんかメチャクチャ燃える展開で。個人的にはそこに一番強く反応したんですけど、北上さんはどうですか？

北上　僕も面白かったんだけど、唯一残念なのはローレライを最後アメリカ側も要らないというくだり。つまり大戦末期は科学の進歩もすごいから、もっとすごいものが発明されちゃうわけね。すると、そこまで盛り上がってきた戦いがね、急に緊迫感を失っちゃう。それが残念だったなあ。最後もすごい秘密兵器を巡っての戦いを両国がするんだってハッタリを通してほしかった。

大森　僕の不満は戦後史を総括するエピローグがくど過ぎること。あと、これは『イージス』もそうなんですけど、今の日本に対する異議申し立てを地の文でしつこく語り過ぎること。黒幕の浅倉なんて明らかに現在の視点で行動してるんで、小説のバランスを崩してる気がしました。奥泉光の**『グランド・ミステリー』**（角川文庫）みたいに、未来を見てきた設定なら納得できたんだけど。まあしかし冒険小説的な密度と興奮は一級品だし、来年度『このミス』一位の最有力候補だと思います。

北上　筆力はすごいですよ。だから『イージス』が出るまでは、福井晴敏という作家を、実は大したことない作家だと思っていて。だけど、当時から褒めてる人がいたんだよね。よくあの時点で『イージス』や『ローレライ』を書く力を見抜いてたなって、彼を読む度に思い出すんだよね。

『七王国の玉座』は傑作時代小説だっ！

――では最後はジョージ・R・R・マーティン**『七王国の玉座』**です。

大森　こんなカバーだと、サラリーマンの男性読者とかは手に取りにくいと思うんで、声を大にして言うと、これ、**異世界ファンタジーじゃなくて時代小説**なんですよ。戦国時代のお家騒動に巻き込まれた一族の話みたいにして読める。異世界版の**『国盗り物語』**（司馬遼太郎／新潮文庫）というか。時代小説に疎いんで、どう言い換えたらいいかよくわかんないんですが。

北上　だからね、主人公の幼なじみだった男が、藩主を追い落として新しい殿様になるわけですよ。で、主人公は郷里に帰って暮らしてるんだけど、城代家老が死んじゃったんで、おまえが家老になってくれって、その殿様が頼んでくる。殿様は幼なじみでいい奴なんだけど、よその藩から嫁さんをもらってて、その奥さんのほうの一族は自分たちでこの藩を乗っ取りたいと思ってると。殿様は奥さんとその実家の言いなりにならないと思ってるんだけど、でも殿様だから、ときどき権勢欲が出たりするわけ。昔はいい奴だったのに少し変わってしまったっていう寂しさと、しかし俺がいなかったらこの藩はめちゃめちゃになるという使命感を抱えて、主人公は城に入っていくという。まったく波乱万丈の時代伝奇小説なんですよ、骨格は。

大森　もともとは薔薇戦争が下敷きで、ランカスター家とヨーク家がモデルらしいんだけど、日本人が読むともう本当にそういう時代小説の感覚ですよね。翻訳がそういう雰囲気になってないのが残念。

北上　僕はもうAプラスをつけたんですけど、冒頭から気に入りましたね。主人公の男には五人の子供がいるんですけど、一番最初、狼の子供を拾うんですよ。で、それもちょうど五匹でね。主人公は一匹ずつ子供に与えるんだけど、これでもう気に入りましたね。いいよなあ。**これは『里見八犬伝』ですよ**。あれは八つの珠が飛んだけどそれが五つなだけで。

大森　そう、あの狼のおかげで、視点人物がくるくる変わっても混乱しないで話についていける。悪役のはずのキャラが妙に魅力的だったり、善玉だと思ってると意外に狭量だったり、人物もよくできてますね。例えば主人公の奥さんが、ほんとはいい人のはずなのにだんだんちょっと変になっちゃったり、あるいはすごい権謀術策をめぐらす悪役かと思ったら、実は国の将来についていろいろ真剣に考えてたり。全体としては一応ファンタジーの設定だけど魔法とかはほとんど出てこないし。

北上　一番最後に出てくるんだ。俺はファンタジーがダメで、天使とか魔法が出てきた途端にもうパタンって本を閉じちゃうんだけど、これはそうじゃないって解説に書いてあったんで安心して読みはじめると、最後の最後まで出てこないんだよ、魔法も天使も。ただ、一番最後のシーンにちょっと魔法らしきものが出てくる。だから、二巻目以降がちょっと不安なんだけど(笑)。

大森　舞台の北方には万里の長城みたいなすごい壁が築かれていて、その向こうはなんか人外魔境のようになってて何が起きてるかわかんない。そこの守備隊に主役のひとりも派遣されてるんだけど、どうも向こう側にはゾンビみたいなのがいるらしいとか。まだ明かされていないことがいろいろ残ってる。

北上　あと、うまいと思ったのは、滅ぼされちゃった王国があって。その国の王家の兄と妹が海を越えて違うとこに逃げていく話がある。そこには蛮族たちが住んでるんだけど、その力を借りれば自分たちの国を取り戻せるってんで、兄貴のほうが蛮族のドンに妹を差し出す。おまえ言うこと聞かなかった五万人の兵士に犯させるぞという、とんでもない兄。で、妹が泣く泣く嫁に行ったら、これが乱暴なんだけどけっこういい奴で——とか、そういう話も入ってて、細部がよくできてる。

大森　日本から落ち延びて大陸に渡って、チンギスハンの嫁になるみたいな感じ。

北上　二巻目以降の希望を言わせてもらうとね、もし魔法を使うならば、高いところから落っこっちゃって動けなくなった**あの少年の足を元通りにしてほしいね**、可哀相だよ。魔法使えばなんとかなるんだから。また元気に活躍させてほしいよ、この少年を。

大森　(笑)。そういう風にはならないと思いますが。

北上　ならないかなあ。それだったら許すよ、魔法使っても(笑)。

――北上さんは大森さんより高いA。

北上　高橋克彦の陸奥三部作『火怨』『炎立つ』『天を衝く』（すべて講談社文庫）に僕は最近ハマってるんですが、それプラス、金庸と《十二国記》（小野不由美／講談社文庫）を足してもいいや、そういうのにハマった人ならば絶対ハマりますよ。これ実は血湧き肉躍る波乱万丈の伝奇時代小説なんです。

大森　北上次郎に読ませれば、きっとそう絶賛するに違いないと(笑)。

――はははは。

北上　実は、出たときにすぐ買ってるんですよ、これ。なぜかというとジョージ・R・R・マーティンは、『**フィーヴァードリーム**』（創元ノヴェルズ）という、僕が大絶賛した吸血鬼小説の作者で、全然評判にならなかったんだけども、大好き。だからあの作者だと思って買ってきた。ただなあ、表紙のカバー絵を観ると、ファンタジーかなあという疑いがあったんで、いつか読もう読もうと思ってずっとそのままだった。

大森　時代小説ファンには買いにくいカバーですよね。

北上　いやでもこれはすごいです。ファンタジー嫌いの人も安心して手に取ってもらいたいですね。

第9回

（2003年 夏）司会＝有泉智子

著者名・書名（出版社）	北上	大森
編集部選		
宮部みゆき『ブレイブ・ストーリー』（角川書店）	A+	B
J.D.サリンジャー／村上春樹・訳『キャッチャー・イン・ザ・ライ』（白水社）	—	B
齋藤孝『質問力』（筑摩書房）	B-	C-
北上選		
リチャード・ノース・パタースン『サイレント・ゲーム』（後藤由季子・訳 新潮社）	A	B
森絵都『永遠の出口』（集英社）	A+	A
梓澤要『枝豆そら豆』（講談社）	A	B-
大森選		
アンドレアス・エシュバッハ『イエスのビデオ』（平井吉夫・訳 ハヤカワ文庫）	B	B+
乙一『さみしさの周波数』（角川文庫）	B	A-
古橋秀之『IX（ノウェム）』（電撃文庫）	A	B+

宮部ファンタジーは八〇年代回帰？

――では編集部の三冊から。まずは宮部さんの『**ブレイブ・ストーリー**』なんですが。これはお二人の評価が分かれましたね。

大森　これ、宮部さんは「ファンタジーが苦手な人にも読んでもらいたい」と言ってて、その重要な試金石が北上次郎なんです(笑)。つまり、**ファンタジー嫌いの北上さんでも面白いと言えば成功だと**。

北上　これは面白かったよ！　うまいね〜、やっぱり、宮部みゆきは。

大森　(笑)。うまいとは思いますけど、個人的にはちょっとベタ過ぎる。特に、異世界へ行っちゃってからは、まるで存在しないRPGのノベライズみたいな雰囲気で。こういうのは昔さんざん読まされたから、もういいよと……。

北上　ちょっと待って！　こういう主人公がゲームみたいな旅に出るという骨格の小説って、さんざんあるの？

大森　ありますね。

北上　あ、あるの!?

大森　源流をたどれば、それこそ『**ナルニア国ものがたり**』(C・S・ルイス／岩波書店)があるし、日本では新井素子の『**扉をあけて**』(集英社コバルト文庫)とか。RPG型の冒険ファンタジーは、八〇年代末から九〇年代半ばにかけて一大ブームを巻き起こしたんですよ。『**ロードス島戦記**』(水野良／角川スニーカー文庫)なんて数百万部の大ベストセラーだし。『**スレイヤーズ！**』(神坂一／富士見ファンタジア文庫)、『**フォーチュン・クエスト**』(深沢美潮／電撃文庫ほか)、《エフエラ&ジリオラ》(ひかわ玲子／講談社X文庫)……。

北上　ほお、ほお、ほお。

大森　まあ、その当時流行したのは、現実世界から異世界に行って帰ってくる往還型じゃなくて、最初から異世界で始まるんですけど。要するに、『ドラゴンクエスト』や『ファイナルファンタジー』みたいな世界で冒険する、「RPGファンタジー」と総称されるようなタイプですね。『ブレイブ・ストーリー』の異世界描写はまさにそういう感じで、このクエスト（探求）をクリアするにはこれこれのアイテムを集めなきゃいけないとか、ここでNPC（プレーヤーが操作するのではなく、コンピュータ側が用意したキャラクター）と出会ってフラグが立つ（次に進むための一定条件を満たす）とか、ああ、ここでセーブするんだなとか、ゲーム的な感覚がいちいち忠実に再現されてる。その意味ですごくベタなんですよ。

北上　へえ。じゃあ、その頃の作品と比べたらどうなの？　僕は知らないからこんなに感動してるのかな？

大森　それは微妙な問題で（笑）。世界観とかキャラ設定とかプロットのひねりで言うと、これの上を行く作品はたくさんあるでしょうね。でも、宮部さんはそういうところで勝負してないから。

北上　ファンタジー嫌いとしては、**魔物や魔法が出てきた時点でダメ**なんだけど、これは気にならない。これはうまさだね、宮部みゆきの。少年が異世界に入る前の現実世界の話が長過ぎるという批評があるけど、それも気にならなかった。むしろそれが旅の動機づけなわけだから、これくらいあっていいよね。あの部分があるから異世界の旅が単なる絵空事で終わらない。すばらしいよ、これは。

大森　ゲーム感覚の再現が目的だからしょうがないけど、それまではすごくリアルに書いてるのに、異世界に行ったとたん、トイレとか歯磨きとか寝る場所とか、そういう日常的な部分がすっ飛ばされちゃうでしょう。今どきこんな話を書けるのは宮部さんぐらいだという希少価値はあるけど、あまりにも〝ゲームの話〟になってるから、後半がちょっとつらかった。
こういうゲーム的なファンタジーの全盛時代が去って、今は逆に、同じような異世界ファンタジーをいかにゲームっぽくなく見せるかがテーマになってるんですよ。そのためにいろいろ設定をひねったり、妙なキャラクターを出したりする。例えば、**『アラビアの夜の種族』**（古川日出男／角川書店）なんか典型ですね。

北上 うんうん。

大森 知らない人は元ネタがＲＰＧだとは全然気づかないようなかたちに落とし込んでる。この十年ぐらい、ファンタジー作家は、ＲＰＧ的な部分をいかに見せないようにするかで勝負してきたわけです。ところが宮部さんは、もう単純に、自分の好きだったゲームを小説で再現したいっていう目標めざして一直線に書いてる。こんなストレートなＲＰＧファンタジーを今堂々と書ける作家はたぶん他にいない。

北上 俺は逆だな。『アラビアの夜の種族』のときにこの対談で言ったんだけど、物語内物語に入ってってから、途中、小説上の現実に戻ってくるじゃない？　そうすると、「早く向こうの話に戻れよ！」っていう風に思ったくらいだから。**こういうストレートなもののほうが、俺ははるかに面白かった。**

大森 （笑）。

――なるほど。では、村上春樹の新訳でバカ売れしているサリンジャーの『ライ麦畑でつかまえて』改め、**『キャッチャー・イン・ザ・ライ』**。これ、北上さんは評価放棄してますが（笑）。

北上 僕は一ページ目だけ読んでやめました。一ページ目を読んで、**「あ、ちょっと訳が違うな」っていうだけ**。今さら読む気しないんですよ。パス。評価外です。

――（笑）。大森さんは？

大森 作品的には、まあ別に再読しなくても……（笑）。僕もこの小説にはあんまり思い入れないんで。

――村上訳はどうでしたか。

大森　ずばっと答えるのはむずかしい。『ライ麦畑でつかまえて』の野崎孝訳って、最初の版からだともう四十年も経つんですけど、名訳と言われるだけあって、意外と古びてないんですよね。ただ「おっぺしょる」とか、今の若い人には意味も通じにくいような言葉も混じってるから、新訳が出るのは時代の必然だとは思います。村上春樹訳は、今のスタンダードな翻訳っていう感じですね。でも、思ったほどは新しくないんですよ。むしろこれが二十年前に出てればよかったのになあっていう感じ。全体のトーンも非常に野崎訳に近い語りかけ調だし、あんまり崩れていない、お坊ちゃんぽい言葉遣いで。今ならもっと違う訳し方もあったと思うけど。

北上　ふーん。

――初めて『ライ麦畑』を手に取る人には、どちらをすすめますか？

大森　そりゃもちろん村上訳でしょう。野崎孝訳のほうがヴィヴィッドに見える箇所もあるんですが、それは主観なので(笑)。ただ、もし僕が編集者だったら、**舞城王太郎に訳させて、従来とは全然違うサリンジャーを目指した**と思いますね。

『質問力』の論証力を検証する

――わかりました。次は齋藤孝『**質問力**』なんですが。

北上　面白かったですよ。書かれていることはもっともだし。もうおっしゃる通りの内容なんですよ。たださ、そんなことはみんなわかってるよって言いたい。だからBマイナス。別に間違ったことは書いてないでしょ。

大森　いや、**間違ったこと書いてありますよ！**

北上　書いてあるの？

大森　齋藤孝の本をちゃんと読んだのは初めてだけど、ここまでいいかげんなのかと愕然としましたね。筑摩書房編集部に対する信頼が完全に瓦解するくらいの衝撃（笑）。とにかく引き合いに出す例がことごとくズレてるんですよ。問題点をしゃべりだしたら一時間ぐらいかかる。

北上　簡単に、じゃあひとつだけ。

大森　例えばプロローグ。本文の一番最初のところに、「〃コミュニケーション不全症候群〃という言葉が出てきて久しいが、そういう人々は一層増えている」って書いてあるんですよね。いきなりそこでひっかかる。コミュニケーション不全症候群というのは、中島梓が一九九一年に書いたベストセラーの『**コミュニケーション不全症候群**』（筑摩書房）で初めて出現した、つまり中島梓が造った言葉なんですね。

北上　ははあ。

大森　だから出典ぐらい書けよって思うんだけど、まあそれはいいとして、その次、「しかし私が若い人と付き合って感じるのは、友だち同士のコミュニケーション能力はさほど落ちてない」と。ここでまた愕然とするんですよ。中島梓の本に書いてあるのは、昔の共同体みたいなコミュニケーションはとっくに失われて、現代人はみんなコミュニケーション不全症候群に陥っている、私（中島梓）自身がその典型であると。だから、昔みたいな共同体の存在を前提にして、「今の若者はコミュニケーションが下手だ」とかいうのは間違いだっていう主張なんです。

北上　意味が反対なんだ。

大森　そう。ちょっと調べればわかることなのに、言葉のイメージだけで書いてる。あと、もう一個だけいいですか？（笑）

北上　いいけどさ。

大森　これも最初のほうなんだけど、「質問力が大切だ」

って話で、子供は学校で答えるほうばっかり訓練されてるけど、ホントに大切なのは質問する力だって言って、その例に出てくるのがフェルマーの定理なんですよ。「数学で超難解って言われたフェルマーの定理が先年証明された」って書き方もどうかと思うんだけど——。

北上 ダメなの？

大森 「証明が超難問」ならいいんですが、フェルマーの定理って、式自体はめちゃくちゃ簡単なんですよ。「Xのn乗＋Yのn乗＝Zのn乗」だから、中学生でもわかる。nが2だとピタゴラスの定理ですからね。nが3以上になると（0を含まない）整数の解はないっていうのがフェルマーの最終定理。しかも、フェルマーは別に質問したんじゃないんですよ。「この定理の証明を発見したんだけど、今ちょっとページの余白がないから書けなくて残念だ」みたいなことを、持ってる本の隅っこにささっと書いて死んじゃった。**フェルマーさん、質問したつもりはなかったと思うんですよね。**証明をほんとに発見してたかどうかはともかく。

北上 ほお。

大森 さらにそのあと、齋藤孝は、「この定理を解いた人は確かにすごいが、百年以上も人々を楽しませてきたフェルマーはもっとすごいと私は思う」と書いてあるんだけど、そもそもフェルマーは十七世紀の人なんですよ。まあ、**確かに百年以上前だけど**（笑）。

北上 あ、そう。ずいぶん違うねえ。

大森 それはまだいいとしても、一番驚くのは、それに続いて、「実は受験勉強や他のすべての試験にパスするヒントもここにある。問題を作る側に立ってしまえば、テストはあっけないほど簡単に解けてしまう」って書いてあること。フェルマーの定理が質問だとしてもですよ、問題を作る側に立とうがどうしようが、**解けるまでには三百五十年かかってるんです。**つまり、まったく例になってない。ここでフェルマーの定理とか言っとけば頭がよさそうに見えるだろうって感じで引き合いに出したとしか思えない。

北上　そう言えば君、この対談でCマイナスつけるのって、初めてなんじゃない？

大森　（笑）。だいたいこれ、文章自体が〝声に出して読みたくない日本語〟の典型だし、全体的に読者のレベルをものすごく低く見積もってると思いましたね。まあ、質問力を示すサンプルとして再録してある対談やインタビューを読んでるぶんには面白いんですけど。

リーガル・サスペンスの西の横綱登場

——では北上さんの三冊に移ります。『**サイレント・ゲーム**』からいきましょうか。

北上　この作品は非常に面白いです。リチャード・ノース・パタースンのよいところが出てる。**パタースンはリーガル・サスペンスの西の横綱です**——私が決めたんですが。

大森　はいはい。

北上　ちなみに東の横綱はスコット・トゥローなんですけど。スコット・トゥローと微妙に違うのは、同じリーガル・サスペンスでもスコット・トゥローは非常に文学的なんですが、パタースンはもう少し職人肌で、プロットや構成に凝る作家なんです。この作品もディテールが非常にうまい。前作の『**最後の審判**』（新潮社）がリーガル・サスペンスとしてはちょっと落ちる気がしたので今度はどうかなぁと思ってたんですけど、これでまた復活したのではないでしょうか。で、君はBだね。なんか文句あんの？

大森　いやいや（笑）。よくも悪くも予想通りで、今までパタースンを避けていたのは正解だったなと……。

北上　君、リーガル・サスペンスが嫌いなんじゃない？

大森　いえいえ。法廷もの好きなんですよ。
北上　そうなのお?
大森　《ペリー・メイスン》シリーズ(E・S・ガードナー/ハヤカワミステリ文庫)とか(笑)。いや、(ジョン・)グリシャムだって初期は僕が(編集者時代に)担当してたし。
北上　グリシャムはね、三役にも入ってないんですよ。十両です、僕の番付では。
大森　グリシャムはともかく、これは緻密な人間模様で読ませる小説ですよね。北上さんのように自分の人生と引き比べて思いをいたす機能があることは認めますが……ただ、作者の計算がすべて予想の範囲内で、びっくりするようなところはない。法廷ものとしてはそんなに評価できないですけど、でもまあ、バランスがよくて完成度が高い小説だなあと。
北上　そう言いながら、**君の唇が歪んでる**のが気になるんだ俺は。
大森　別に読んで損したとは思いませんでしたよ。Bつけたし。まあ一冊ぐらいは読んどいてもいいかな。
北上　スコット・トゥローは読んでる?
大森　いや、読んでないです。あれも読まないほうがよさそうな気がして。
北上　たぶん嫌いだと思うんだ。あっちはもっと文学的なんだよ。うまいけどね、すごく。だからスティーヴ・マルティニみたいな、人間ドラマを抜いてプロットだけに徹した法廷ものほうがまだ面白いと思うんですよ、君なんかには。
大森　人間ドラマが嫌いだと言われるとやや心外なんですが。
北上　**俺だって、「自分の人生と引き比べて思いをいたす」と言われるのは心外なんだよ**(笑)。
大森　『サイレント・ゲーム』にしても、冒頭の回想で入ってくる高校時代の話――アメリカン・フットボールの試合のシーンとか、最優秀運動選手を巡って争う話とかは、たいへんよく書けてると思いますよ。ただ、こういうアメリカの小説読んでて不思議なのは、例えば日本を舞台に高校スポーツの話を書くとしたら、すぐ先に全国大会があるわけじゃないですか。地区予選があって県予選があって次は全国で、その先にジュニアの日本代表だとかプロだとかの話になる。これ、そういう視点が全然ないんですよね。その高校の中のことしかない。

北上　これ、高校の中じゃないんだよ。県大会みたいなもんなんだよ、日本で言うと。他の高校とやるんだよ、最後のあのシーンは。

大森　そうそう。でもすごく小さい町の話ですよね。

北上　ああ、そうだね。

大森　で、結局、学校の中で最優秀選手に選ばれることがものすごいステータスなんですよね。

北上　それはさ、あれじゃないの？　田舎町の弱いチームなんだよ、これ。

大森　(笑)。

北上　この主人公だって、もう最初っから、高校卒業したら都会に出て、もう町に帰って来ないと。そういうつもりじゃん？　ほんとにフットボールの名選手だったらさ、当然、莫大な金でスカウトされるわけだから、そうじゃないんだよ。田舎町の小さなことなんですよ。だからね、日本で言うと青森県——例に出して申し訳ないですけども——あたりの、野球で甲子園には出られないような高校なんだけど、でもやってる彼らは楽しいわけじゃない。高校最後の試合だって。それと同じですよ。

大森　同じって感じはしなかったなあ。もし甲子園にも行けないようなチームの話だったら、もっと自嘲的なところとかが出てくるじゃないですか。必死にやっても、俺らはしょせんここ止まりなんだよな、みたいな。そういうのが全然ない。

北上　でもこれ、相当な田舎町だよね。二十八年ぶりに故郷に帰ってくると、そのときのチームメイトがみんな、高校の教頭になったりさ。「他に勤め先ないのか、おまえら！」って言いたくなるくらい。そういう田舎町を舞台にしているんだから、これは。

——大森さんは釈然としないみたいですね。

北上　だからあれなんですよ。こういう**人生を感じさせる小説は嫌い**なんですよ、大森くんは。

大森　いや、そんなことはないですよ。

北上　小説になんか新しさがないと不満なわけでしょ？

大森　そうじゃなくて、**このぐらいだとあんまり人生を感じない**なっていう……。

北上　じゃあどういうのに感じるのかな、君は。

——まあまあ、もうそのぐらいで(笑)。

北上　とにかく『**罪の段階**』と『**子供の眼**』(ともに新潮文庫)が面白かった人は、充分楽しめる傑作だと思いますね。この二冊を読んだのに、「俺はちょっと……」っていう**大森くんみたいな人は別に読まなくてもいいような気がする**けど。

大森　みんな、こういういい人が主人公なの？

北上　いい人って、その言い方は……どうもひっかかるねえ。

大森　こういう悩んじゃう人が。

北上　えーっとね、主人公はそうです。主人公じゃない副主人公には、非常に彫りの深い悪女が出てくるんですよ。『罪の段階』か『子供の眼』か、どっちだったか忘れちゃったけど。主人公の弁護士の元妻なんだけど、嘘ばっかり言うわけ。でもその彼女を弁護しなくちゃいけないわけよ、子供のために。母親だから、別れた妻だから。でもそいつが信じられないわけね、嘘ばっかり言うから。その悪女はたいへん個性的に書かれてます。でも主人公はわりとこういう感じかなあ、うん。

大森　読んでる人に聞くと、みんな、「**パタースンは面白いけど読むのは三年に一冊でいいや**」って(笑)。

北上　あ、そうですか。三年に一遍、このくらいのレベルのものが訳されたら、私は申し分ないですね。

大森　**僕は十年に一冊でいいかな**(笑)。

児童文学の旗手が放つ快作

――わかりました。では次は、お二人とも高評価をつけている森絵都**『永遠の出口』**にいきましょう(笑)。

北上　だからね、パタースンに人生を感じないとBをつけた人が『永遠の出口』にAをつけてるんで、まずそれについて聞きたいですねえ。

大森　**こっちはちゃんと人生を感じましたよ**(笑)。すばらしい小説ですね。この手の青春小説は頭でっかちになりがちなんだけど、これは小学生時代の話にしても、高校生時代の大失恋話にしても、ものすごくバカなんですよね。自分でも理由がわからないまま暴力的に突進しちゃう感じが非常にうまく書かれていて。年代を追ってくごとに無二の親友みたいだった人といつの間にか離れ離れになって、昔はあんなに仲がよかったのに会わなくなっても別に寂しいとも思わないんだね、みたいな感覚とか、そういうのがすごくよく出てると思いますね。

北上　森絵都さんは児童文学界であらゆる賞を総なめにした人で、大人向けの小説はこれが初めてなんですが、非常にうまい。ディテールがまたすごいよね。僕のまわりの女性は、「これはオヤジにはわかんないでしょ、特に北上さんなんかには」と言うんですが、とんでもない、わかるんです！　なぜかと言うと、佐藤多佳子さんにも通じるんですが、性差を強調してないんですよ。少女の物語なんだけど、実は少年の物語でもいいわけ。だから読者の性別を問わないんです。ただひとつね、大森くんはバカだと言ったけど、俺はこの子は賢い子だと思うわけよ。だから、失恋してストーカーになるでしょ、あそこは違和感があったりする。こんな賢い子がなんでこんなバカなことを？ってさ。気にならなかった？

大森 いや、ならなかった。

――私は、逆にそこにリアリティを感じましたね。

北上 そうなの？ ストーカーになっちゃうんだよお？

――でも、あのぐらいの歳の子ってわりと盲目的になりがちだし、思いつめたら突っ走るところがありませんか？

北上 ああ、じゃあ僕にはやっぱり、そこがわかんないのかもしれないね。

大森 いや、でも男でもそういう行動をするでしょ。

北上 するの？

大森 うん。もうちょっと世間体は気にするかもしれないけど。ほら、女の子の場合だと、石川ひとみの〝まちぶせ〟って歌だってあるじゃないですか。

北上 知らない。ふーん、じゃあ俺にはいっぱいわかんないことがあるのかもね(笑)。

大森 しかもこの小説で主人公がストーキングする相手って、人違いで付き合いはじめただけの、本来どうでもいいはずの男の子なんですよね。それなのに恋の病に落ちたとたん、盲目的に暴走しはじめる――ってところに、逆に恋愛のリアリティがある。そのあとのスター・ウォッチャーズのくだりとか、コミカルなシーンも抜群にうまいですよ。いきなり天体観測に行っちゃうと取ってつけたみたいだけど、その前のくだりで、思い出を作るために何かやりましょうって言って、その選択肢が、学園祭でへビメタバンドをやるか、欽ちゃんの仮装大賞目指してがんばるか(笑)。ところがちょうどその前に大失恋をしちゃって、わけわかんない同級生から、「おまえ、失恋したあとに仮装大賞に出てもへビメタバンドに出ても、失恋してやけになってるとまわりから思われるぞ」って言われて、「星を見るんだったらまだマシだろ」と説得されちゃう。そういうところがすごくうまい。今後も期待できる作家ですね。

——最後は評価が割れた時代小説の梓澤要『**枝豆そら豆**』。もとは新聞の連載小説ですよね。

北上　これは久々の明朗型時代小説なんです。このタイプの明朗型は非常に少なくて、今だと宮本昌孝さんが『**藩校早春賦**』(集英社文庫)ってシリーズを書いてますけど、せいぜいそのぐらいじゃないかな。『枝豆そら豆』は、大店のお嬢様とその世話係の娘——二人のあだ名が枝豆ちゃんとそら豆ちゃんなんですけど、それぞれが初恋をして、片方が失恋をしてという話から始まる。ところがこの小説の最大のミソは——これ言っちゃっていいのかな。

大森　逆転の話ですか？　別にかまわないと思いますけど。

北上　帯とかでは編集者が気を遣って伏せてるみたいなんだけど……まあいいか。僕と大森くんの評価の違いを説明するためには内容に踏み込まないといけないので、読んでない人はこのあと注意してください、とエクスキューズを入れておいてね。

——はい(笑)。

北上　というわけで、未読の人には申し訳ありませんが、この小説、三分の一を過ぎたあたりでポンと時代が飛ぶんですよ。いきなり十八年くらい飛ぶ。てっきり単純な成長話だと思ってたからすっごく驚いて。しかもね、時代が飛んだあと、突如二人の性格設定が完全に逆転しちゃってるんですよ。世間知らずでのんびりした性格の娘が正反対のタイプになり、非常にてきぱきとしておきゃんだった庶民の娘が名家の奥様になっちゃってる。明朗時代劇なのに、非常に凝った構成になっている。まあ、そういう逆転は、パターンとしては過去に例がないわけじゃないんですけど、それが実にうまい。で、その後どうなるかって言うと、二人がある目的に向かって旅をする道中記が始まる。

大森　そこまではいいんですけど、道中記に入ってからがあまりにも退屈で。

北上　ああ〜。

大森　後半で二人が旅に出る、その道中記がまるで水戸黄門みたい。新聞連載だったせいなのかどうか、まるで「東海道中膝栗毛」のパロディみたいな話とか、宿屋で袖擦り合った他生の縁の人が実はどうこうで、みたいな話とか。宿場町の風景描写とか歴史的うんちくとかは観光ガイドのノリで、そういうのが好きな人はいいけど、ストーリー上はほとんど意味がないし、僕は全然興味が持てなかった。前半に比べるとガクッと落ちますよね。

北上　**わかりました。君はね、贅沢ですよ。**

大森　（爆笑）。

北上　**半分面白けりゃいいじゃない、贅沢ですよ！**　百パーセントを求めちゃいけませんよ。

——でも確かに前半に比べて後半は密度が低いし、エンディングも性急というか、かなり安易な展開ですよね。

北上　細かいことを言うとそうなんだけども、もう設定が面白いもん。半分面白いんだから、いいんです。

大森　明朗時代劇なんだからラストはあれでもいいと思うけど、道中記部分は単行本化するときにもうちょっと整理してもよかったような気がします。前半は宮部みゆきの時代小説が好きな人にもおすすめですが。

話のタネになる
これは珍しいドイツSF

——では、大森さんの三冊。まずアンドレアス・エシュバッハ『**イエスのビデオ**』から。

大森　北上さんはBか。ちょっと外したかな……。

北上　ふふふふ。

大森　これは、とにかく設定が抜群に面白いんです。エルサレム近郊の発掘現場で、二千年前の地層から、人骨と一緒にソニーのデジタルビデオカメラの取扱説明書が出土する。カメラ本体じゃなくて、説明書だけだってところがミソ。最初はいたずらだろうと思うんだけど、詳細に調べるとどうも本物らしい。東京のソニーに電話して確認すると、その型番は今開発中の機種で、まだ市場に出回っていない。実際に発売されるのは三、四年後だろうと。要するにブルーレイDVDを使ったビデオカメラみたいなものなんですよ。つまり、未来のビデオカメラの取扱説明書が二千年前の土の中から出てきたってことになって、そこから先はかなり強引なんですけど、これは未来の人間がビデオカメラを持って二千年前にタイムトラベルしたに違いないと推測するわけ。で、カメラを持ってった奴がいるなら、ぜったいイエス・キリストを撮影したに違いないと(笑)。だとしたら、カメラの中には本物のキリストの映像が残されてるんじゃないか。で、ルパート・マードックみたいなメディア王が発掘のスポンサーになってるんですが、その男が「どこかにカメラがあるはずだからそれを探せ！」と号令を発して、一大極秘プロジェクトが動きだすんですね。**こういう話に一番詳しいのはSF作家だろう**っていうんで、時間SFをたくさん書いてるドイツ人のSF作家が呼ばれてきたり(笑)。そのSF作家が過去のタイムトラベルSFのパターンを整理していろいろアイデアを出す場面がSFファン的には読みどころで、けっこう笑えます。主人公はITベンチャーで小金持ちになったアメリカ人の青年で、ヒマだから発掘を手伝ってたら、偶然、最初に取扱説明書を発見する。この主人公と、メディア王の探索チームと、バチカンの秘密部隊が三つ巴になってカメラ探索レースが始まる。

北上　僕ね、実は出てすぐに読んだんですよ。だって設定聞くだけでゾクゾクするじゃない。二千年前の人骨に現代医学の治療痕があってとか、ビデオの取扱説明書が出てきてとか。話のネタにさんざん使わせてもらったんだけど。

大森　これはネタになりますよねえ。

北上　**うん、もう話すだけでウケるもん**。ではなぜBかと言うと、後半の冒険小説的な部分があまりにも盛り上がりに欠けるんですよ。アイデアや前半の展開は、すごく面白いんだけど。

大森　確かにアクションはあんまりうまくない。ただ、この種の話には珍しく民間主導っていうか、イエスのビデオを使った金儲けが主眼の小説なんで、そのへんはユニークですね。雑駁と言えば雑駁だけど、冗談っぽい小ネタもいろいろ用意してあるし、最後はちゃんと時間SFオチがつくし、たいへん愉快な話です。

――大森さんがAまでいかなかった理由はなんですか？

大森　現代の冒険小説のリアリティとか、シリアスな現代SFとしての価値とかはハナから目指してない小説なので。ま、ドイツSFというだけで珍しいし、あっという間に読めるので、どなたにもおすすめです。

北上　この人の作品が訳されるのは初めてなの？

大森　初めてです。そもそもドイツのSFが訳されるのは二十五年ぶりぐらいじゃないかな。まあ、〈ペリー・ローダン〉っていう巨大シリーズはずっと訳されてるんですけど、それを別にするとすごくひさしぶり。そういう意味でものすごく珍品です。しかも、ドイツのSFって昔からわりとアメリカ寄りなんで、ドイツだからっていう読みにくさはないし。

北上　この訳者あとがきを読むとさ、この人の他の作品って、なんかこの手の変わったものが多そうな感じだよね。いわゆる正統的なSFじゃなくて。

大森　北上さんが考える〝正統的なSF〟ってどういうものかよくわからないんだけど(笑)、基本的にはジャンルSFの作家だと思いますよ。『イエスのビデオ』

は、クルト・ラスヴィッツ賞っていうドイツのSF賞をとってるんですが、その国内受賞作が訳されるのも初めてなんですよね。でも、これは、ほとんどアメリカSFみたいに読める。

北上　ほぼ同じ時期にね、ドイツ人作家の書いた『**ヴィネトゥの冒険　アパッチの若き勇者**』っていうのが筑摩書房から復刊――復刊って言うよりも、後半は新訳なんだけども――それが出たばかりだった。ドイツのエンターテインメントってほとんど日本で翻訳されないじゃない。『ヴィネトゥの冒険』も八〇年代にちょっと訳されてるんだけども。

大森　ミステリは最近でもちょろちょろ出てますよね。

北上　ああ、少し出てたね。ただそれがほぼ同時にこれが出たんでね、「おや？」と思って。

大森　こういうアメリカ的なものって逆に訳されにくいんですよね、日本では。アメリカのものがいっぱい出てるから。

北上　『ヴィネトゥの冒険』を書いたのはカール・マイっていう作家なんだけど、アメリカが舞台なんだよ。ドイツ人作家が書いたウエスタンっていうだけで貴重だよな(笑)。

大森　例えば『インデペンデンス・デイ』って、あれの監督のローランド・エメリッヒもドイツ人ですよね。大学までずっとシュツットガルトにいて、ミュンヘンで映画作ってて、そのあとアメリカに渡ってハリウッド映画の監督になった。そしたらドイツ人なのに、なんか過剰にアメリカ的な映画を作っちゃったわけですよ。たぶん夢のアメリカみたいなものが頭の中にあって、それを再現しようとするとすごくアメリカンになるって構造だと思うんだけど、『イエスのビデオ』もそれと似た感じ。初期のマイクル・クライトン、**すごく面白かった頃のクライトンを読んでるみたいな懐かしさと楽しさがある**。日本で言うと、『鷲の驕り』(祥伝社)とか、けっこう服部真澄に近いかな。服部真澄が

SF書いたらこうなるかもって気がしました。まあ話のタネになるし、あっという間に読めるんでおすすめです。ちょっと翻訳が浮世離れしてるのが難ですが(笑)。

——わかりました。じゃあ次は乙一さんの短編集ですが。

大森 『**さみしさの周波数**』って、乙一の本線だと思うんですよ。**特に「手を握る泥棒の物語」が傑作**。乙一以外は誰も書けないシチュエーションですね。

北上 僕はね、乙一にしてはちょっとふつうかなという感じがしてBにしたんですが。

大森 ふつうじゃないですよ!

北上 実はこれを読む前に、集英社から出る『**ZOO**』という作品集をゲラで読んだんですけど……読んだ?

大森 いや、まだ。

北上 これがすごいのよ。『GOTH』(角川書店)よりすごいと思う。その直後だったので、乙一にしてはふつうな感じがした。乙一は、もっと乙一にしか書けない話を書ける作家だと思う。

大森 乙一のユニークさって、ふつうの日常を舞台にしながら突拍子もない状況を作りだすところだと思うんですよ。「手を握る泥棒の物語」で言えば、あかの他人同士が壁を隔てて手を握り合って、その手を離せない状況とか。ファンタジー的な要素はゼロなのに、不可思議としか言いようのないことが起こる。

北上 でも、『失踪HOLIDAY』(角川文庫)にしても、シチュエーションは確かに奇抜なんだけど、ミソはラストだと思うんだよ。物語の締め方。すごく意表を突かれなかった?

大森 ラストはそんなに思わなかったですけど。

北上 そう?『ZOO』でも終わらせ方がすっごい絶妙なわけ。既存の小説の方法論とは全然違う。確信犯かどうかはわからないけど、僕はそこに新鮮さを感じる。とにかく乙一は、**物語をつくるときの目線の角度が想像を絶してる**。そういう意味で、これは少しふつうな感じがしちゃうんですね。

古橋×北上の因縁対決

——では最後は古橋秀之さんの『**IX（ノウェム）**』ですが。

大森　古橋秀之は北上次郎とは因縁対決なんですよ（笑）。かつて北上さんは、古橋くんの作品を——ええと、『**ブラッドジャケット**』（電撃文庫）だっけ——「これは小説じゃない」と言って一ページで放り出したことがあって（笑）。

北上　そうだっけ？

大森　ほら、《本の雑誌》のティーンズ・ノベル特集（二〇〇一年二月号）のとき。十冊選んだやつを北上次郎に無理やり読ませるって企画で。

北上　ああ、あれか！　読めなかったやつだ。

大森　で、古橋くんがカチンと来て、ウェブ日記で「そこ笑うところなのに〜」みたいなことを書いたんですよ。

北上　なんかそんな話は聞いたよ。

大森　でも実際、古橋秀之は器用と言うか、非常に幅の広いものを書ける作家だということを確認してもらいたくて、これを選んだんですよ。E・E・スミスの《レンズマン》シリーズのトリビュートで書いた『**サムライ・レンズマン**』（徳間デュアル文庫）は、本家をしのぐぐらい面白かったし。この『IX』は金庸トリビュートの武侠小説なんですけど、パスティーシュとしてもレベルが高いし、ちゃんと独自色もあって、いい作品だと思いますね。最大の欠点は短か過ぎること。どうでした？

北上　面白かった。ただ、大森くんが言うように、二百ページそこそこで書こうとしたから、どうしてもディテールが薄い。もったいないよね。ま、**全十巻ぐら**

いで通して読めばもっとよくなると思う。

――これ、続編って出るんですか？

北上　出ないの？

――それが、どこにも何も書いてないいんですよ。

大森　売れれば出る(笑)。

北上　だってこれ終わってないじゃん！　明らかにプロローグだよ!!

大森　でもこういう話って、しょせん文庫一冊二冊では終わりようがないので、最初から別に終わらなくてもいいやという気持ちだと思いますよ。

北上　これは続かなきゃ困るよお。方向的には僕は熱く支持しますね。ただ、このタイトルだと手にとらないよね。わかんないぜ、これ。金庸風の小説だなんて全然思わないもん。

――このタイトルにこのカバーは、きっと誤解する方がたくさんいますね。

大森　だから世に知らしめようとしてるんです(笑)。

北上　まあとにかく、これは続編が出てくれないと困るね。**続編が出ないなら俺はもうBにしちゃうよ。**

大森　むしろ徳間とかで出したほうがいいかも(笑)。

北上　そうだよね、ノベルズ向きだよ。

大森　だから北上さんがその手の編集者に吹き込んでくれればと思って。しっかり宣伝してください(笑)。

第10回

（2003年 秋）司会＝有泉智子

著者名・書名（出版社）	北上	大森
編集部選		
乙一『ZOO』（集英社）	A	A-
吉村萬壱『ハリガネムシ』（文藝春秋）	―	B+
本田健『ユダヤ人大富豪の教え 幸せな金持ちになる17の秘訣』（大和書房）	B	C
北上選		
荒山徹『十兵衛両断』（新潮社）	A	A-
五十嵐貴久『1985年の奇跡』（双葉社）	B	B-
ローラ・ヒレンブランド『シービスケット あるアメリカ競走馬の伝説』（奥田祐士・訳 ソニー・マガジンズ）	A+	A
大森選		
シオドア・スタージョン『海を失った男』（若島正・編 晶文社）	B	A+
青山光二『吾妹子哀し』（新潮社）	B	A-
沢村凜『瞳の中の大河』（新潮社）	A+	B+

北上興奮、
乙一の理想形『ZOO』

——いつものように編集部の三冊からいきますね。まずは乙一の最新短編集『ZOO』。

大森 なんかここではやたら乙一をとりあげてる気がするなあ。

北上 ああ、そうだねえ(笑)。でもここで教えてもらったんだよ、乙一を。

大森 北上次郎と乙一の出逢いの場所なんだ(笑)。

北上 乙一の『暗いところで待ち合わせ』(幻冬舎文庫)を大森くんが選んできて、それまで僕、乙一って読んだことなかったんですよ、実はね。恥ずかしい話。名前は聞いてたんだけど、変な名前だなっていうぐらいで知らなかったんですが、それでびっくりしちゃって。なんなんだそれは?って思って、慌てて他の作品を遡ってほぼ全作品を読んだと思うんだけども、けっこう違うんですよね、作品のジャンルというか……。

大森 そうですね。

北上 乙一はホラーにSF、青春小説っぽいものっていう風にけっこういろんなジャンルを書きますが、僕が一番好きなのは、こう分類できないもの、どこにも入らないってもの。『ZOO』で言うと「落ちる飛行機の中で」。**これはびっくりしましたねえ!!**

大森 なにしろ舞台は自殺志願者にハイジャックされた機内。隣席のセールスマンから安楽死の薬を売りつけられた女性乗客が主人公なんだけど、もしハイジャックが失敗して乗客が助かったら自分だけ死に損になる。だから、**ほんとにちゃんと飛行機が落ちるかどうか確かめるために犯人を〝面接〟するという**(笑)。

北上 通常の小説のパターンをどんどん逸脱するんですよ。状況設定といいラストといい、まったく非常に奇妙な小説で、とにかく新鮮です。完璧ですね、僕の理想の乙一。ただ僕がAプラスにしなかったのは、SFとかホラーなんかが入っているんで。「落ちる飛行機の中で」だけ、この路線だけで一冊を埋めたら大変ですよ、これ！

大森　本格ミステリの枠組みで書かれた話は、感心はするけどびっくりはしない。でも、SFのアイデアを使った話、例えば「神の言葉」なんかだと、さんざん書きつくされたネタなのに、ひねり方がすごく独特で、新鮮な驚きがあるんですよ。

北上　乙一のこの不思議なプロットの構築っていうのは、確信犯でやっているのか、それとも初期に〝天然系〟と言われてたみたいに、自然に出てくるのか、どっちなの？

大森　僕も気になって、前にご本人に訊いたことがあるんですが、どうも過去のパターンを研究して新しい手を編み出してるわけじゃなくて、自然に出てくるみたいですね。まあ読者をびっくりさせたいというか、意外性に対するこだわりはあると思いますが。

――大森さんはこの中だとどれが好きですか？

大森　さっき挙げた「神の言葉」とか「陽だまりの詩」とか。それに「冷たい森の白い家」や「SEVEN ROOMS」みたいに、すごく残酷でグロテスクな話も好きですね。生々しさと寓話性が奇妙に同居してて、独特としか言いようがない世界を作ってる。

北上　本当に多様な展開をしてるんで、彼が今後どこへ行くか見えないんですよ。できれば「落ちる飛行機の中で」の路線に行ってほしい、という希望を言っときたいなと。

――はい(笑)。では次は今年の芥川賞を受賞した吉村萬壱『**ハリガネムシ**』なんですが、これはどうでしたか？

北上　僕は判断保留。読んだんですがわからんです。

大森　これ、別段わかるわからないって話じゃないでしょ。

北上　現代文学を読んでないんで、現代文学の中でこれがどんな位置を示すのかがわからないから、採点しません。

大森　でも馳星周だって《文學界》に短編書いてくれって言われたら、こんなの書きそうじゃないですか。

北上　**でも馳星周はエンターテインメントだもん。**俺はだから、舞城王太郎も判断保留。舞城王太郎は文学だよ。

大森　そんなことはないと思うけどなあ(笑)。吉村萬壱のデビュー作、《文學界》の新人賞獲った『**クチュクチュ バーン**』(文藝春秋)だって、筒井康隆の『**幻想の未来**』(角川文庫)とか、諸星大二郎の「生物都市」(『諸星大二郎自選短編集2』(集英社)所収)とか、あいうグチョグチョ系の幻想SFだったし。僕はむしろエンターテインメント寄りの人だと思いますよ。ただ今回の『ハリガネムシ』は、芥川賞狙いっていうか、そういう暴走は抑え気味。メタファーはメタファーに留まって、具象化はしてない。

――そうですね。

大森　人間の心の闇をハリガネムシに象徴させてるだけだから、一種のノワールでもある。馳星周がよく使う〝頭の中の声〟と一緒ですよ。太宰のトカトントンだと思えば文学だけど、そんなに文学文学した話じゃないし。学校の先生の主人公が夏休みに風俗嬢と四国へ旅したりするのが楽しい。

北上　部分部分の描写はうまいなって思うけども……うん、わからん。

大森　まあ、『クチュクチュ バーン』にくらべるとジャンル的な意味での〝純文学〟を狙って書いてる感じはしますけどね。わかんないと敬遠するようなものでもないと思う。『クチュクチュ バーン』より文体の密度や精度が向上した分、弾け方ではやや不満が残りましたが。

金持ちになるための秘訣三箇条って？

——最後は**『ユダヤ人大富豪の教え』**という、一ヵ月で二十万部売れたと言われているビジネス書なんですが。

大森　ほんとにそんな売れてるかなあ。最近のビジネス書には、アマゾン使って宣伝キャンペーン張って売上ランキング一位を達成し、それをテコにリアル書店にまで波及させるって販売戦略があるみたいですが、これもそのパターンじゃないかと。

北上　いつも不思議なのは、同じ読者がこういう本を読んでるんだろうか？　それともいつも読者って変わるの？

大森　同じ人が読んでるんじゃないですか。こういうジャンルが好きな人っているんですよ。

北上　そうだよねえ。だからほんとに金持ちになろうと思って必死に考えてる奴じゃあないよね。ほんとに金持ちになる奴はこんなの読まないで何かやるよね。だからそういうマーケットがあるってことなんだ？

大森　そうそう。なんとなく毎日『おもいッきりテレビ』観る人みたいな。ほんとに実利を求める人も中にはいるだろうけど、そうじゃない人が大半でしょう。

北上　例えばさ、ほら、**書評を読むのが好きな人たちっているじゃない**。で、書評読むとそれで満足しちゃって、本そのものは読まない。そういう人ってけっこういるんだよね。わりにそれと似てるんじゃないの？

大森　つまり、金持ちになる話を読むのが好きなだけで、ほんとに金持ちにはならないと(笑)。

北上　金持ちになるために、「あ、こういう方法があるのか」とかって話を読むのが好きなだけなんじゃないのかなあ。だから一生金持ちになれないんじゃないの、これ読んでる連中って。

大森　そういうジャンル読者（笑）がついてるせいか、この手の本のパターンにもいろいろ流行もあって、最近は物語風が多い。これもそうですよね。若者が老賢者みたいなユダヤ人の金持ちに教えを乞う。なんか課題を与えられて、その課題を解決すると何か教えてもらえるっていう、まあテレビゲームのRPGみたいな物語が用意されてる。しかもこの本の場合は、その話全体が実際にあったことだっていうパッケージにしてある。どう考えても嘘八百なんですよ。例えば電球を千個売ってくるっていう課題。主人公は、老人ばっかり五十世帯かなんか住んでるマンションを一軒一軒まわって、「電球取り替えの御用はありませんか？」って言って、自分から交換サービスをかって出ることで電球千個を半日で売ったっていうんだけど、そんなのふつうあり得ないでしょう。まず第一に**電球を千個をどうやって持って歩いたのか**（笑）。一軒で最大三個の電球を取り替えるとして、十分に一軒の割で回っても、一時間に十八個。一日で二百個が限界だと思いますよ。そういう現実を全部無視して、光るアイデアを何か一個思いつくことで問題が一気に解決するっていうパターンだから、そもそも寓話なんですよ。それを無理やり実話仕立てにしてるから、すごく不自然なところがいっぱいある。結局、過去の類書からいろんなパターンを研究・分析して、借り物の材料を接ぎ合わせて一冊にしたみたいで、かなりインチキ度が高い（笑）。

北上　ちょっと前にベストセラーになった『チーズはどこへ消えた？』（スペンサー・ジョンソン／扶桑社）だっけ？　あれも寓話仕立てだよね。それはやっぱりここ十年ぐらいの流行なの？　そういう物語仕立てにするっていうのは。

大森　まあ、もっとストレートでしたよね。

北上　うーん。もう完全に人生訓みたいに。箇条書きとかにして。

大森　うんうん。

北上　それは流行りすたりがあるんだ？

大森　昔はえらい人が読者に向かって直接指導する形式だったけど、そういうのがうっとうしくなってきたんじゃないですか。この本も、若き日の著者がユダヤ人の大富豪に教えを受けたってかたちでしょ。間接的になってる。しかしこの人の公式サイトの「幸せな小金持ちになるホームページ」とか見てるとものすごいですね。

——この人ちょっと、宗教っぽい感じですよね。

大森　結局、教祖さまになるのが一番儲かる。だから、この本を読んでわかる「金持ちになるための秘訣三箇条」は、一、厚顔無恥でないといけない。二、騙されたがってる人を騙す。三、自分のやってることに疑問を持ってはいけない。

北上　なるほどね。

大森　**それをちゃんと実践してこういう本を書けば金持ちになれる**わけです。

北上　うん。

大森　っていうのが、一番役に立つ教訓じゃないかと思いますけど。

北上　まあいいんじゃないの？　そんなとこで。

奇想天外伝奇小説
荒山徹『十兵衛両断』

——では北上さんの三冊に。最初は『**十兵衛両断**』。

北上　荒山徹さんの新作で、〝柳生十兵衛二人説〟を核にした伝奇小説。これまでの作品と比べるとスケールがちょっと小さいかなという気はするんだけども、ただ、前と同様に迫力満点に読ませて、最近の時代小説の中ではいいと思います。

大森　これは面白かったですね。『**魔岩伝説**』（祥伝社）

も、設定はすごく面白いんだけど、結局、波瀾万丈の物語に入っちゃうと昔どこかで読んだようなパターンになっちゃってそんなにびっくりしないんだけど、『十兵衛両断』は連作短編集っていうか、まあ一個一個は独立した短編になってて、**アイデアの密度がものすごい。**十兵衛が核になって重なってくる話もあるけれど、基本的にはそれぞれ何年かずつ時代がずれてて、しかも時系列通りには並んでない。で、個々のネタはほとんど山田風太郎の伝奇小説みたいな破天荒で荒唐無稽な話なのに、それをまるで司馬遼太郎のようにものすごくもっともらしく語る。いろんな歴史書とか関連資料を繙きつつ。特に朝鮮の資料とか出てくると、ホントかウソか全然わからないんで(笑)、ほうほうと感心するしかないんだけど。作者が顔を出して歴史的な経緯や蘊蓄を物語るっていう司馬遼太郎風の語りでこういう無茶な話を書くっていうミスマッチがすごく面白くて、僕は『魔岩伝説』よりこっちのほうが断然上だと思います。

北上　あ、そうなの？

大森　荒唐無稽な話なのに妙な説得力があるし、ぬけぬけとした語り口も絶妙。酒見賢一の『**陋巷に在り**』(新潮文庫)っていう小説もそうなんですけど、史料の一行二行の記述をものすごく膨らませて一大伝奇小説を空想してるのがすばらしい。

北上　ほんとに一行くらいの記述を、あれだけ膨らませちゃうわけだよね。

大森　物語的に膨らますとか人間関係の裏を読むとかっていうのは、まあ歴史小説の常道なんですけど、この本の場合、一行の記述の裏から妄想する、「実はこんなことがありました」っていう話がものすごくとんでもないじゃないですか。

北上　うん。**伝奇小説作家の頭の中ってどうなってんのかな？**って感心するよな。例えば柳生十兵衛の若い頃の話ね。つまり、諸国を放浪してたとか、家督を継がずに若いうちに弟に譲ってしまったとか、今までいろんな小説でさんざん語られてきた十兵衛にまつわる謎が、すべてこれひとつで説明されちゃうんだよね。

大森 そうそう。なるほど、そうだったのか、ぽん(笑)。

北上 「はあ〜!!」って感心しちゃう。

大森 風太郎まで行くと、もう完全に絵空事の世界を楽しむ感じが強くなるけど、荒山徹は歴史小説的なもっともらしさを捨ててない。

——妙に説得力がありますよね。

北上 うん。だから大森くんが言ったように山田風太郎と司馬遼太郎なんです。荒唐無稽な伝奇小説を歴史小説にしちゃうのがこの人の持ち味。これはあまりないパターンなんです、だいたいどっちかだから。両方が結びついてるのは非常に希有な例。

大森 いやだから、酒見賢一を読んでくださいよ(笑)。『陋巷に在り』。一大サイキック伝奇小説ですよ。

北上 あ、そうなの？ 俺、最初の一巻だけ読んでやめちゃったんだよな。

大森 最初のうちはまだふつうの歴史小説っぽいけど、途中からどんどんものすごい話になりますから。

北上 全何巻なの、あれ？

大森 全十三巻(笑)。

北上 えっ！ 十三巻？ 大変だなあ〜。

大森 だから、ここでとりあげるのはあんまりだろうと思って断念したんですけど。

北上 まあ、『陋巷に在り』は読んでないので知りませんが、『十兵衛両断』はぜひ読んでください。もっともっと読まれていい小説だよね。まだちょっと売れてない気がするな。

大森 奇想小説好きの人にはあんまり読まれてない気がしますねえ。酒見賢一の読者にもぜひすすめたい。というか、直木賞をとってほしい。

——文体がけっこう、重厚というか、むずかしいじゃないですか。

北上　そうそう。たまらないですよね。

――でもそれがハードルを高くしてる気もするんですよね。

北上　あ、今の若い読者にはダメ？　ついていけないの？

大森　司馬遼太郎的な語り口がかえって鬱陶しく見えるのかな。めちゃめちゃな話をあたかも史実のようにもっともらしく語るのが最大の魅力なんだけど、そこで笑うためにはある程度の素養が必要かもしれない。

北上　う〜ん、そうかぁ。

――では次の五十嵐貴久『**１９８５年の奇跡**』。

北上　これはあの、野球小説の典型的なパターンなんですが。野球小説の王道に、**天才ピッチャーが山から下りてくる**っていうパターンがあるんですよ。

大森　（笑）。

北上　リング・ラードナーの『**おれは駆け出し投手**』（現行本はちくま文庫『**メジャー・リーグのうぬぼれルーキー**』）がそうだし、藤原審爾の『**天才投手**』（徳間書店）もそうなんだよね。つまり、山の中で石を投げて鳥にぶつけてた野生児が、町に下りてきて野球をやったらすごいピッチャーだったっていう。それがオンボロチームに入って、そのチームがあれよという間に勝ち進むっていうのが、昔からの黄金パターンなんですよ。この小説もまったくそのままで、現代だから天才ピッチャーは山から下りてくるんじゃなくて転校してくるだけなんですが。で、都立高校の弱小チーム、『夕焼けニャンニャン』が始まるとすぐみんな家に帰ってテレビの前にかじりつくというやる気のない野球部に、たまたまその天才ピッチャーが転校してきて、あれよあれよという間に勝ち進むという。「またかよ」って言いたくなるようなパターン小説。ただね、**じゃあなんでそのパターン小説がずーっと昔っからあるかっていうと、面白いからなんですよ！**　海老沢泰久さんの『**監督**』（文春文庫）っていう有名な野球小説の大傑作がありますけども、あれもそう。あの場合は監督がたまたま来るんですよね。
大森　うん。
北上　オンボロ野球チームに。監督が来てチームを全部改革しちゃうという。あれも考えてみればパターンなんだ。ヤクルト時代の広岡監督をモデルにした作品なんだけど、それでもやっぱり感動するわけ。だから黄金のパターンの持ってる強さっていうのがあって、『1985年の奇跡』もそれなんですよ。新しさや意外性はなんにもなくて、話がどうなるかは全部わかる。だからさっき言った乙一とまったく反対で、絶対こうなるよなって思う通りになっていく。それでも読まされちゃう。考えてみるとこれ、野球小説だけじゃなくて、スポーツ小説のパターンにもあるんですが、ええと、周防正行の……。
大森　『**シコふんじゃった**』（集英社文庫）？
北上　あれは相撲なんですが、大学のどうしようもない弱い弱小の相撲部に――あれはでも誰かは来ないのか？
大森　『シコふんじゃった』はそのパターンじゃないですよ。
北上　あ、誰かは来ないんだ、あれは。
大森　山から下りてくるって言えば、チームじゃないけど、テニス小説の『**宇宙のウィンブルドン**』（川上健一／集英社）とか……。
北上　『宇宙のウィンブルドン』はちょっと違うか。まあだから、ひとつのパターンをみんなちょっとバリエーションを変えてやるっていう形がけっこうある。これはもうまさしく黄金の、正統的なそのパターンのド真ん中をいく作品ですよね。君はなんなの？　ああBね。面白かったんだ。
大森　……Bマイナスにしようかな。
北上　ふうん。君、野球もの好きじゃないの？
大森　いや、野球は好きですよ。野球小説も野球も好きだし、水島新司も全部読んでますけど(笑)。これ一九八五年の話でしょ。北上さんはもうこの頃、青春とは縁もゆかりもなくなってて……。

北上　まあね。

大森　だから抵抗なかったと思うんですよ。僕は著者と同世代なんで、一九八五年にはもう勤めてましたが、『夕やけニャンニャン』はビデオに録って見てたし、当時を思い出して考えると、いくらなんでもこんなことはあり得ない(笑)。

北上　なんで？

大森　まず第一に、〝野球部VS校長〟って図式がおかしい。そもそも高校野球なんて管理教育の象徴じゃないですか。しかもこの野球部、西東京大会で決勝まで行くんですよ！　たいへんなことじゃないですか。学校にとっては大宣伝になるから、校長はもちろん、全校あげて応援するのが当たり前でしょう。なのに校長が野球部に廃部を命じるなんてめちゃくちゃ無理がある。そんなことしたらOB会が黙ってないですよ。あと、これは天才ピッチャーが転校してくるのが出発点だけど、その転校理由も、戦前ならともかく一九八五年ではまずあり得ないような……。

北上　**君はね、勘違いしてますよ、この小説を。**

大森　(笑)。

北上　おっしゃる通りの部分もあるかもしれないけども、『1985年の奇跡』という、このタイトルの意味！『夕焼けニャンニャン』を当時観ていたということがこれの眼目じゃないんですよ。一九八五年はタイガースが優勝した年なんです！

――(笑)。

北上　全部カリカチャライズなんだから。リアリティを求めてもしょうがないです！　タイガースが優勝した年にこんなことがあった。それを**タイガースが優勝しそうな二〇〇三年に出版する**ことに意味があるんです！

——そうなんですか(笑)。

北上　八五年を調べたらたまたま『夕やけニャンニャン』がやってたから、それをネタにしただけなんです。ホントはタイガースなんですよ！

大森　だから、それがイヤなんですよ。

北上　ああ、君タイガースファンじゃないの？

大森　**『タニャン』ファン**(笑)。

北上　ははははは、そうなのか。

大森　おニャン子を道具に使うな！っていう(笑)。おニャン子ネタもそれなりに入ってるし、認識がまちがってるわけでもないけど、わりとおざなりというか当たり前の話ばかりで、切実感が全然足りない！

——なるほど(笑)。

大森　だからこの時代と関係ない人はいいけど、一九八五年はこうだったと言われると、それは違う！と思う若い人は多いんじゃないですかね。

北上　……なるほど。

北上熱狂の『シービスケット』

——わかりました。じゃあ次はローラ・ヒレンブランド『**シービスケット**』。

北上　はい。これは今年の**私の年間のベスト1に……**。

——あ、もうですか？

北上　……このまま行ったらなっちゃいそうな本です。一九三〇年代に実在したアメリカのサラブレッドとそのまわりにいた人のドラマを描いたノンフィクションですね。とにかく、すごいですよ！　特筆すべきはレース・シーンのド迫力。こんなすごいの、今まで活字で読んだことない。競馬小説自体が少ないし、ディック・フランシスも実は競馬シーンってあんまり書いてないですから、もともとライバルが少ないって事情もあるんですが。病気であんまり自由に動けない女性の競馬ライターが、当然自分の目では観てないレースにもかかわらず、なんでこんなに迫力満点に書けるのか。これはもうとにかくド肝を抜かれました。あとは小説みたいな——というか、もう小説よりも波瀾万丈の出来事ばかり起きて。馬も人間も決して一流じゃないのに大レースに出て勝つまでの物語という、こんなでき過ぎた話ってめったにないんだけど、とにかくすごい。この一番最後のクライマックスに出てくるサンタアニタ競馬場に僕行ってるんですよ、去年。そのときは馬券買うのに夢中で(笑)、シービスケットのこのブロンズ像ってパドックにあったらしいんだけど、「え、どこにあったんだよ!?」みたいな。これをその前に読んでたらちゃんと見て、写真撮ってきたのに!

——ははは。

北上　とにかくアメリカではものすごい人気のある馬だったらしい。

大森　日本で言うとハイセイコーぐらいですかね。

北上　意味的にはそうかもしれないね。血統は一流なんですけども、足が曲がってて、当時の一流トレーナーも投げ出したっていう馬ですから、そういう二流くらいの馬が全米のスター・ホースにまでのしあがったっていうところもいいんですよ。みんながなんか明るい話題を求めていた時代に。

大森　展開としては、なんか『走れコータロー』がノンフィクションになったみたいな話ですよね(笑)。

北上　僕、その『走れコータロー』っていうのを知らないんだけど。

大森　ウソ!　知ってるでしょ。山本コータローの大ヒット曲ですよ。「走れー走れーはっしれコータローー、本命穴馬けちらしてえ〜」(歌う)。

北上　(無視して)これ、競馬知らない人もね、スポーツ・ノンフィクションとしてすごく面白いと思いますよ。

——そうですね。

北上　会社の連中に読ませたんだけど、競馬知らなくても面白いかどうかってみんなに読ましたら、みんなが口をそろえてすごく面白かったって言ってたのもうれしかった。

——そうですね。小説としてすごく面白いですよね。小説じゃないのに。

北上　だから、この著者の叙述の仕方がね、うまいんですよ、うん。見てきたような嘘みたいなことを書くんですよね、うん。「おまえ観てないだろう」って言いたくなるぐらいうまいですよ、この著者は。

——大森さんもAで。

大森　ほんと、めちゃめちゃよくできたノンフィクションですね。自分が知らない時代の話をものすごく綿密に取材して、資料集めてインタビューしたんだろうけど、その整理の仕方がうまい。主人公をちゃんと設定して、その永遠のライバルみたいな相手を用意して。省略するところもうまく省略してありますし……まあ、小説的にはもうちょっと刈り込んでもいいかなってところはあるんですけど、逆にそうすると完全に小説になっちゃうから。微妙にノンフィクション的な書き味も残しつつ、最終的にはもう小説の迫力で怒涛のクライマックスになだれ込んでいくみたいな。しかも、**山場が二段構え**ですからね。

北上　すごいのがさ、この写真なんだよ。ラストのサンタアニタ・ハンデのね、最後の直線シーンで、前の二頭との間をこのシービスケットがすり抜けてく瞬間の写真。このとき、このジョッキーは足を怪我してて、もう一回強い衝撃を受けると一生歩けないって医者から言われてる。ところが二頭の隙間がギリギリの幅しかなくて、もしかすると自分の足が相手の鞍にぶつかっちゃうかもしれない。でも、一瞬だけ空いた隙間だから、今そこを通過しなきゃすぐ閉じちゃうかもしれない。閉じたら外に出なきゃいけないから、勝機が失われる。で、その瞬間、このポラードって騎手が「えいっ!」って決断してすり抜けていくんですが、それを前から撮った写真がこれ!! すごいよねえ。「え、なんで? これ嘘だろ?」って言いたくなるような写真。

大森 それはだって、全米第一位を決めるレースだから。何百人もカメラマンがいて撮ってたんでしょ。

北上 あ、そう。(じっと写真を見ながら)**すごいよねえ、この角度の写真!**

大森・編集部 (笑)。

北上 感動しちゃったなあ、俺。この写真見て。

スタージョンがわからない!

——じゃあ、大森さんの三冊にいきましょう。まずは**『海を失った男』**から。

大森 シオドア・スタージョンは**『人間以上』**(ハヤカワ文庫SF)で有名なSF作家です。短編の名手と言われながら、早川書房《異色作家短編集》から出た**『一角獣・多角獣』**はじめ、既刊の邦訳短編集はみんな絶版で手に入らない状態が続いていた。品切の短編集は、ネットオークションで何万円とかすごい値段で取り引きされてて。だからこれは待望久しい一冊なんですね。「ビアンカの手」は、『一角獣・多角獣』の中でも一番有名な作品で、幻の名作と言われるフェティシズム小説。超絶技巧が冴え渡る表題作の「海を失った男」と、異色の夫婦愛ファンタジー「墓読み」の二本はこれが単行本初収録。あと、この短編集がすごいのは、今まで長過ぎて訳されなかった百枚〜二百枚の中編が三本、本邦初訳で入ってること。その三作は、誰が読んでも面白いとは言いがたい、独特の小説で……。

北上 俺、**全然わかんなかった**。面白いと思ったのが二編か三編あっただけで、あと全然わかんない。「何を言おうとしてるのかなこの作家？」って感じで。特に長いやつが。今君が挙げたやつね。

大森　書き方があまりにも独特すぎて、話はSFなのに全然SFに見えなかったりしますからね。「そして私のおそれはつのる」が典型。「成熟」や「三の法則」にしても、アイデアとしてはよくある話なんですけど、ほとんどそう見えないくらい変な小説になってる。スタージョンを読んだことない人がいきなりこれを読んでどう思うかっていうのはちょっと……。若島正さんの編集なんで、すごく編者の個性が強いというか、北上さんの分類で言えば文学寄りかもしれない(笑)。

――明快に理解しながら読むというより、なんとなく感覚的に読む感じがありますよね。

大森　ロジックが全然ないタイプの小説じゃないんですが、そう読まれても仕方がない面はあるかな。物語性とか気の利いたオチより、文体とか技巧とか世界観の特異性とかに焦点を絞ったセレクトなので。だから、今まで読んだことのない話を読みたいという人にぜひおすすめしたい。

北上　なんか違うんだよね。俺、『ZOO』みたいに「なんだろう、これは」っていうのがときどきあるの。わからないんだけど読んでてゾクゾクしてくるやつ。それは、褒め言葉が見つからない自分の喜びなんだよ。でも、これはゾクゾクしないんですよ。

大森　うーん、スタージョンのある種、変態的な部分の感覚がピンとこない人はいるみたいですね。

北上　まったくわからないわけ。でも一番最初の「ビアンカの手」は面白かった。あとは……ええと、憶えてないんだけど……なんか二編くらい、「ほお〜、なかなかうまいな」っていうのがあったんだけど、長いのはさっぱりわからない。

大森　「成熟」にしても、別に難解な話じゃなくて、『**アルジャーノンに花束を**』(ダニエル・キイス／早川書房)みたいな、手術をすることで人間が変わっちゃうという、よくあるパターンなんですよ。最後に出てくる結論も考えてみるとわりとあたりまえなんだけど(笑)、スタージョンが書くとまるであたりまえに見えない。こんな風に書ける人は他に誰もいないだろうって意味で、やっぱりすごい。まあ、若島さんは文体の魅力を重視して選んでるから、よくできた話とかびっくりするアイデアとかプロットのひねりとかを求めて読む人にはあんまり向かないかも。

　でも、例えば「墓読み」なんかは乙一とも重なるんじゃないですか。これは、死んじゃった奥さんのお墓を読む話。つまり、墓石のかたちとか墓のまわりに生える植物とか飛んでくる虫とかを含めてじっと観察すると、そこに一定の文法があることがわかって、訓練するとそれが読めるようになる。そうすると、死んだ人がどんな人生を送ってきたかがわかるんだっていうアイデアで。それ自体はまあふつうなんですけど、オチのつけ方が絶妙で、独特の印象が残る。これなんか僕はめちゃくちゃ好きですね。

北上　これのあとがきに、今度、君が編集したのが出るとかって書いてあったけど。

大森　河出書房新社の《奇想コレクション》から『**不思議のひと触れ**』っていうのが年末に出ます。やっぱり日本オリジナル編集のスタージョン傑作選なんですが、そっちはもうちょっと初心者向けっていうか、ジャンル小説寄りのやつを中心に選んでます。だから、『海を失った男』がぴんと来なかった人は、ぜひそれで再挑戦してください、と(笑)。

青山光二に学ぶ、「セックスは八十歳から」

——じゃあ次は、川端康成文学賞をとった青山光二『**吾《わ》妹《ぎも》子《こ》哀し**』。

大森　青山さんって九十歳なんですよ。で、この小説、書評とか見ると、老人性痴呆症に陥った妻を献身的に介護する老作家を描く感動の私小説、みたいに言われてるけど、青山光二って本来は血湧き肉躍る仁侠小説の人じゃないですか。そんなありがちな私小説を書いたのかなあと思って読んでみたら、実際は相当違う。特に、後半に入ってる書き下ろしの中編「無限回廊」がめちゃくちゃ面白いんですよ。老人介護小説でも永遠の夫婦愛小説でもない部分がすごく輝いてる。

主人公の老作家が、アルツハイマーを患う老妻を連れて、思い出の神戸に最後の旅行に出かけるっていう話なんですけど、どんどん記憶を失っていく奥さんの横で、主人公のほうがどんどん昔を思い出していく。つまり、夫婦のうち片方は過去が失われてるんだけども、もう片方は逆にものすごく鮮やかに過去を蘇らせるんですね。奥さんと知り合った頃の時代を。主人公は三高出て東大に入ったお坊っちゃんなんですよね。恋人のほうは——つまり、今の奥さんですけど——デパートガールかなんかやってたところをスカウトされて大阪の化粧品会社に就職した人で、主人公とは手紙をやりとりするだけのプラトニックな遠距離恋愛の関係になる。ところが突然、主人公の前にものすごいファム・ファタルな毒婦が現れて、いきなり押し掛け女房みたいに下宿に居着いちゃう。主人公は、「こんな女、好きでもなんでもない」とか言いながら、**ついフラフラと色香に迷ってセックスしちゃった**もんだから離れられなくなって、でも心は大阪の彼女のところにあると。ところが東京の毒婦のほうはめちゃめちゃ行動力があってですね、ひとりで大阪まで出かけていって純愛の相手に引導を渡したりする。それに比べると主人公は徹底してダメ男で、逆らえないんですよ。これじゃ逃げられなくなるっていうんで、真意をただすために上京してきた大阪の彼女、今の奥さんを連れて東京を脱出する……っていうあたりのドタバタは爆笑です。

私小説みたいに言われてるけど、回想部分はむしろヴィクトリア朝青春小説みたいなテイストだと思いました。でも、そういう波瀾万丈のドタバタ劇はもう六十年以上昔の話で、ふと現在にもどると、駆け落ちした彼女はアルツハイマーの老女となって隣にすわってるんです。そうやって小説の中の時間を自由自在にコントロールしてて、その呼吸が実にうまい。

北上　これね、俺ね、すごかったのはね、表題作の何ページだっけかな？　あの……過去の回想なのか、回想だと思うんだけど、老妻とセックスするシーンがあるんですよ。

大森　はいはい。

北上　そのときにね、**射精した量は少ないけども、快感は若いときの数倍どころじゃなくて、とにかく比べようがないくらいよかった**っていうわけ！　俺、「ええっ!?」ってびっくりして。どう計算しても八十過ぎだろ、男が。「**おい、ホントかよ?**」って思った！

大森・編集部　ははははは!!

北上　老人の性っていうのは週刊誌とかでいろいろたくさん話題になってるけども、快感度みたいな具体的なこと書かれてないんで、若いときと比べものにならないぐらいいいっていうのは驚くよ。これ夢があるよね、すごく！

大森・編集部　ははははは!!

北上　**その数行の記述だけは忘れられない**もんだね、うん。

――**ベクトルが独特ですね**、北上さん。

北上　だって、八十過ぎて若いときよりいいって言うんだよ！　すごいだろ、これ。カルチャーショックだよ。

大森　北上さんも二十数年後が楽しみだと(笑)。

北上　嵐山光三郎さんとか、僕は年輩の人たちとわりと呑む機会があって、そういう話する機会も多いんだけど、あの人たちもさすがにこういう具体的なことまで言ってくれなかったんで、「え？ そうなのかよ？」って驚いた。まあ嵐山さんもまだ八十はいってないんだけど。

大森 じゃあ、青山光二がこう書いてたけどどうですかって質問すればいいじゃないですか(笑)。

北上 あ、そうだな(笑)。今度会ったら聞いてみよ。

大森 (笑)。その真偽はともかくとしても、これ、私小説って言われてるけど、古典的な意味の私小説じゃないんですよ。かなり周到に作り込んでる。

——九十歳とは思えない文体ですよね。すごく若々しいというか。

大森 青春小説パートはまったくその通りですね。で、ふと我に返ると、それから六十年の時が流れてて、回想シーンに出てくる友達とか、印象的な登場人物たちは、もうみんないない。あいつが死んでから五十年になるなあとか(笑)。だって駆け落ちしたのは戦前の話だから、その後、戦争に行って死んじゃった人が多いわけですよ。六十年たつと、生き残ってるのはほとんど主人公夫婦だけ。他にはもう誰もいないっていうあたりのすごさに茫然とするんですが、にもかかわらず老いの寂寥感みたいなものは全然出てこない。本人は淡々とごくふつうに暮らしていて。アルツハイマーになった妻の介護は確かに大変だし、徘徊がひどいから施設に入れなきゃいけないとか、いろんな問題は起きてるんだけど、いわゆる老人小説的な印象はほとんどない。だからこれは、若い人にも読んでほしいと。

北上 あ、そう。**俺はさっきのあの数行だけでいいね。**

大森 (笑)。

北上 五十代後半の人から読んでほしいね。**まだ君たちも希望を捨てちゃいけないと**(笑)。

——(笑)。じゃあ最後は沢村凜『**瞳の中の大河**』なんですが。

大森 これはファンタジー要素のない〝異世界歴史小

説〟ですね。**特に北上次郎のために選んだ小説なので、**北上さんがAプラスをつけた時点で僕の使命は終わったも同然(笑)。

北上　なんでもっと早く読まなかったんだろうって、すごい後悔したよ。この人、他にもこういうの書いてるの？

大森　ファンタジーノベル大賞優秀賞のデビュー作『**リフレイン**』(ともに新潮社)は寓話っぽい話だったから、こういう歴史小説仕立ては初めてですね。でも、『**七王国の玉座**』(ジョージ・マーティン／早川書房)にハマった人なら絶対ハマるに違いないと思って。

北上　面白かった！　でも俺、ひとつ不満があるんですよ。短い。これは全五巻ぐらいで書いてほしいよね。

――大森さん、Bプラスですけど。

北上　Aプラスつけないの？

大森　役目は果たしたからもういいかなと(笑)。いやこれ、ロマンスあり、親子関係あり、合戦あり、権謀術数ありとオカズは盛りだくさんだし、時代小説としてもすごく立派というか面白くて、全然不満はないんですが……要するに僕、〝波瀾万丈の物語〟にあまり思い入れがないんで。

北上　これ、けっこうユーモラスなんだよ。笑っちゃったのが、最後のほうでヒロインが捕まって、「またおまえ捕まっちゃったのか？」って言われる(笑)。あれ笑っちゃうよな！　ホントにそう思うんだから。「**おまえまた捕まっちゃったのか！**　何してるんだおまえは！」って言いたくなる。それによって主人公は危機に陥るわけだから困るわけ、捕まっちゃ。それなのに平気で捕まったりするんだよ。

大森　ふふふふ。

北上　そのへんのユーモラスな感じが実にうまいですよ。単に波瀾万丈だけじゃなくて。

大森　だから時代小説的な面白さの一方、人間ドラマ部分もよく書けてるし、登場人物もそれぞれ個性的で面白い。物語好きの人には絶対のおすすめですね。

北上　ねえ！　もったいないよ、一巻で終わるのは！

大森　著者に伝えておきましょう（笑）。

第11回

（2003年 冬）司会＝有泉智子

ブック・オブ・ザ・イヤー2003

編集部選

石田衣良『4TEEN』（新潮社）

桐野夏生『グロテスク』（文藝春秋）

Yoshi『Deep Love【完全版】第一部 アユの物語』（スターツ出版）

北上選

1位：ローラ・ヒレンブランド『シービスケット あるアメリカ競走馬の伝説』（奥田祐士・訳 ソニー・マガジンズ）

2位：森絵都『永遠の出口』（集英社）

3位：リチャード・ノース・パタースン『サイレント・ゲーム』（後藤由季子・訳 新潮社）

4位：乙一『ZOO』（集英社）

5位：横山秀夫『クライマーズ・ハイ』（文藝春秋）

大森選

1位：古川日出男『サウンドトラック』（集英社）

2位：グレッグ・イーガン『しあわせの理由』（山岸真・編訳 ハヤカワ文庫）

3位：冲方丁『マルドゥック・スクランブル』（ハヤカワ文庫）

4位：秋山瑞人『イリヤの空、UFOの夏』（電撃文庫）

5位：小川洋子『博士の愛した数式』（新潮社）

最強ダメ恋愛レースの行方

――年末恒例のブック・オブ・ザ・イヤーですが、編集部選の三冊からいきましょう。まず直木賞を受賞した石田衣良『4TEEN』。

大森　これと同時受賞の――。

北上　何？

――『**星々の舟**』（村山由佳／文藝春秋）ですね。

北上　ああ、そうなの。

大森　……『星々の舟』に比べれば百倍いいですよ。石田衣良って、作家性うんぬんより、ジャーナリスティックなセンスがずば抜けた人で、たぶんすごく頭がいい。今一番ウケるテーマとそれにふさわしい語り方を見つけ出す才能もある。でも特に何か言いたいことがあるわけじゃなく、**「仏作って魂入れず」の天才みたいな人**。常に見事な仏像ができるけど、別に魂はこもってない。本当に技術だけで――。

北上　誉めてねえな、それ（笑）。

大森　いやいや、高く評価してるんですよ。「『仏作って魂入れず』の天才」っていうのは、その昔、某編集者が全盛期のマイクル・クライトンを評して言った言葉なんで。魂を込めたと勘違いしてる小説よりはよっぽどいい。ただ、『4TEEN』は意図的に通俗に寄って書いた感じがして。

――やっぱり直木賞狙いで？

大森　うん、それはあると思う。こうすれば選考委員にはウケやすいとか。今の風俗を扱っても、不治の病にかかってる友達のためにデリヘル嬢を呼ぶ話に仕立てるとか、人妻を助けてあげてもお礼はキスだけとか。そんなわけないだろうと思いながらわかって書いてるというか、**ものすごく計算して線を引いてますね**。その計算通りに直木賞をとったのが立派だし、アンチ直木賞派としては喝采を送りたいけど、それでいいのかって気もちょっとする。

――北上さんいかがですか？

北上　いや、すごくうまいんだけど、いかにも直木賞向き。石田衣良のこれまでの最高傑作は、やっぱり『**少年計数機**』（文春文庫）だと思うんだよ、俺は。それに比べるとなあっていう。やっぱり計算が目に見えちゃうんだよね。

大森　いや、『少年計数機』も同じでしょう。

北上　いやいや、計算の仕方が、これは一歩直木賞のほうに向かって踏み出しちゃってるわけ。

大森　ああ、はいはい。

北上　それが僕は気に入らないわけ。『少年計数機』みたいなクールな計算じゃないんだよ。

大森　考えたらこんなにとんとん拍子の作家はいないんじゃないですか。世の中すべてが石田衣良の思い通りに動いてる感じ。その意味ではやっぱり天才としか言いようがないけど、読者として「参った」とは思わない。

北上　まあ直木賞とっちゃったんだからもういいんじゃない。

――（笑）。じゃあ次は、『**グロテスク**』。泉鏡花賞を獲って、桐野夏生の最高傑作とも言われてますが、いかがでしたか？

北上　僕はね、久々なんですよ、桐野さん読むのは。やっぱりすっごいうまい。びっくりした。だからうまさは認めます。

――内容は？

北上　直木賞とった作家っていうのはあんまり興味ないんで。

大森　（笑）。桐野さんは石田さんと逆に、小説の構造を破壊してでも、とにかく書きたいことを書くタイプ。ところが『グロテスク』の場合は、東電ＯＬ事件を下敷きにしたために、あえて小説的な配慮をせざるを得なかった。そのせいで作家性が部分的にしか発揮されてない気がしました。個人的には『**柔らかな頬**』や『**光源**』(ともに文春文庫)のほうが好きかな。まあ、女性の人間関係のドロドロや心の闇をこれだけ正面切って描いて、しかもエンターテインメントとして成立させているところはさすが桐野夏生。女性が読むとすごく身につまされて、より胸にグッとくるって話も聞きますけど。どうなんですか?

——どうでしょうねえ。そういう女の闇を書いてしまったのがすごいって巷では言われてますけどね。ただ、女性ならみんなそういう部分を持ってるかって言ったら、また別ですしね。

大森　**こういう女とは一緒にされたくないと**(笑)。しかし、見たくないような部分をここまでみっちり書いて、それでもちゃんと読ませるっていうのは力業ですよね。これだけ書ける人はほかにいない。

北上　うん、ま、パワフルでいいんじゃないですか。

——三冊目はYoshi『Deep love』。もうめちゃくちゃ売れてて、シリーズ四冊あわせると百万部を超えてるんですけど。

大森　小説読んでこんなにムカつくことがあるとは思わなかった。『**世界の中心で、愛をさけぶ**』(片山恭一/小学館)みたいな古臭い難病ものの恋愛小説がどうしてベストセラーになるんだ！　とか怒ってたけど、すみません、私の考えが甘かった(笑)。**今まで読んできたあらゆる小説の中でこれが最低**。ほんっっっとにヒドい。

北上　なんで売れてんの?

大森　小説は読みたくないけど物語を求めてる人がたくさんいるってことかなあ。小説が好きな人間にはとにかく許しがたい本。何もかも、不幸のための不幸なんですよね。援助交際で一日何十万も稼ぐ子がなぜ食費節約のために三日も絶食しなきゃいけないのか。途中からスキンつけなくなるのも最後にＨＩＶに感染させるため。ＨＩＶ以前に性病のデパートみたいな状態になっててしかるべきだけど、でもクラミジアや尖形コンジロームには絶対感染しない（笑）。その心根がいやでいやで、途中で本を破り捨てたくなる衝動をこらえるのに苦労しました。

北上　確かに物語を求めてるから売れるんだと思うんだけど、ここにあるのはストーリーじゃなくて説明なんだよ。だからこれが売れるってことは、説明じゃなければ物語が伝わらないぐらいに読者が衰弱してるんだろうかと不安だね。小説というのは説明じゃなくて、抽象的なもので、それを読むことによって自分の中で具象化するわけじゃない。ところがその作業って、やっぱしんどいじゃん。しんどいから小説を読まなくなったっていうのがあると思う。だからすごく複雑な気持ちになる。**小説じゃないものが百万部売れるってことは、もう我々が思う小説は、読者の胸には届かないんだろうか？**

大森　そういう問題じゃなくて、これは若者版『**一杯のかけそば**』（栗良平／角川文庫）なんですよ。これに比べたら『かけそば』は名作だけど（笑）。とにかく、最近のダメ恋愛小説レースではこれがダントツのトップ。

北上　俺は片山恭一というより、『**天国の本屋**』（松久淳、田中渉／新潮文庫）に似てると思う。あれも説明だろ。

大森　いや、『天国の本屋』はむしろ石田衣良的な、綿密に計算した作り方で――。

北上　**石田衣良怒るよ、おまえ。**

大森　だからマーケティング的な計算って意味で。こう書けば小説を読まない人にも届いて、ベストセラーになるだろうと考えている。でも『Deep Love』はたんに頭が悪い（笑）。極北ですね。

――じゃあ気分を変えて、北上さんのベスト5にいきましょう。

”戦後ベスト1“から”びっくりベスト1“まで

大森　北上さん、五冊のうち四冊までは連載でやった本ですよ。僕はダブらないようにしたのに。

北上　あ、そうだっけ!?

——そうですよ(笑)。で、一位が連載中から大絶賛の『**シービスケット**』。結局これを超えるものは出なかったんですねえ。

北上　うん、そうですね。やっぱりこの迫力はすごい。競馬を知らない人たちにはどうなんだろうって、そこが不安だったんですが、どうもその心配が無用みたいなんで、すごくうれしかった。

大森　僕もこれは異存ないですね。これだけ小説的な興奮を味わわせてくれるノンフィクションはめったにない。

北上　**競馬本で言えば、戦後のベスト1でしょ、ほんとに。**

大森　戦前のベスト1は?

北上　戦前は知らないから(笑)。この作者は、強弱のリズムがうまいんですよ。確かに素材がドラマチックなんだけども、問題はそれをどう書くかですから。例えば一番最後のレース・シーン。これもいろんな描き方があると思うんだけど、この人は非常に細部にこだわって、一番最後の直線で二頭の間を抜けるっていうシーンをクライマックスに持ってきて、そこで盛り上げるわけですね。その強弱のリズムがものすごくうまい。

大森　あと、小説的なキャラの立て方がうまい。人物像をくっきり描いてからクライマックスに向けて盛り上げていく手続きも非常にしっかりしてる。完全に小説として読めますね。まあ、だからすんなり映画化もできたわけだけど。

――で、第二位が『永遠の出口』。

北上　これは**今年の青春小説のベスト1でしょ**。

大森　これがなぜ直木賞とか山本賞とらないのかが謎。

北上　児童文学作家の大人向け第一作だからもうちょっと様子を見よう、みたいなところがあるんじゃないの？

大森　単に候補作選びの問題じゃないかなあ。

北上　これは細部もいいし、うまいですよね。女性からは自分の小さい頃を思い出したとかって意見があるみたいですけど、僕はそういうのないんで。だからそういうノスタルジーじゃなくて、もっと普遍的なものがあると思う。

大森　これと川上健一の『**翼はいつまでも**』（集英社文庫）とではどっちが上？

北上　うーん、むずかしいな。うまさはこっちのほうがうまいと思う。『翼はいつまでも』は、石田衣良じゃないけど、ちょっと計算が見えちゃうところがある。で、森絵都さんのうまさは、その計算を見せないんですよ。

大森　うんうん。

北上　だからこっちのほうがうまいと思う。思い入れは『翼はいつまでも』にあるけどね。『永遠の出口』は連作集なんだけど、例えば高校時代のアルバイトの話とか、それだけで立派な短編として成立するだけの人物関係の出し入れのうまさ、キャラクター造形のうまさがある。で、それを連作の中にポンとはめ込んで少女の成長過程に入れてしまうっていう仕上げのうまさもあるんですよ。本当にものすごくうまい小説です。

大森　僕は小学生時代の話が一番感心した。子供の頭の中をこれだけ鮮やかに書いてる小説はなかなかない。

――森さんは今後こういう大人向け小説に進むんですかね？

北上　完全にこっちにはこないで、児童文学もやるみたいですね。僕としてはこっちをどんどん書いてほしいですけど。

――で、三位はサスペンスが入って、リチャード・ノース・パタースン『**サイレント・ゲーム**』。

北上　これ、もう中身覚えてないんだよ。今年の春頃じゃなかった、出たの？

――そうですね、三月です。

北上　ねえ。だから、実は全然覚えてない。ただ読んだときにすっごい興奮したのは覚えてるんですけど……**ああ！　二十八年前の故郷に帰る話だ！**　いい話だったねえ。

大森　わははは。

――**あらすじを見て確認されてますけど**(笑)。

北上　これいい話じゃない。《このミス》で上位にくるかなあ？

大森　僕の今年の海外ミステリの中では、十位には入んないかなあ……。

北上　えっ!?　ほんとかよぉ。じゃあ一位はなんなの？

大森　晶文社ミステリから出たデイヴィッド・イーリイの『**ヨットクラブ**』。

北上　あ、読んでねーや。出たばっかりの短編集だろ？

大森　そう。乙一『ＺＯＯ』の六〇年代版みたいな感じですね。

北上　まあ、《このミス》にも《週刊文春》の「ミステリー・ベスト10」にも入ってこないと思うんで、敢えて僕はリチャード・ノース・パタースンを推し続けます。どうしてこんなにすばらしい小説が上位にこないんだろうと思うと悔しいし。

――四位は乙一『**ＺＯＯ**』ですね。

北上　これは**今年の一番びっくりした本ベスト1**。

――全部ベスト1ですね(笑)。

北上　そう、ベスト1を並べてみました。これはもうさんざん語ったんで今さら語ること何もないんだけど。

あのー、この人いつもそうなんだけど、一冊にいろいろ傾向の違うものが入ってるんで、分けてほしいな。

――そうですかあ？

大森　僕は逆。いろいろ入ってるところが面白い。

北上　あ、そう？　俺は、「落ちる飛行機の中で」が好きで、この傾向だけを集めた短編集を編んでほしい。ダメ？

大森　傾向を揃えると意外性が減って、かえってつまらなくなると思う。『ZOO』みたいなばらばらの短編集って、今非常に出にくいんですよね。たいがい連作になっちゃう。短編集が売れないってこともあるんでしょうけど、おかげで国産のエンターテインメント短編全体のレベルが落ちてる気がする。

北上　昔からそうなんだよ。夏樹静子の時代から、日本のミステリの短編集は売れない。

――それはどうしてなんですか？

北上　うーん、短編って連作じゃないかぎり一編ずつ違うわけじゃないですか、世界が。だから一冊の中で何度も読む努力を強いられるわけで、たぶん、読者はそういう疲れるのが嫌なんですよ。

――ああ、なるほど。

北上　作家のほうも短編って書くのが大変みたいだし。

大森　労多くして報われない。

北上　そうそう。違う物語をたくさん作るわけだから。

――それだけアイデアが必要ですもんね。

北上　それで短いわけだから原稿料安いし。だから作家も大変で読むほうも大変だってなると、やっぱり出るのが少なくなっちゃう。

大森　純文学のほうは、芥川賞や川端賞があるせいか、まだしも短編に力が入ってる。今年の新人賞受賞作で見ても、長編はエンターテインメント陣営が優勢なんだけど、短編は明らかに純文学が上。

北上　でもSFは、今でも短編集はあるんじゃないの？

大森　いや、数は少ない。

北上　じゃあエンターテインメントはジャンルは問わず、短編が出ないという状況が続いてるということ？

大森　そうですね。

——乙一は珍しい例なんですね。

大森　うん、こういう人はあんまりいない。で、『ZOO』は《SIGHT》の読者にも読んでる人が多いと思いますけど、これが好きな人はぜひ、イーリイの『ヨットクラブ』(晶文社)を読んで欲しいですね。

——五位は唯一連載で取り上げていない横山秀夫『**クライマーズ・ハイ**』。

北上　これはですね、非常に個人的なんですが、僕にとっては会社員小説なんですよ。実は、二十五年間いた会社組織を辞めて最初のうちはすげえ気が楽だなあと思ってたんだけど、最近すごい寂しい(笑)。

大森　気持ちはよくわかる(笑)。

北上　例えばこの話では、新聞記者の主人公が、紙面を作るためにいろんな人間の思惑と戦わなきゃいけないんですよ。販売部との対立や派閥の争い、同期で出世に遅れた奴との関係とかね。組織にはそういうめんどくさいことがたくさんある。たくさんあるんだけども、組織から出た人間から見ると、そのすごく瑣末で大変なことが、すっごいうらやましく思えてくる。そういうめんどくさいことがたくさんあるから、この主人公だって紙面が出たときにすごい感動があるわけだよね。こういう瑣末なことが何もなくて、理想的に全部済んじゃったら、絶対に感動しないと思うよ。

大森　でもね、**これは会社辞めた人が一番楽しく読める小説かもしれない**(笑)。

北上　そう。会社辞めた人間からするとものすごいうらやましいんですよ、彼らが揉めてるこの状況が。こういう中にいたよなあ、昔はって(笑)。

大森　こないだひさしぶりに新潮社で同期入社だった連中と飲んだんだけど、もういい年だから、編集長とかになってる奴もいるんですよ。そうすると、社内の勢力図とか人事をめぐる駆け引きとかね、いろんな話がぼこぼこ出てきて、外野から見てるとめちゃくちゃ面白い。その渦中にいたいとは思わないし、組織の中でやってくのはたいへんだなあと思うんですが、『クライマーズ・ハイ』にもそういう面白さがありますね。だから、似たような問題に日々直面している勤め人の人は、身につまされ過ぎていやかもしれないんだけど。逆に、僕が不満だったのは、親子の話が入ってるところ。

北上　ああ〜、なるほどね。

大森　取ってつけたようなカットバックで入る山登りの話が邪魔。会社内のドロドロだけで一冊書いてほしかった。

北上　実はこういう会社員小説って少ないんですよ。いわゆる会社を描いたものっていうのはあるけど、経済小説とかになっちゃう。こういう、純粋に会社内の人間関係の軋轢との戦いだけを書いたのって意外と少ない。面白かったですね。

これを読むと人生観が変わる？

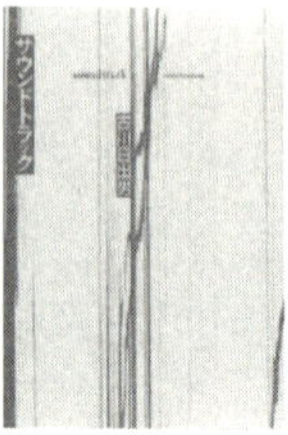

——では大森さんのほうに。一位が『**サウンドトラック**』、古川日出男が二〇〇二年の『**アラビアの夜の種族**』（角川書店）に続くランクイン！

大森　『アラビアの夜の種族』は日本推理作家協会賞と日本SF大賞をダブル受賞しましたが、『サウンドトラック』も、僕の中では**今年の国内ミステリ／SF、両方のベスト1**。簡単に言うと、『**コインロッカー・ベイビーズ**』（村上龍、講談社文庫）現代版みたいな話ですね。小笠原諸島の無人島に漂着して、二人きりで生きてきた男の子と女の子が、やがて救出されて文明社会に戻ってくるんだけど、世界になじめないまま成長していくっていう話が導入。で、その後二〇〇八年の東京の話に飛ぶ。今からほんの数年後なんで、全然変わらない部分――例えば神楽坂の中華料理屋の「五十番」とか甘味屋の「紀の善」とかが出てきます――がある一方で、新小川町がアラブ人街になってたり、飯田橋駅前では不法移民たちが外堀に網を打って魚を獲って暮らしてたりする。都心はヒートアイランド現象で熱帯化して、デング熱やマラリアが大流行。近未来SFとしては、その二重性がすごく面白いですね。ディテールも抜群で、読んだ人同士いくらでも長く話ができる。あと、やっぱり文章がいい。合わない人もいるらしいけど、読んでて気持ちのいい、非常に質の高い文章で。文句なしの傑作だと思いますけど、北上さんはピンとこない？

北上　うまいと思いますよ、すごく。うまいんだけどさ、**俺に無縁の小説だなって気がするの**。読み終わったときに、なんだったんだろう？って思うんだよ。それはね、打海文三の『**ハルビン・カフェ**』（角川書店）もそうなんだ。わからない、正直言って僕は、何を言おうとしてるのかが。あと細かいこと言うと、なんでこんなにルビ点を使うんだろうか？　それが気に入らない。なぜかと言うと、ルビ点って強調なわけじゃない。強調するときに記号を使うんだったら、小説は映画に負けちゃうわけですよ。つまり向こうは音を使えるし、色を使えるし。音も色も使えない不自由な中で、それを表現しなきゃいけないのが小説じゃないのかって、気がする。まあこれは小説に対する考え方の問題なんだけど。

大森　これ、後半は個人対世界の戦いの物語になってくるんですが、今年は全体的に戦争ものが目立ちました。福井晴敏の『**終戦のローレライ**』（講談社文庫）とか、あとで取りあげる『イリヤの空、UFOの夏』、『マルドゥック・スクランブル』とか。映画の『バトル・ロワイアル2』まで含めてもいいけど、9・11以後、エンターテインメントの世界でも、戦争をどう書くかがひとつの大きなテーマになってる。いったい何と戦うのか、あるいはテロリストの側にシンパシーを感じるか否か。まあ、政治的に色分けしちゃうと身も蓋もないんですけどね。秋山瑞人『**イリヤの空、ＵＦＯの夏**』の場合は、今年流行の〝セカイ系〟の代表と言われてて――。

北上　ん？　セカイ系って？

大森　僕もよく知らないんだけど、家族とか会社とか国家とかの中間段階をすっ飛ばして、キャラ個人のドラマが世界と直結してるような話みたいですね。おたく系のマンガとか一部のエロゲー（18禁美少女ゲーム）とかに特徴的だったタイプの物語分類で、『新世紀エヴァンゲリオン』の大ブーム以降、一般化してきた。マンガの『最終兵器彼女』とか、ミステリで言うと西尾維新とか佐藤友哉とか。まあ、小説で言うと村上春樹みたいなタイプで、昔からあったんだけど。『イリヤ～』もその代表とされてるんですが、僕個人は、夏休みの少年小説としてとにかくすばらしいと思います。ちょっと古めかしい感じの文章もすごくいい。

――北上さんはいかがでした？

北上　これね、読んだときは面白かったんだけど、その後冲方丁『マルドゥック・スクランブル』を読んじゃったんで、その迫力に負けてね、もう全然覚えてないんだよ。ねえ、『マルドゥック・スクランブル』について語っていい？

――ええ!?（笑）。

カジノ・シーンがすばらしい！『マルドゥック・スクランブル』

北上　この『**マルドゥック・スクランブル**』はびっくりした。まず最初に欠点を指摘します。これ、第二巻

の後半から第三巻の前半まで丸々カジノ・シーンなんです。これはカジノ小説じゃなくて近未来アクション小説なんだよ。にもかかわらず、全体の三分の一をカジノ・シーンに使うってことは、まったく構成が破綻してる。だいたいカジノ・シーンに必然性がないんですよ。百万ドルのチップを手に入れなきゃいけないっていう目的はあるんだけど、だからってなんでポーカーしなきゃいけないんだ？　盗みゃいいじゃねえかって。だから明らかに破綻してる。しかし、そのカジノ・シーンがすばらしいんです！　こんなに迫力のあるカジノ・シーンは、僕は初めて読みましたね。

大森　僕、そっくり同じことを《本の雑誌》の書評に書いてるんですけど(笑)。

北上　あ、ほんと？　**これ、すっばらしいですよ！**　あとね、それ以外のアクション・シーンがものすごくかっこいい！　この人、非常に新しい形の小説を書いてるように見えるんだけど、実は僕みたいな旧来の読書人の琴線もくすぐるような、ある種の小説の型の古さみたいなのを持ってるんじゃないかと思う。だから我々みたいな世代も、すごく興奮しちゃうんだよ。

大森　証人保護プログラムの話だから、全体の枠組みはリーガル・サスペンスなんですよね。法律的な問題の処理までスピーディなサイバーSF活劇場面に取り込んで、めちゃくちゃかっこよく見せている。カジノ場面も、娯楽小説としてはこんなに延々書くのはおかしいんだけど、そういうプロット的な必然性とか全体のバランスとかはどうでもいいと。SFの世界では、ニール・スティーヴンスンをはじめとするポストサイバーパンクの流れですね。古川日出男にもそういうところがある。でもこれは『サウンドトラック』やニール・スティーヴンスンの『**ダイヤモンド・エイジ**』(早川書房) と違って、全体の構造は非常に古典的な対決もので。

北上　そう、大枠は非常にオーソドックスなところがあるんだよ。だから僕もついていけるんだと思う。細部がかっこよくても大枠が理解できないとついていけないから。

大森　最初これを外してたのは、北上さん、カジノ場面は絶対気に入るだろうけど、そこへたどりつく前にくじけるだろうと(笑)。

北上　いやいや、そこに行くまでもかっこいいよ。わかんなかったのは、『しあわせの理由』ですよ。がまんして半分まで読んだんだけどダメ。これ、『マルドゥック・スクランブル』に比べるとすごく平易な言葉遣いなの。にもかかわらず、何が起きてるかわからない。

——グレッグ・イーガン『**しあわせの理由**』は大森さんの第二位ですが。

北上　どこがいいのか、説明をゆっくり聞きましょう。

大森　**グレッグ・イーガンは今のSF界でダントツナンバー1の作家なんです**。これはそのイーガンの邦訳第二短編集。あと、テッド・チャンの『**あなたの人生の物語**』(ハヤカワ文庫SF)と、前にこの対談でとりあげたスタージョンの『**海を失った男**』、それにイーリイの『**ヨットクラブ**』(ともに晶文社ミステリ)を加えた四冊が、今年の翻訳SFベスト4ですね。

北上　全部短編集じゃないか。

大森　今年の翻訳SF長編は全然ダメなんで(笑)。イーガンの特徴は、身の回りの日常に近い話と現代科学の最先端の話を無理なく融合させるところ。物事の根本まで突き詰めて徹底的に考えるタイプで、読んでるうちに、イーガンの思考に刺激されて、頭の中にいろんな考えが湧いてくる。これ、どうせなら巻末に入ってる表題作だけでも読んでほしかった。タイムトラベルの概念に初めて触れたときみたいな興奮を与えてくれる小説です。人生観が変わるかもしれない。ちょっととっつきは悪いかもしれないけど。

北上　ちょっととじゃないな。かなりとっつきにくいよ(笑)。

大森　いや、表題作の「しあわせの理由」なんか、すごく身につまされる話ですよ。神経組織を人工的に埋め込む手術を受けた男が主人公なんだけど、どんなときにどのぐらいハッピーな気持ちになるか、いちいち自分で決めなきゃいけなくなる。ほら、「人間の気分なんて脳内化学物質のバランスで決まるんだよ」みたいな話があるじゃないですか。暗い気持ちのときは抗鬱剤をのめば一発で治るとか。そういう考え方を徹底的に突き詰めた先にあるのがこの短編なんですよ。こうやって書評対談やってると、「この小説よりあの小説のほうが圧倒的にすぐれている」とか「Ａの文章はダメだけどＢは美しい」とか言うでしょう。でもそれは、**神経のダイヤルをちょっといじるだけでころっと変わっちゃう**ようなものかもしれない。イーガンを読むと、ものすごくいろんなことを考えちゃいますね。世界の見方が変わってくる。とにかく読んでください。

北上　まあ、ＳＦの現在と将来に関心のある方は読めばいいんじゃないですか。

数式が美しく見える、小川洋子のマジック

——（笑）。では、最後は小川洋子『**博士の愛した数式**』。

大森　最近、素数ネタの小説が続けて出てるんですよ。竹本健治の『**フォア・フォーズの素数**』（角川書店）の表題作とか、高橋源一郎の短編「素数」（『**君が代は千代に八千代に**』（文藝春秋）所収）とか。その中で『博士の愛した数式』は、数式や数字の美しさを使って一般読者に感動を与えるという難題をもっともうまくクリアした小説ですね。

北上　これはすっごい面白かった。**数字がすごく美しく思えてくるよね**。２２０と２８４は相性がいいって話が出てくるじゃん。友愛数だっていう。びっくりし

た。これはすごいよなあ。

大森　素数の話なんか、ふつうはもっとおたくっぽい話になって、パズルの面白さはあっても、文学的な感動とは結びつきにくい。それをこんな情緒的な話に仕上げた例は珍しい。

北上　友愛数とか知ってた？

——いや、知らなかったです。

大森　知らない人は余計に面白いかもしれない。

北上　感動するよねえ。

——感動しましたねえ。

大森　出てくるネタ自体は、ＳＦとか数学系のノンフィクションとか読んでる人にはわりとありふれたものなんだけど、使い方がものすごくうまいんですよ。阪神タイガースとか江夏とか持ってくるのは「やられた！」って感じで。しかも、パターンとしては絶対に恋愛小説になる話なのに、そうはならない。その意味では、綿矢りさの『**蹴りたい背中**』（河出書房新社）に近いかも。

——最初にいただいたベスト５には、『蹴りたい背中』が入ってたんですよね。結局『マルドゥック・スクランブル』が入って外れちゃったんですけど。

大森　文藝賞の『**インストール**』（河出書房新社）はそんなに感心しなかったんですが、『蹴りたい背中』はがーんとレベルが上がっててびっくりしました。クラスで孤立してる女の子が、やっぱり孤立してるアイドルおたくの男子とたまたま接触を持つ。これもふつうなら恋愛に発展しそうなんだけど、全然そうならない。しかも読んでるうちに、主人公がいかにダメな女の子かがわかってくる（笑）。一人称なのに、すごく突き放した目で描いてて、今どきの子の平凡なダメさ加減をリアルに感じさせる。友達なんかいらないと強がってもやっぱり友達は欲しいし、「あんなレベルの低い連中とつき合うなよ」と思ってる一方で「じゃあおまえのレベルは高いのか？」ってことには答えられない自分、とか。二十歳前でこれだけ書けるのはたいしたもんです。**おたく描写もすばらしくリアル**だし、感服しました。

——北上さんはいかがでした？

北上　読んだけど、特にコメントはないな。

——はい(笑)。これですべて出揃いましたが、こうやって一年振り返ってみてどうですか？

大森　ジャンルで言うと、ミステリは内外ともに今ひとつ。SFは、日本作家の長編と翻訳ものの短編集に収穫が多くて、ベスト選びにうれしい悲鳴という感じですね。

北上　僕は何年かに一度、ノンフィクションをベスト1にする年があるんですよ。だから今年はそういう何年かに一度の、珍しい年だったなと。

——そういえば、時代小説が入ってなかったですね。

北上　それがちょっと心残り。あれ？　どうして俺『**十兵衛両断**』(荒山徹／新潮社)入れなかったの？　『十兵衛両断』はベスト5に入れてもおかしくなかったのに！　**すいません、忘れてました**。

大森　五冊に絞るのはむずかしいですよね。もう一冊挙げるなら、山本弘の『**神は沈黙せず**』(角川書店)かな。UFOとか超能力とか心霊現象とかが、全部シンプルかつ合理的に説明されるんですよ。

北上　いいな、俺そういうの読みたいなあ。今度やろうよ。機会がないと読めないんだよ。

大森　じゃ、それは次回に(笑)。

第12回

(2004年 春)司会＝有泉智子

著者名・書名(出版社)	北上	大森
編集部選		
江國香織『号泣する準備はできていた』(新潮社)	B	A
伊坂幸太郎『アヒルと鴨のコインロッカー』(東京創元社)	B	B+
東野圭吾『幻夜』(集英社)	B	B+
北上選		
姫野カオルコ『ツ、イ、ラ、ク』(角川書店)	A+	A-
福澤徹三『真夜中の金魚』(集英社)	B+	B
平安寿子『もっと、わたしを』(幻冬舎)	A+	B
大森選		
山本弘『神は沈黙せず』(角川書店)	B	A-
森見登美彦『太陽の塔』(新潮社)	B	B+
シオドア・スタージョン『不思議のひと触れ』(大森望・編 河出書房新社)	A	A

江國香織、直木賞受賞作のうまさ

――いつものように編集部からいきましょう。まずは**『号泣する準備はできていた』**。

大森　この題を見ただけでベストセラーになると確信したくらい、とにかくタイトルがすばらしい。内容も非常によくできてます。**これ、ミニマリズムですよね**。ピーター・キャメロンやレイモンド・カーヴァーを大衆的にした感じで、ストーリーはほぼ存在しない。

――物語の一部分だけを切り取った感じですよね。

大森　ボーイズラブとは関係ないけど、ヤマなしオチなしイミなしってことで言えば、一種のやおいかもしれない(笑)。「熱帯夜」なんか、ほとんど散文詩でしょ。そのまま曲つければ歌になりそうな。でもその描写力にはミニマリズム的な意味での文学性がある。つげ義春の「海辺の情景」を魚喃キリコが描いたみたいな、不思議な味わいです。それが何なのかははっきり言えないんですが、でも何物かがすごく鮮やかに表現されてる感じ。

北上　あ、そうなの？　僕ね、**『東京タワー』**（マガジンハウス）を読んだときに、これは女性が読むと元気が出るしウケるけど、男が読むと「ふ〜ん」と思うしかない物語だなと思ったの。つまり性差を感じたんだよね。例えば君がすすめるＳＦって僕はほとんどわかんない。やっぱりＳＦの壁みたいなのがあって入っていけないんだよ。それと同じ感じ。

大森　それは必ずしも性差じゃないと思いますけどね。

北上　そう？　これはそういうところがあまりないんで読めたけど、でもやっぱりチラチラ感じるんだよねえ。例えば、ヒロインが夫と見合い結婚したときのことを回想する話があるんだけど、夫のほうは、ずっと付き合ってる女がいるから、申し訳ないけど勘弁してくれって言うわけ。そしたらヒロインは手紙かなんか出してさ、先に出会わなかったんですからしかたがありません、じゃあわたしを愛人にしてくださいっていう。いやらしい手紙だよなあ！　ずっこいよな、女って。

――(笑)。

北上　**あんな手紙もらったらすぐクラクラきちゃうじゃない。**

――そうなんですか!?　そういうもんですか？

北上　そりゃそうだよ。

大森　そういう部分に関しては、平安寿子とも比較できるんですよね。平安寿子には男女の差を感じないいんですか？

北上　感じない。平安寿子は男女、関係ないですよ。それはあとで言うけど。

大森　この短編集も男女に関係なく納得できる話だと思うけどなあ。例えばこの表題作にしても、「号泣する準備はできていた」ってフレーズをいかに輝かせるかってことだけに心血を注いで――。

北上　え、表題作が一番いいの？

大森　いや、一番いいわけじゃないけど、一番わかりやすいんじゃないかと。

北上　落ちるんじゃない？　この中に入ると。タイトルは確かにすごいうまいけど。

大森　だからこれ、**いかに号泣を書かないか**っていう小説なんですよ。「準備はできていた」っていうんだから、その準備を書く。臨界点に向かって静かに高まっていく感じを表現して、でも「準備」だから寸止めに終わる。その意味では、江國香織の技巧がわかりやすいかたちで発揮されている。

北上　なるほどね。

大森　あと、パッケージ全体もこのフレーズを軸に組み立ててあって、あとがきの書き方も嫌味なぐらいうまい。江國香織って、『**きらきらひかる**』(新潮文庫)

の頃から、タイトルとあとがきに関しては天才的なセンスがある人だと思ってて。

——(笑)。

大森　江國さんの作品って、そんなずっと読んできたわけじゃないんですけど、ちょうどね、初めて大人向きの小説を書いた『きらきらひかる』が出たのが、僕が会社を辞める年で、それにすごく感心して。江國さんって、僕より二つ三つ下なんですけど、なんか非常にいい感じに年を取ってきてるなという気がする。ちょっといじわるばあさん的なところもありつつ、ちゃんと若い子のこともわかってるし、姑と嫁のどろどろみたいな話も書けるし。だから、このタイミングで直木賞っていうのは、姫野（カオルコ）さんには大変申し訳ないんですが、大変順当であったと——。

北上　え、今回とったの？

——ええ!?　京極さんと一緒にとったじゃないですか!!

北上　ああ、そうなの？　へえ、知らなかった。

大森　だから姫野さんのライバルだったんですよ。姫野さんは、京極さんと江國香織が並んでるのをテレビで観ながら、「京極さんの隣に私が立ちたかった」と号泣したとかしないとか。とにかく「号泣する準備はできていた」という。

——このタイミングでの直木賞っていうのは順当なんですか？　ちょっと遅いなって感じがしたんですけど。

大森　ちょっと遅いですね。『きらきらひかる』から数えても十年以上たってるから。でも、『**泳ぐのに、安全でも適切でもありません**』（ホーム社）で山本（周五郎）賞もらったのも二年ぐらい前だから。最近の直木賞の平均受賞年齢で考えると、まあいいところじゃないですか。東野（圭吾）さんや真保（裕一）さんだってまだもらってないことを考えれば。

——なるほど。

北上　まあ、直木賞とったんだからいいんじゃないいんですか。

大森　ただこれ、小説読み慣れてない人がいきなり読むと、なんじゃこりゃ?と思うんじゃないかという気もするんですけど(笑)。

——逆にすごい読みやすいのかもしれないですよね。最近の読者は耐久力がないし。

大森　まあ、一編一編はめちゃくちゃ短いし、シチュエーションだけだから入っていきやすい。そこまで計算してるんだったら、ほんとに立派だと思いますけどね。まあ、新潮社もこれが売れて儲かるといいなあと。

北上　新潮なの、これ?

大森　半分は《小説新潮》掲載だから。僕の同期のE木編集長のためにもいい受賞だったということで(笑)。

若手ナンバー1、伊坂幸太郎の実力は?

——じゃあとりあえず次に。伊坂幸太郎の『**アヒルと鴨のコインロッカー**』です。伊坂さんは今年の『このミステリーがすごい!』で『**重力ピエロ**』(新潮社)が三位、『**陽気なギャングが地球を回す**』(祥伝社NONノベル)が六位と二作同時ランクイン、作家別投票では一位で、今もっとも注目されてる作家のひとりですが。

北上　僕は『陽気なギャング』より『重力』が絶対上だと思います。(『陽気なギャング』が上だという)**池上冬樹はおかしいと思ってます**。

大森　(笑)。

北上　誰が見てもそう思わない、あれ?

大森　うーん、まあ、ふつうは『重力ピエロ』でしょうね。

北上　なあ?　あいつおかしいと思うなあ。『アヒルと鴨』は、最近の伊坂幸太郎——最近のっていうのは、最初のと二作目は違ってると思うんで——のラインですね。

大森　『重力ピエロ』の姉妹編みたいな感じですよね。

北上　つかみがすごいうまいんだよね。広辞苑を盗みに書店に入る話っていうだけで、「何それ!?」って思うじゃない。

大森　まあそこは村上春樹の『**パン屋再襲撃**』（文春文庫）が下敷きだと思いますけど。

北上　ああ、そう。あと、これはちょっとネタばらしになるから言えないところがあるんだけど、なんて言ったらいいの？

大森　ふたつの話がどういう風に結び付くかは言わないほうがいいかも。

北上　ふうん。ただね、うまいんだけど、僕は『重力ピエロ』のほうがまだ上だと思ってるんですよ。この人、すごくうまいんだけど、出てきたときの恩田陸に近いものを感じるんだよ。最初の頃の――って『**月の裏側**』（幻冬舎文庫）は最初の頃でいいの？

大森　デビューから数えると五年ぐらい経ってますよ。作品はそれよりあとに出たもののほうが圧倒的に多いけど。

北上　その『月の裏側』読んだとき、うまいんだけど、〝さわりの文学〟という感じがしたんだよ。この先を読みたいのに、その前で終わらせちゃう。だからもっとすごいものを書けるはずなのにちょっとしか見せてない、そういうもどかしさを感じる。もっと遡ると、〝さわりの文学〟の嚆矢は半村良だと思ってるんだけど。

大森　半村良のどのへんですか？

北上　嘘部一族だっけ？

大森　『**闇の中の系図**』『**闇の中の黄金**』『**闇の中の哄笑**』の三部作（いずれもハルキ文庫）。

北上　その第一作の『闇の中の系図』、あれの第一章が「列外の男」というんですが――章タイトルまで覚えてるんだよ、俺――あれはものすごいリアリティがあったねえ。

大森　なんかバス停の列に並ばずに、ひとりぽつんと離れて立ってる男がいてってていう。

北上　それそれ。半村良のうまさって、いつもそういう日常的な話から始めてどんどんどんどん伝奇世界に持っていくうまさだと思うんだよ。いったいこれどうなるんだよ!?って思いながら読んでると、尻切れトンボで――って言っちゃうと悪いな、面白いんだけど、でもさわりだけで済まされちゃうっていう、そういう系譜があるとしたら、恩田陸と伊坂幸太郎もそうだと思うんだ。**これはまだこいつの傑作じゃないだろうっ**て思わない？

大森　腹八分目っていうか、物足りない感じはずっとありますね。でも、その物足りなさとか、個性で突っ走らない抑制とかが、むしろ彼の作家性としてウケてるような気もする。ただ、『アヒルと鴨』はけっこう叙述トリック的な仕掛けがあって、中盤はかなりドキドキするんですよ。そこで僕はもっと陰惨で鬼畜な展開を想像して、これは傑作かもしれないと思ったんですけど、残念ながらその予想ははずれた(笑)。やっぱり本格ミステリの読者にはちょっと食い足りないから、ミステリのパッケージでは出さないほうがいい気がする。

北上　このサントリー・ミステリー大賞の佳作に入選した『悪党たちが目にしみる』っていうのは本になってんの？

大森　それを全面的に改稿したのが『陽気なギャング』じゃなかったかな。

――『陽気なギャング』はどうなんですか？　系譜が違うってさっきおっしゃってましたけど。

大森　うん。全然違う。

北上　だから、『陽気なギャング』は、都筑（道夫）さんの昔のやつ、**『猫の舌に釘をうて』**（光文社文庫）だとか**『なめくじに聞いてみろ』**（扶桑社文庫）だとか、ああいう路線を復活させたって評価してるんだけども。

大森　ああいうB級っぽいピカレスクの枠組を使うと、伊坂幸太郎のうまさがすごく際立つっていうか、活きるんですよね。『重力ピエロ』や『アヒルと鴨』みたいな話だと、どうしても村上春樹の後追いに見えちゃう。

北上　俺、村上春樹読んでないからわかんないんだけどさ、やっぱり影響はあるの？

大森　ありますよ、『**オーデュボンの祈り**』（新潮文庫）の頃から。会話やキャラクターの描き方は、かなり村上春樹っぽい。だから伊坂幸太郎って、むしろ本多孝好や吉田修一、石田衣良と同じグループとして読まれてるんじゃないですかね。

北上　本多孝好よりはうまいだろう。

大森　伊坂幸太郎のほうが技巧派かな。

北上　石田衣良と比較するとさ、石田衣良はもう傑作書いちゃったって感じがするじゃない。でもこいつはまだ傑作書いてないっていう、違いが出るとしたらそこだと思う。

——もしかしたらまた化けるかもしれないという感じですか。

北上　まだ化けてないでしょ、伊坂は。まだ傑作書いてないんだもん。

大森　だからたぶん、伊坂幸太郎も、『陽気なギャング』『**ラッシュライフ**』（新潮社）系列が好きな読者と、『重力ピエロ』『アヒルと鴨』派と、ファンも二種類に分かれる気がする。

北上　ふーん。じゃあ乙一と同じ？

大森　乙一の分かれ方はまたちょっと違うと思うけど。白乙一とか黒乙一とか(笑)。

北上　もっといっぱい分かれてるか。

——最後は東野圭吾の『**幻夜**』。『**白夜行**』（集英社）の再来と言われてますが、お二人ともBですか。

北上　あのね、**面白くてうまくて何ひとつ文句のつけようがないんだけど、何ひとつ言うことがない小説ってあるんですよ**。これがその代表。「よかったですね」

って言うしかない。

大森　確かに。前の『白夜行』はとにかく話の構造が見えない、半分ぐらいまでどんな話なのかさっぱり読めないドキドキ感が非常にあって、だから途中で構造が見えて、「なるほど！　こういうことがやりたかったのか！」って気がついたときにすごく感動するんです。でも『幻夜』にはそれがない。というのは、『白夜行』をすでに読んじゃってるので。

北上　『白夜行』がなくていきなりこれ読んだら驚く？

大森　うん、そのほうがいいかもしれない。だから『白夜行』で見せた高度な技をイージーにわかりやすく、直木賞選考委員向けに――かどうか知らないけど――書いたっていう印象がありますね。

北上　まあこのBは東野内の比較であって、『幻夜』の横にいっぱい並んでいる新刊の中では、やっぱり一番面白くてうまいと思うけどね。

大森　『白夜行』ではあえて書かずに読者の想像に委ねていたことまでいろいろ書いちゃってるんで、かえって矛盾というか、「そんなことってあるの？」みたいな疑問がたくさん積み残されたまま終わっちゃう。そういう意味でも『白夜行』より粗が目立つ。だからやっぱりそんなに高くは評価できない。あと、ファム・ファタル役の彼女が、いろんな策謀をめぐらせるんだけど、その企みが読者の想像を微妙には超えないんですよ。なるほど、よく考えたねえっていうぐらいで、「すごい！　そんなことまで考えてたのか！」って驚くところまでは行かない。そのへんもちょっと弱いかな。

――東野さんってものすごくいろんなものを書いてるじゃないですか。これから読む人は、どこから入っていいのかよくわからない作家さんでもあると思うんですけど。

北上　系列であげると、**『パラレルワールド・ラブストーリー』**（講談社文庫）から始まって**『秘密』**（文春文庫）まで続くSF的なシチュエーションを導入したエンターテインメントと、『白夜行』『幻夜』というラインの非常にシリアスな話。あとはちょっとコミカルなものも書いてるのか。

大森　狭義の本格ミステリに属する作品群もある。

北上　作家歴が長い方なんで、系統がいくつもありますね。

大森　初期の『魔球』や『放課後』は非常にいい青春ミステリだし、僕が一番好きなのは『仮面山荘殺人事件』『ある閉ざされた雪の山荘で』『むかし僕が死んだ家』みたいなトリッキーな本格もの。あと、**真相が書いてなくて北上さんが犯人を当てられなかった**やつ(笑)。『どちらかが彼女を殺した』と『私が彼を殺した』(以上、いずれも講談社文庫)はガチガチのフーダニットですね。読者が小説に出てくる情報だけで論理的に犯人を指摘できるように書いてある。

――どこが一番本流なんですかね？

大森　やっぱり『白夜行』『幻夜』の流れが本流なんじゃない？　作家的評価という意味では。あとは読者の好み次第。

北上　俺はSF的シチュエーションを導入した系譜が好きだな。純然たるSFになっちゃうとついていけないんだけど、エンターテインメントに導入したっていうのが基本的に好きだから、大沢(在昌)の『**天使の牙**』とか『**B・D・T――掟の街**』(ともに角川文庫)とか、東野さんの『パラレルワールド・ラブストーリー』とか。

大森　あと『**変身**』(講談社文庫)とか。まあ、どれを読んでもそんなにはずれはないと思いますけど。

――ちなみに一番お好きなのってどれですか？

大森　一番びっくりしたのは『仮面山荘』かな。まあ、代表作とは言わないでしょうが。

北上　オレは『秘密』かな、やっぱり。

――では北上さんセレクトに。

北上　はい、まず姫野カオルコさんの『**ツ、イ、ラ、**

ク』。これは唸りましたねえ。

中年男子もハマれる女性作家の恋愛小説

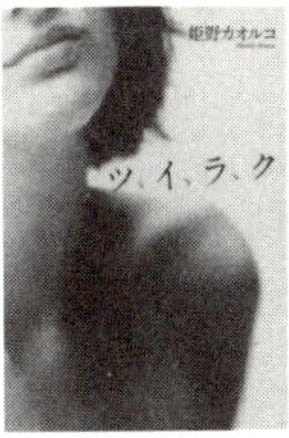

——というか北上さん、帯に「二〇〇三年のベスト1だ」って書いてますけど、年末のブック・オブ・ザ・イヤーでは全然おっしゃってなかったじゃないですか。

北上　嘘!?

——私、書店で見てびっくりしましたよ(笑)。

北上　すいません、すっかり忘れてました(笑)。**これ、ふつうの小説としてはほとんど壊れてるんです。**姫野さんは『**不倫（レンタル）**』（角川文庫）で恋愛を批評的に描くという手法をやったことがあるんですが、この『ツ、イ、ラ、ク』のミソは、『レンタル』の文体をストレートな恋愛小説に持ってきたところだと思う。

大森　これをストレートな恋愛小説とはふつう言わないと思うんだけど(笑)。

北上　え、ストレートじゃん。

大森　まあ最後はね。

北上　だって『レンタル』は恋愛を批評的に描いてるから、恋愛の当事者同士がどうこうって話じゃないけど、この物語では男女が真っ直ぐ向き合ってる。だからある種ストレートでしょう。で、そのストレートな恋愛を、姫野さんは『レンタル』のものすごく批評的な文体を使って書いてる。バラバラな自由奔放な文体で、途中に心理テストも入れたりして、ほとんど小説の文章としては壊れてるというか、壊れてもいいみたいな感じで書いちゃった。男女が真っ直ぐ向き合う恋愛小説なんて俺もう読みたくないんだけど、でもこういう風に書かれると読めちゃう。ある種の邪魔なものをどんどん入れることで、逆にストレートな恋愛を浮かび上がらせてるってことじゃないかな。これ、たぶん一回しか使えない奇手なんだけども、奇跡的に成功してますね。最後なんて僕、ちょっと胸が苦しくなりましたよ。

大森　(笑)。ふつうの恋愛小説だと、最後の再会までを当事者二人のいろんな話で埋めてくところを、姫野さんの場合は関係ない人物をいっぱい配置することで埋めたんですね。だから収束していったときに意外性がある。

北上　だから問題は、この手法で傑作になり得てる小説なんで、っていうことは二度使えないわけだから、この先が心配なんですよ。

——ああ、なるほど。

大森　僕はでも、小中学校の日常描写のほうがすばらしいと思う。学校生活のエピソードとか子供のいじめ方とか、そういうディテールが非常にリアルで、すごくよかったですね。あと、このあいだ石田衣良の『4TEEN』について「キスだけかよ!」とかいろいろ文句言いましたが、僕が間違ってました、すみません。今回でよくわかりました。十四歳にセックスさせると直木賞はとれない(笑)。今回の直木賞って、僕は、作品の出来だけで言うと、江國さんの『号泣』と、この『ツ、イ、ラ、ク』の二作受賞が順当だったと思うんですよ。

北上　あ、そう。

大森　でもねえ、石田衣良の選択は正しかった。**十四歳にセックスさせてはいけない! そうすると、いくら面白くても直木賞はとれない!**

——(笑)。次の『**真夜中の金魚**』に移りましょうか。

北上　これは別にどうってことない話なんですよ。特別何も起きないんですよね。北九州のある街を舞台に、水商売のボーイをやってる男が主人公で。お店に内緒でホステスと同棲していて、パチンコで小遣い稼ぎしたりして。ストーリーがないわけじゃなくて、まあ一応、話は三つあるんです。パチンコ屋の店長が店の金を持ち逃げしちゃって、もしそれがバレたら、自分も一緒につるんで小遣い稼ぎしてたから、店の連中から追われてしまうっていうのと、もうひとつは東京にいたときの遊び仲間が、なぜか突然ふらっとその街に現れて、なんか怪しげな行動をしてる。何が起きるんだろう？　っていうのと、あともうひとつ、自分が同棲してるホステスが暴力団の若頭にストーカーみたいにつきまとわれててちょっと心穏やかでないっていう、三つの話があることはある。でも最近の小説に出てくる派手な事件とかと比べるとね、まあ取り立てて何も起きないような小説なんですよ。ただ、全体の雰囲気がすごくいい。というのは、主人公の男の心中があまり語られてないんです。たぶんすごく計算してると思うんだけど、例えば、主人公の名前が最後まで出てこないこともそうだよね。で、子供時代の回想がちらっとだけ出てきて、もっと踏み込めばいくらでも盛り上げられる話をさーっと流しちゃう。そういう意味で、**最近珍しく気品ある小説だと思う**。筆力がないとこういう話って書けないんで、非常に筆力のある人じゃないかと思いますね。

――もともとは怪奇小説の人なんですよね。

北上　君、そっち読んでる？

大森　読んでます。

北上　やっぱりうまいの？

大森　生々しくて怪奇実話っぽい、昔で言うと内田百閒系の怪奇小説ですよ。日常的な怪異を剝き出しでボンと書くタイプで、デビュー短編集の『**幻日**』（ブロンズ新社）から高く評価されてる。『**廃屋の幽霊**』（双葉社）もその系列。『**怪を訊く日々**』（メディアファクトリー）っていう、怪奇実話を集めた本も出してます。『真夜中の金魚』で、今回初めて怪談以外のものを書いて、いい小説だとは思いますけど、あまり言うことはないなあ。

北上　でもこういうのって最近少ないんで。もっと入れたくなるじゃないですか、いろんなものを。それを非常に計算して抑えてますよね。

大森　非常に等身大の、日常的な手触りがありますよね。そういうリアリティ、フィクションっぽさや人工的なものを感じさせないところは、怪談の作り方と一緒。

北上　『ツ、イ、ラ、ク』と両端だよね。ものすごく人工的な小説と、なるべく人工的な匂いを消そうとする小説。僕は推してあげたいですね。

――じゃあ最後、平安寿子さんの『**もっと、わたしを**』。

北上　あいかわらずうまい。『**グッドラックららばい**』(講談社)と同じで、自分勝手なヤな奴ばっかり出てくる。優柔不断な男とか世界は自分を中心に回ってると思う男とか。で、通常の小説だと「自分勝手な自己を変革する」という矢印を持たせないと読者を感情移入させられないんだけど、平さんの場合はヤな奴もそのままでいいっていう風に書いちゃう。でも非常に筆力があるんで、読んでると、**まあコイツはこのままでもいいかもしれない**って思えてくるところがうまいですよねえ。

大森　『グッドラックららばい』のほうが圧倒的に上ですけどね。

北上　でも他と比べればうまいですよ。もう直木賞を獲っちゃったから言っちゃうけど、山本文緒さんに『**きっと君は泣く**』(角川文庫)っていう長編があるでしょ。これはヤな女がヤな女のまま幸せになるというのを目標に書いたんだけど、失敗している、空回りしちゃって。なかなかむずかしいんですよ、ヤな奴をヤな奴のまま書いて成り立たせるのは。その点、これは実にうまい。

大森　でも、僕はそれで書くんであれば、長編で書いてほしかった。これは連作短編集形式でどの話もよくできてはいるんですが、こぢんまりまとまった感じで、主人公のシチュエーションも似ているぶん、これなら江國香織のほうが上かなっていう気がした。平安寿子のうまさって豪快なパワーとかストーリーテリングの勢いとかだと思うんで、そこが今回はちょっと……。
北上　君、ジャンルの違うものを比較しちゃいけませんよ。江國香織のほうが上っていうけど、ジャンルが違うもん。
大森　違いませんよ。
北上　違いますよ。平安寿子は、『グッドラックららばい』もこれも、非常に戯画化してるわけじゃないですか。
大森　それは江國香織もしてますよ。
北上　いやいや、だから全部計算の上で戯画化してるから、人物がある程度類型化するのは仕方ないんですよ。その人物をどう動かすかっていう物語に妙味があるわけだから。
大森　だからその物語の妙味で言えば、『グッドラックららばい』のほうがはるかに大きいじゃないですか。今回は、全体がひとつに収束していく形ではなくて、毎回主人公が違う。全体として○○の物語っていうわけじゃない。だからむしろ江國香織に接近してるんですよ。
北上　接近してないよ、全然。
大森　いや、してるってば。

オカルトを合理的に説明する、と学会会長の本格SF

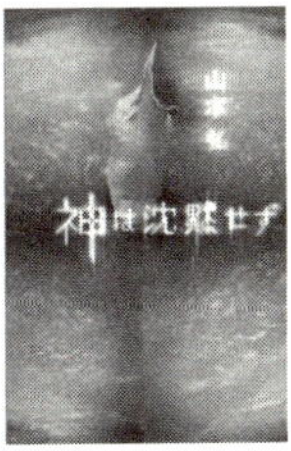

――お二人ともまだ納得がいかないようではありますが、話がまとまりそうにないので大森さんセレクトに移ります。まず前回からの約束の**『神は沈黙せず』**。
大森　山本弘さんは、と学会会長として、科学をダシにしたトンデモ本とかニセ科学とずっと闘っている人で。これは、その長年にわたるトンデモ本や超常現象

にまつわる詐欺的なレトリックの研究成果を全部使って書いた小説。山本さんは十数年前に『**時の果てのフェブラリー**』(角川スニーカー文庫)とか本格SFの長編も書いてたんですけど、いわゆる大人向きの本を四六判で出したのは初めてですね。今のエンターテインメントの水準で比べても全然見劣りしない話で、なおかつそういう無数の奇現象を全部ひとつの理屈で説明して、説得力のある仮説をきっちり書いてる、大変立派な小説だと思います。

北上　これ、面白かった。俺、最近のSFが全然わかんなくて、大森くんがすすめるやつも何がいいのか全然わかんないんだけど、これは昔読んだSFなんですよ。

大森　小松左京とかね。

北上　そう、小松左京の「お召し」(早川書房『**影が重なる時**』、新潮文庫『**アダムの裔**』などに収録)とかさ、表面の話の背後にものすごい世界観があるわけ。つまり宇宙か。「宇宙はこうだ!」っていうのがあって。

大森　『神は沈黙せず』にしても、ヒロインが実際に遭遇する奇現象としては、何もない空中からネジが落ちてきたとかってだけの話ですよね。表面はそれだけのことなんだけど、その背後に——。

北上　「**あ、宇宙はこうだったのか!」っていうのがあってさ**。だから昔はSFを読んでいつも感動してたんだけど、久々にそういう感動を思い出した。でもさ、こういうのって今のSFの主流じゃないんだろ。

大森　復活はしてきてますけど、主流じゃないですね。

北上　じゃあこれ、今のSFの人たちにはどう評価されてるの?

大森　若い人には、むしろ新鮮なんですよね。

北上　あ、そうなんだ。

大森　それは小松左京を今読んでも面白いのと同じですよ。でも小松左京を今読むと、やっぱり古い部分が見えるけども、これは今のエンターテインメントの書き方で書いてるから、今の読者にもすごくウケる。まありバイバルって側面もあるかもしれないですね。八〇年代なんかは、宇宙とか神様とかどうでもいいよっていう風潮がしばらくあったんですけど、それがまた戻ってきてる。その意味では、二十一世紀版の『**神狩り**』(山田正紀/ハルキ文庫他)と言ってもいい。海外SFで言うと、グレッグ・イーガンとかテッド・チャン、まあ彼らはもうちょっと先鋭的な話で書いてますけど、山本弘はそこまで先鋭的にはならずに、もうちょっと間を埋める努力をして書いたって感じですね。

——ファッションの世界って流行が循環するじゃないですか、小説の世界にもそういうのってあるんですね。

大森　ありますよ。

北上　実に面白かったです。

大森　だから昔のSFが好きだった人にはどんぴしゃりの小説なんですが、僕から見るとそんなにびっくりはできなくて、大絶賛まではいかない。超常現象のトリックにまつわるは山本弘がずっと書いてきてるようなことだし、大ネタに関しても前代未聞の仮説ってわけじゃなくて、実際にそれで論文書いてる人もいるぐらいなんですよね。本人もそこでびっくりさせようとは思ってないらしくて、自分のサイトではあっさりネタを割っちゃってる。むしろ、これだけのネタを詰込んで、四六判のエンターテインメントとして成立させたところがすごい。だからむしろ、現役のSFマニアじゃない人が、ちょっと変わったミステリのつもりで読むと、**ものすごい驚きと感動**が味わえるんじゃないかと思いますね。

——私もあまりSF読みなれてないので、いつもここで出てくるのがむずかしいなって思っちゃうんですけど、これはすごい単純に楽しめますよね。

大森　ちゃんと全部説明してますからね。とにかくね、山本弘は、とんでもないことを信じてるバカな人をいかに論破するかってのに命を賭けていて、諄々と説得するんですよ。で、この小説に関しても、今までのいろんなオカルト現象について、こういう本ではこう書いてるけど実はこうなんだっていうのを、非常に明快でわかりやすく、論理的に実証してるし、隠居してる昔の研究家みたいな人が出てきて、そこで快刀乱麻のロジックが炸裂するみたいなところもすごくスリリングです。

——じゃあ次は、森見登美彦『**太陽の塔**』。これは今年のファンタジーノベル大賞を受賞した作品。現役の京大生が書いてるんですよね。

大森　これは僕にとっては最高に面白い小説ですね。**もう俺のことを書いてるとしか思えない**(笑)。そのまま自分の学生時代の話なんですよ（＊大森さんは京大卒です、念のため)。北白川近辺を中心にした京大生の下宿街が舞台なんですが、田中西春菜町とか御蔭通りとか、めちゃめちゃ懐しい地名がばんばん出てくる。おそろしいのは、数十年来、京大生の生活スタイルがまるで変わってないことなんですよ。違うのはケータイとパソコンぐらい。二、三年前、現役の京大生の下宿を覗きにいったことがあるんだけど、俺の頃とまるで一緒で、二十年前にタイムスリップしたというか、時が止まってる感じだった。半径百メートルにサークルの連中がみんな下宿してて、夜中にいきなり押しかけて朝まで酒を飲むとかね。東京の学生生活とは全然違うんですよ。ファンタジーノベル大賞の選評では、「昔懐しい学生生活」みたいに言われてたけど、京大近辺ではこれが今現在のリアルな学生生活なんですね。で、その変わってない現実をそのまま書くと現代社会ではファンタジーに見えるという意味で、これはマジックリアリズム(笑)。小説の魔術的レアリスムっていうのは、ラテンアメリカの驚異的な現実をリアリズムで書いたらヨーロッパの人がびっくり仰天したというのが始まりだったんだけど、『太陽の塔』もそれと同じで、「今どきこんな学生いるわけないし、こんな生活あるわけないじゃん」って思われる時点でファンタジーだっていう(笑)。実際、現役の学生連中に聞いても、「この主人公はオレだ！」とか言ってる奴がいるから。

北上　これ、クイクイ読んだんだけど、**どんな話だったかまったく覚えてない**。

——北上さん……(笑)。

北上　で、今話を聞いてて、読み終わったときに「なんだったんだろう？」って思ったってことだけ思い出したよ。

大森　(笑)。基本的には、ムダにＩＱだけ高いバカ男が空回りする妄想恋愛小説ですね。小説の中の出来事を基準に考えると、ＳＦでもファンタジーでもないんだけど、現実と関係なく、妄想の彼女がどんどん大きくなっていくのがすごく面白い。恋愛小説の手法としても珍しいし、きっと北上さんも——。

北上　全然わからん。

大森　(笑)。

——でも途中でやめずに最後まで読めたんですよね？

北上　うん。短いからかな？　すぐ読めたんだけど、読み終わってもよくわかんなかった。むずかしいＳＦ読んだみたいで。

大森　そうですか(笑)。まあ、(大森氏が所属していた)京大ＳＦ研のＯＢ、現役双方の間では今最大の話題作です(笑)。あと、これが面白かった人には、滝本竜彦の『**ＮＨＫにようこそ！**』、川上亮の『**ラヴ☆アタック！**』(ともに角川書店)をおすすめします。

——では最後はスタージョンの『**不思議のひと触れ**』。

大森　前に『**海を失った男**』(晶文社ミステリ)を北上さんにわかんないって言われたので、今回はその復讐戦(笑)。「北上次郎にもわかるものを選ぼう」ということで、スタージョンの個性は出てるけど定型からあまり外れない、わかりやすい短編を集めたつもりなんですが……。

北上　これはすごい面白かった。**全部わかるし**(笑)。

――(笑)。

北上　特に最後の「孤独の円盤」。これ、すっごいね。俺はこれが一番好きです。「タンディの物語」だけちょっとわかりにくかったんだけど、ものすごく質の高い短編集ですね。これもさ、『神は沈黙せず』と同じで昔SFを読んでたときの興奮を思い出させるんだよ。面白かった。

――でも、SFライトユーザーにはよくても、スタージョン好きにはどうなんですか？

大森　濃いスタージョンおたくからは『海を失った男』に比べると小粒だなって声も出てますけど、基本的にスタージョンって神棚にあげてありがたがるような作家じゃないので、もっと人好きのする面も見てほしい。というか、こういうのが僕の好きなスタージョンなんですよ。

北上　いきなりこの短編集を出されたら、もう慌ててこの作家を読み漁っちゃうね。

大森　まだこういうのはいっぱいありますけどね。

北上　未訳のものが？

大森　うん、短編はね。長編はだいたい訳されてますけど。あと、もう絶版で手に入らないものが多い。北上さん、『**一角獣、多角獣**』(早川書房)は読んでなかったの？

北上　ああ、読んでる。

大森　何も覚えてないの？

北上　覚えてないよ～。

大森　(笑)。

第13回

（2004年 夏）司会＝鈴木あかね

著者名・書名（出版社）	北上	大森
編集部選		
村上龍『13歳のハローワーク』（はまのゆか・絵　幻冬舎）	B-	B-
酒井順子『負け犬の遠吠え』（講談社）	B	B-
糸井重里・監修『キャッチボール ICHIRO meets you』（ぴあ）	B-	B
北上選		
飯嶋和一『黄金旅風』（小学館）	A+	A-
鷺沢萠『ウェルカム・ホーム！』（新潮社）	A	A
桂望実『ボーイズ・ビー』（小学館）	B+	B+
大森選		
テリー・ビッスン『ふたりジャネット』（中村融・編訳　河出書房新社）	B	B+
浅暮三文『針』（ハヤカワSFシリーズJコレクション）	B	B+
梨木香歩『家守綺譚』（新潮社）	A	A-

平成の企画オヤジ
村上龍×糸井重里対決

――それでは恒例、編集部特選ベストセラーから村上龍の『**13歳のハローワーク**』です。七十六万部というわりに評価が高い本ですが、お二人ともBマイナスですね。

北上　十三歳から自分の好きな仕事につくことを考えなさいっていうのはすごくいいことで、あと、現実よりも夢を与えたほうがいいっていうのもおっしゃる通りです。**でも、これ書店員がないでしょ？**　古本屋もないし。

大森　ないですね。載ってない職業だけで一冊作れる。

北上　そこ、ちょっとひっかかりましたね。あと賭事や勝負事が好きっていう――。

大森　ははは。

北上　これはないだろう。十三歳なら即やめなさいと言いたいね。オレ、すごく心配になっちゃった。

大森　毎週末、競馬場に通うような大人にならないためには今やめるのが大事だと(笑)。

北上　そうそう。オレはもういいんだけどさ。

大森　いや、これは企画とタイトルはすばらしいと思うんですよ。で、もともと集英社で出るはずだったのを幻冬舎が横からぶんどって、あっという間に作っちゃったという鑑識眼と実行力まで含めて、こうやってかたちにしたこと自体は高く評価したい。でもこれ、村上龍の本と見なされてるわりに、実際に村上龍が書いてる部分は全体の五パーセントぐらいですよね。〝村上龍著〟なのに、村上龍が書いてる部分にだけ署名があって、実際の職業解説は誰がどれを書いたのか、責任の所在がわからなくて気持ちが悪い。アニメーターとか音楽家とかの項目には、今の実情にそぐわない記述も混じってるし。あとねえ、村上龍のスタンスって本当は違うんじゃないかと思うんですよ。村上龍なら、エッチが好きな女の子に「今のデリヘルはこうこうで」とか教えてあげてもよさそうなのに、風俗嬢は心がすさむのでやめましょうとか(笑)、妙に道徳の授業みたいなことが書いてある。たぶん編集部の教育的配慮なんだろうけど。

——確かに小説の世界に比べてかなり道徳的ですよね。

大森　それと、ハローワークって言っても、この本は専門職編ですよね。日本に十人もいないような超特殊な職業が入ってるくせに、ほんとに身近な仕事、例えばレンタルビデオ屋の店員とかは入ってなくて、どういう基準で選んだのか謎。

——ちょっとエリート主義的かなっていう気はしました(笑)。

大森　村上龍のプロデューサー的なセンスはたいしたもんだと思うんですよ。基本的なコンセプトと『13歳のハローワーク』っていうタイトル、それにイラストや造本とかも含めて、かなりの部分は村上龍が考えたんだろうから、その嗅覚は確かにすごい。時代を見る目や動物的な勘はおそろしくすぐれてる。でも、プロデューサーとしての周到な目配りや頭のよさでは、やっぱり糸井重里のほうが上じゃないですかね。企画を最終的なかたちに落とし込むときに肝心な部分を人まかせにしちゃう、その弱みがこの本に関しては出てる気がする。

北上　俺はとにかく書店員がないのが不満だよ。本が好きっていったら、まず最初に書店員になろうと思うだろ、ふつう？　図書館司書か書店員だよね？　小さな子供で、本が好きな少年は。僕はそうだったんですよ。書店員か司書か古本屋か貸本屋。この四つなんですよ。その中で入ってるのは図書館司書だけで。

大森　今貸本屋を開業するのはむずかしいけど(笑)。

北上　これ、古本屋もないでしょ。

大森　ないですね。専門職なのに（笑）。セドリ（転売目的の古書買い）もない。
北上　この本に言いたいのはそれだけですね。
大森　書店員を入れろと。
――（笑）。次の**『キャッチボール』**は村上龍と並ぶヒットメイカーの糸井重里が取材嫌いのイチローに肉迫したインタビュー集です。
大森　だからこの本は、「イチロー本」って切り口と、「糸井本」って切り口と両方あるんですよ。最近の糸井重里はすごくて、『海馬／脳は疲れない』に始まって、「ほぼ日刊イトイ新聞」発の《ほぼ日ブックス》がベストセラー・リストを占拠してる。今だと『言いまつがい』とか『オトナ語の謎。』とか。発想もいいけど、本の作り方が絶妙なんですよ。この『キャッチボール』にしても、BSデジタルの番組を書籍化したものなんだけど、もう一冊の北野武編（『イチロー×北野武　キャッチボール』）と比べると作り込みが完璧。
北上　北野武編って何？
大森　同じ番組で、北野武とイチローの対談があって、それも本になってるんだけど、そっちはただの対談集なんですね。もともと野球少年で今も草野球をやってるっていう立場から、北野武がイチローにざっくばらんに話を聞いて。そっちの本は注も何もついてなくて、有名人同士の、肩が凝らない楽しい対談集になってる。それに対して、こっちの糸井重里編のほうはものすごく作り込んであります。今どきの売れる本のノウハウを凝縮したみたいな（笑）。デザインもそうだし、注の入れ方もそうだし、最後に一言集、アフォリズム集みたいな十一個のイチロー哲学とかがつく。糸井さんがどこまで関与してるのか知らないけど、非常に糸井重里的な本になってるんです。内容に関しても、北野武編が、世界のタケシvs世界のイチローみたいな構図だとしたら、糸井重里のほうはもう完全にイチロー様を立てるっていう風に、みっちり予習をしてインタビューにのぞんでる。けっこう聞きにくいことも糸井さんらしく平気で聞くんだけど、イチローがそれに乗せられてどんどん自分語りが炸裂していく。たぶんこれ、アンチイチローの人が読んでも相当楽しいと思うんですよ。

北上　でも、スポーツの一流選手に話を聞くなら、やっぱりそのプレイのひとつひとつの意味とか、どういうことを考えてるのかとかのほうが興味があるのに、これはそういうことをあまり聞いてない。そこが致命的な欠陥だよ。インタビュアーに野球の専門的な知識が欠けてる弱みが出てると思う。ひとつすごく面白かったのが、ランナー二塁でイチローが外野を守ってるとき、自分のとこにボールが飛んできたらランナーはホームに走るだろう、打ったバッターは球をホームに投げると思って二塁を狙うだろうと。そのときにホームに投げるようなポーズでカーブをかけて、二塁に投げてアウトにしたいって。そういうのを考えてると楽しくてしょうがないって言うくだりがある。こういう話はいろんな局面でいっぱいあると思うから、そういうのをどんどん訊かなきゃ。**人間イチローなんて興味ないよ**。

大森　そういう弱点をフォローするために、過去のイチロー本を全部さらって、専門家がインタビューしたときの発言を注で追加してるじゃないですか。今どきのベストセラーの作り方としては見習うべき点が多い。見習えないんだけど(笑)。

北上　見習いたくないよ、俺は。もっと掘り下げてほしいね。

──(笑)。スポーツ・ジャーナリズムを求める向きには、やはり物足りないんですかね。

大森　これ、六十分だか九十分だかのテレビ番組でやったトークの内容をそのまま本にしたものなんだから、専門的なところを突っ込めないのは当然なんですよ。それをそのままにしないで、註でフォローしてるのは立派だと思う。ふつうの人が見て「それはおかしいだろ」と思うような部分を糸井重里がどんどん引き出して操っていくっていう、意地悪な感じの面白さはすごく出てる。例えばですね、『古畑任三郎』が好きで好きでというイチローに対して、糸井重里が「じゃあ出ればいいじゃない？」とか言うと、イチローが「いやあ、僕はそういう仕事じゃないんで、誰も気がつかないような形で出るのがいいと思う」とか。何言ってんだこいつ？(笑)みたいな部分がときどきポロッと出てくるのがすごくおかしい。

——糸井重里のインタビュー術みたいなところでも語れる本なんだろうなっていう。

大森　そうですね。北野武編は野球好き同士の有名人対談なんだけど、こっちは糸井さんが完璧に自分を消して透明になることで、イチローのイチロー性を見事に引き出してる。だから、持ち上げてるように見えて、**よく読むとだんだんイチローの変さが浮かび上がってくるんですよ。**

北上　そんなのはどうでもいいんですよ。もっと野球の話を訊けと言いたいね。

負け犬論に納得できるか？

——次は酒井順子『**負け犬の遠吠え**』です。

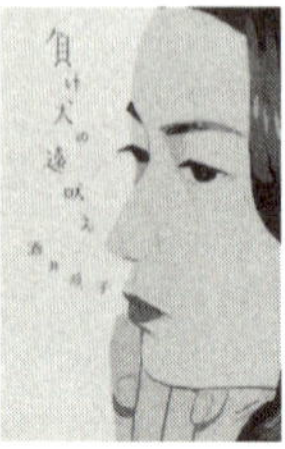

大森　これは開き直りの本ですよね。要するに、冒険心に欠けた面白みのない人たちは専業主婦になればいいけど、私たちはスリリングに楽しく暮らしてるから結婚しないし、子供もいません、それでいいんですっていう、三十代独身女性の自己肯定。それを〝負け犬〟って定義することで、逆に何でも言えるようにしたアイデアの勝利。要するに、三十過ぎた独身の編集者とかライターとかが女同士で飲み屋に集まって、「だいた

いさあ、専業主婦なんてさあ」とか「子供がいるからって何よ」とかクダ巻いてるのをですね（笑）、イヤミにならないようにまとめたってところがポイント。
でも、逆の立場に立つと、論証はかなりいい加減なんです。たとえば、この中で勝ち犬っていうのはものすごくステロタイプ化されてるんですね。つまり子供が二人いてサラリーマンの旦那さんがいて、まあローンとかあって生活は苦しいけれども、旦那の実家はお金持ちで何かあれば援助してくれる。で、本人はだいたい趣味みたいな仕事をやってると。**負け犬はいろんなケースが出てくるのに、勝ち犬は一種類しかいない。**要するに仮想敵なんです。男の負け犬に関しても、たとえばおたくは、「アニメキャラにか興味がない人種で私たちとは無関係です」でおしまい。結婚の対象からは一瞬で排除しちゃうし、「四十代の未婚男性は二十代の若い女の子と結婚したがってて、私たちのことなんか眼中にない人です」で終わり。そうやって結婚相手がいないことを正当化する理由はいっぱい出してくるんだけど、そこには全然理屈がないんですよね。だからちょっと待てよっていう気はすごくする。男性読者には、これと同時期に出た小倉千加子の『**結婚の条件**』（朝日新聞社）のほうをすすめたいですね。同じことを書いても、理屈の裏付けがあって理路整然としてるのが『結婚の条件』で、言いたい放題言ってて面白いけど理屈がないのが『負け犬の遠吠え』。この本の〝負け犬〟定義にあてはまる人には『負け犬の遠吠え』のほうがいい本なんでしょうけど、そうじゃない人には『結婚の条件』のほうがいいと思う。

北上　小倉千加子はなんて言ってるの？

大森　結論は『負け犬』と同じですよ。高すぎる自己評価と結婚に理想を求めるのが問題だと。小倉千加子は、だから鏡をよく見て、王子様はやって来ないことを認めなさい、おたく男子や四十男と結婚しなさいと口を酸っぱくして言ってる。

北上　女の人がこう考えてるって知らなかったから面白かった。三十代未婚で仕事してる女性ってまわりに多いけど、潑剌としてうらやましいじゃん。すばらしいと思ってたんだよね。でもこういうこと言うからにはどっかで今の生活について考えてるとこがあるわけでしょ？　それが意外だった。

大森　ははは。なるほど。

北上　**あと、じゃあ男はどうなんだろうと思って。**僕のまわりにけっこういるんですよ、五十歳過ぎても独身の男ってのが。必ずしもおたくってわけじゃなくて、まあ何らかの事情で独身なんだろうけども。機会を逸しちゃうと、どんどん年を食っちゃう。で、彼らはこれと同じようなことを考えてんのかなあと思って。まあ話し合ったことないからわかんないんだけども。

大森　独身男も五十歳過ぎるともう完全に開き直りっていうか、それに適応しちゃうんですよね。で、非常に楽しく暮らしてるように見える。五十代の男性なら、独身のほうが、会社でリストラの恐怖に怯えながら子供の学費や家のローン払ってる人よりよほど優雅だなと思いますけどね。

北上　そうだよね。そういう人たちって、だいたい若い頃にマイホーム買ってローンも終わっちゃってるから。それに独身だから、経済的な心配はほとんど何もないわけ。

大森　家族持ちと違って給料は好き勝手に使い放題だし。

北上　日曜日とか、まあクリスマスとか正月とかひとりだから寂しいかもしんないけども、そんなものは年にちょっとなんだから。ねえ？

大森　この本に三十代独身の負け犬女性が集まって共同生活みたいな話が出てくるじゃないですか。僕の知り合いの、関西にいる五十代独身男性たちは、まじめにこれ考えてますよ。みんなで何百万か出し合って、グループホーム作って暮らす場所はどこがいいかとか、会うたびに話してる(笑)。けっこう楽しそうだなと思って。

北上　あ、そう。

大森　ただ、女性には子供を産む問題があって。ほんとに切実になるのはたぶん四十過ぎですよね。『負け犬』はその直前で止めて、笑い話で済ましてるから、ちょっとずるい。まあ酒井さんは少子化の問題も前に書いてますけど。とにかく、主婦やワーキングマザーが読むとものすごくムカつく本だと思いますね、これは(笑)。

――私は、北上さんがウケてらっしゃるのがものすごく意外だったんですけど。男性からするとけっこうイヤなのかなと思ってたんですよ。

北上　いや、そんなことないですね。人ごとだから。これが男の負け犬のことを書いてたら「えっ?」と思っていろんな友達のこと考えるだろうけども。

大森　エッセイとしては面白い。

北上　一番最後に、負け犬にならないための条件で「何々が必要って言わない」ってところがすごく面白かった。**知り合いがみんなやっぱり、何々が必要って言ってるなあと思って**。確かにそうなんだよ。バリバリ働いて、すごく気持ちのいい、飲み友達のね、三十代の女の子っているんだけど。言いそうな感じがあるよね。なるほどなあと思って。

大森　子育ては旦那にやらせて自分はバリバリ働くお母さんとか、そういう例は一切眼中にないじゃないですか。で、うちの子の保育園で会うお母さんとか見ても、『負け犬の遠吠え』に書かれてるような典型的なお母さんて、全然いないんですよ。まあ、幼稚園だとまだそういう人が主流かもしれないんですけど。

――東京の私立女子高を出たお嬢さんで、そのお友達サークルであるっていう感じはほんとしますよね。例えば地方だと、この話が通じるのかしらって思いましたね。

大森　まあしかし、三十代・未婚女性の問題が一番大きくなってるのは東京だから。『結婚の条件』にはデータが全部入ってますけど、東京の晩婚化の進み方は思った以上にすごい。だから三十代で独身て言っても、みんなそうだからいいじゃんていう感じだと思うんだけど、それをあえて〝負け犬〟と言うことで言いたい放題言えると。

北上 この人、少子化の問題って本に書いてるの？

大森 『少子』っていう本が集英社文庫から。

北上 少子化って問題があるの？ いや、オレ、結婚しなくてもいいんじゃないかって思ってるんだけど。

大森 結婚はしなくていいけど、子供が減ると問題は大きいですよ。例えばこのままあと四十年生きたとして、今の少子化が続いてると相当いやな世の中になってるんじゃないかと(笑)。年金とか、労働力とか、人口バランスとか考えると。

北上 **でもそんないいことないよな、結婚なんてな。**

――(笑)。

今年度ベスト1候補、(またまた)早くも登場！

――じゃあ、北上さんのセレクトに。

北上 『**黄金旅風**』ですね。これは三年にいっぺんしか本を書かない飯嶋和一さんの新作で、これまででベストだと思います。徳川秀忠から家光に権力が移る直前の時代の長崎が舞台で。そこで長崎代官を継いだ男が主人公。長崎は複雑な三頭政治で、地理的にも港町から発展していった非常に特殊な構造なんだけど、それがわかりやすく書かれてる。それから主人公と、その幼なじみの火消しの若頭がすっごくカッコよくて、キャラクター造形も見事だし。あと最初、台湾のオランダ軍から話が始まるからそこが舞台かと思うと、ゆっくりと主人公が登場してくる。物語の押し引きも出し入れもうまい。なのに、君は、なんでマイナスつけてるの？

大森　いや、まあ面白いし、迫力もあるし、今年のベスト1だと言う人が多いのもわかるけど、**基本的には『プロジェクトX』で――**。

――えーっ、そこまで言いますか(笑)。

大森　悪い奴の陰謀に屈さず、長崎の町を守り抜いた男たちのドラマ。ヒーロー小説を書きにくい時代にヒーローをリアルに書くことには成功してる。でも、町の人を守るっていう動機づけは、個人的にあんまり……。

北上　あ、動機が嘘くさいの？　ふうん。これは非常によくできた小説でね。ディテール、例えば町火消しの若頭と、あとで代官職を継ぐ男がセミナリオという神学校の幼なじみで、最後に出てくる鋳造師も実はそこにいたという、その幼い日のエピソードの出し方もすごくうまいし。うつけものと言われて親に反抗ばっかりしていた男が、親父が死ぬことによって代官職を継ぐという、そういうドラマ性とかね。もう文句のつけようがないですよ、すべてにおいて。読みながらハラハラドキドキして涙を流して興奮して、ラストシーンも美しいし。

大森　そこがちょっと天童荒太っぽくてイヤなのかもしれない。

北上　ああ、そうなの？　ここまで書ける人はしかしそうはいないよ。

大森　いや、もちろんそうです。はい。すばらしいと思います。でもねえ、要するに、**主人公たちがいい人過ぎるんですよ**。

北上　**困った人だね〜**。

大森　むしろ、権謀術数をめぐらして長崎奉行を失脚させようとする、あのあたりをもっと詳しく書いてほしかった。

北上　あとね、この小説が非常にうまくできてるなと思うのは、代官職を継いだ主人公の男がね、基本的には自由貿易を求めてるわけですよ。親父がやったことは同じ貿易でも私利私欲だったけども、そうじゃなくて日本人の船乗りがもっと自由に海外へ出ていって貿易ができるようにしたいと。そう思っていたにもかかわらず、結局、長崎の民を守るためにやったことすべてが家光の鎖国政策に利用されてしまった。そういう歴史の皮肉があるわけですよ。そういうところまでちゃんと書いてるわけ。大森くんの言い方だと、読者の人が、単純な正義のヒーローというようなニュアンスで誤解するといけないんで。

大森　(笑)。

北上　あえて言っときますが、そういう単純な正義ヒーローではないと思う。モデルがあったらしいですが。非常に複雑な時代の流れの中で、そこになんとか抗して長崎の民を守ろうと思った男の生き方ってのが見事に描かれてますね。

大森　でも、結局、このあと幕府が鎖国政策をとったことはみんな知ったうえで読むわけだから。最近の若い人はどうだか知りませんが(笑)。

北上　はははは。

——ある意味新鮮でしたけどね。こんなに立派なヒーローが出てくる小説って最近ないじゃないですか。

大森　そうそう。そういう意味ではだから非常によくできてる。

——あと最初のところが、展開があんまり面白いから電車乗り過ごしちゃったりとかしましたよ。それぐらい面白かったです。

北上　あ、そうですか。声を大にして言って下さいよ。

——いや、ほんとに面白かったですね。でもやっぱりちょっと話が複雑ですね。あんまり本を読み慣れてない人は……。

北上　いや、今までの中ですごくわかりやすいです。才能だと思いますよね。実力がなかったらこんなわかりやすく書けないですよ。

大森　『**始祖鳥記**』（小学館文庫）のほうが読みやすいんじゃないですか。

北上　いや、『始祖鳥記』も傑作だけども、物語の持っている力みたいなものはこっちのが上ですよ。シンプルじゃん、『始祖鳥記』は。

大森　これもシンプル（笑）。

北上　いや、これは複雑なドラマを融合させてるんですよ。形としては。

大森　ただねえ、やっぱりパターン的には、こういう時代にも現代的なセンスと驚くべき先見の明を持った、国家百年の計じゃないけど、はるか先まで時代を見通す力を持った優秀な男たちがいて……って話にいつもなっちゃうんで。

北上　**君のその言い方はつまんなく聞こえるなあ。**

大森　（笑）。

北上　そうじゃなくて、それをどうディテール豊かに、リアルに描くかなんですよ、問題は。それにちゃんと成功してるんですよ、この作品は！

大森　（笑）。

北上次郎が泣いた、鷺沢萠の遺作

——では、惜しくも遺作となった鷺沢萠さんの『**ウェルカム・ホーム！**』です。

北上　うん。これは中編が二編入ってるんだけど、頭の「渡辺毅のウェルカム・ホーム」ってのもなかなか傑作で。

大森　めちゃめちゃうまいですね。

北上　うん。で、うしろの「児島律子のウェルカム・ホーム」のほうが、たぶん大森くんは嫌いだと思うんだけど……。

大森　そんなことないですよ。

北上　あ、そう？　だってパターンじゃん。二回結婚して二回離婚した、四十歳のキャリアウーマンが主人公で。前の旦那の娘——自分が産んだ娘じゃなくて、旦那の連れ子なんだけども——を一生懸命育てた過去があって、その娘が今どうしてるかなって心配して。その主人公のところにある日、見知らぬ青年が訪ねてくるところから始まる。古典的な設定で、オチはもう想像できちゃう。でも鷺沢さんはやっぱり文章がうまいんで、ドラマとして読ませてしまうんだよ。小説としては「渡辺毅」の方がまとまってると思うけど、**「児島律子」のラストシーンで泣いちゃった**んで、個人的にはこちらを推しますね。鷺沢さんの傑作じゃないですか。遺作となってしまったのは大変残念です。久々に僕は感動しました。

大森　ほんと、次の直木賞とってもいいぐらいだったのに。

北上　ねえ。

大森　これって要するに、血のつながりがない家族の中で生まれる家族の絆の話なんですよね。僕、血のつながりでベタベタするっていうか、血を分けた子供だからどうの、生き別れのお父さんがこうのみたいな話はあんまり好きじゃないんですよ。けど、これは家族小説なのに、血縁関係はまったくない。最初の「渡辺毅」編は、大学時代の友達が奥さんを亡くして小さい子供を抱えて困ってるところに、職も恋人も同時に失った男が転がり込んで居候になっちゃうんだけど、衣食住の面倒を見てもらうかわりに子育てを担当すると。始めてみたら面白くて、育児にものすごいファイト燃やすんですね。で、ふたつ目の「児島律子」編は、二人目の再婚相手の連れ子の子育てにかつてすごく燃えたことがあるキャリアウーマンの話で。血の絆を抜きにしてどういう家族の絆があり得るかをものすごく鮮やかに書いてる。泣かせのうまさでは浅田次郎の『**鉄《ぽ》道員《っぽや》**』（集英社文庫）クラスですよね。浅田次郎と似てるなと思ったのは、登場人物がわんわん泣くんですよね。滂沱の涙を流すという(笑)。

北上　うしろの作品だろ？　前の作品もそうだった？

大森　前の作品でも二回ぐらいありましたよ。「ああ、こんなに泣いちゃってどうしよう」みたいな、すごく情けない男なんだけど(笑)。まわりから「おまえの立場は何？」みたいに言われると申し開きができない、劣等感ていうか、コンプレックスみたいなものがありつつ、でも俺はちゃんと子育てを頑張ってるんだっていう自負との境目で感情が激しく揺れ動く。そういうカタルシスがすごくよく出てる。

――「児島律子」のほうは〝ここで泣け！〟が二回あって、きちんと泣かされたんですけど。ふっと泣かせますよね(笑)。

大森　たぶんそれは、初期の浅田さんが持ってたような泣かせの技術から、さらにあざとさを抜いたような感じですよね。

北上　君、『鉄道員』読んでるよね？

大森　うん。

北上　あれは泣かなかった？　あれはほら、ほんとの父親だから。

大森　あれもうまいなとは思ったけど。『鉄道員』はけっこうクソミソに言う人も多いけど、僕はけっこう評価は高いですね。

北上　それは表題作のことでしょ？

大森　いや、表題作以外のやつも。豊﨑由美がボロカスにけなしてる「ラブレター」みたいなベタな話でも、やっぱりうまい。「ラブレター」って、構造的にはこれの「渡辺毅」編と似てるじゃないですか。手紙が二回出てきて泣かせるんだけど、こっちは子供の作文が二回出てくる。子供の作文を泣かせに持ってくるのは常套手段だけど、でも鷺沢さんだと不思議にあざとく見えない。

北上　「角筈にて」は？　僕一番泣いたんだけど。涙が止まらなかったんだけど。
大森　どれだっけ？　あ、ブラジルに飛ばされる話？　パナマ帽のお父さんの出てくるやつ。別に泣きはしなかったなあ。
北上　**涙のない男だな、おまえは**（笑）。「児島律子」で泣かなかったの？
大森　泣ける話だとは思いますよ、**泣きはしないけど**（笑）。例えばね、今、江國香織がウケるのはよくわかるんですよ、号泣の直前で止めてるほうが今っぽいじゃないですか。ところが鷺沢さんは号泣するところまできっちり書く。現代の浪花節ですよね。三十五歳の若さで嫌味にならずにこれを書けるのはすごい才能だと思う。亡くなったのが惜しい。
――鷺沢さんの中ではいい作品のほうなんですか。
北上　いいですよ。僕が一番好きなのは、『**過ぐる川、烟る橋**』（新潮文庫）っていう、プロレスラーを主人公にした長編なんですが、これは非常にいい話でね。青春時代に同門でプロレス入門した男二人の友情と、そこに転がり込んできた女――つまり男二人と女一人の関係なんですよ。で、一人はプロレスをやめちゃって、一人が最後スターになって、もうロートルになったところから始まるんですよ。ある日テレビの解説の仕事かなんかで福岡に行って。で、どうしても行きたいところがあるって、中洲の屋台を訪ねていく。そうするとそこに昔の二人がいたというね、なかなかいい話なんですけどね。
大森　若いのに、そういう古典的な人情話をちゃんと書ける人で。
北上　そうなの。非常に特異な才能なんですよ。あまりいないよね。上の世代でもいないし。例えば藤堂志津子もちょっとひねるからこういう話は書かない。だから、すごく貴重な作家だった。
――次の桂望実『**ボーイズ・ビー**』も家族小説ですよね。これはお二人ともBプラスで。

北上　これはヤングアダルト小説という作りなのかな？　少年と靴職人の老人が知り合って。まあ、よくある話だけど、なかなかうまくできてんじゃない？

大森　偏屈な靴屋のおじいさんと、お母さんを亡くして、でも弟のことを頼まれたから自分がしっかりしなきゃと思って本音を言えない男の子。絵に描いたようなパターンなんだけど、ディテールがきっちり作ってある。商店街の貧乏な靴屋じゃなくて、車はアルファロメオ、襟元にスカーフっていうめちゃくちゃハイカラなじじいで。

——そうそう(笑)。

大森　偏屈と言っても、一足五十万円とかで注文を受ける誇り高い靴職人だから、商売としてちゃんと成立してる感じ。最後はだんだんまわりの人を巻き込んでいって、世界的なコンテストに出す靴を作る話になるんだけど、そこへの持って行き方も無理がない。いろんな専門職の人が集まる駅ビルのレンタル工房みたいな場所を舞台にすることで、人と人のつながりが不自然に見えないし。

北上　ディテールがすごくうまいよね。こういう人は二、三冊書けばもっと伸びるんじゃないでしょうか。

大森　一生懸命男の子が我慢して我慢して最後に本音を言ったときにポロッとくるっていうのは、個人的には「またかよ」と思いますが(笑)、テクニックとしてはありですね。そこに強く反応しちゃうお母さんとかも多いんじゃないかな。

——主人公の男の子に親友がいるじゃないですか。女性作家が書いてるわけですが、あのへんの会話のリアリティは男性の方からするとどうなんですか。

北上　親友？　いたっけ？　よく覚えてねえんだよな(笑)。

大森　ある種ステレオタイプと言えばそうだけど、違和感はなかったですよ。

——というのは、三十代の女性が主人公になってるような海外の小説では、「男は感情を表現できないからコミュニケーションが成立しないのよ」みたいなことがいつも書いてあるわけですよ。

大森　木村晋介も書いてましたね。ドライブしてるとき、助手席の奥さんは旦那に、「そろそろコーヒー飲みたくない？」って聞いてはいけないと。「私はコーヒーが飲みたい」と言えって（笑）。

――そうそう（笑）。

大森　旦那のほうは、奥さんから「そろそろコーヒーが飲みたくありません？」て言われたとき、自分が別に飲みたくないからと言って「いや」と言ってはいけないと（笑）。それが男女の壁だって話なんですけど。**僕も女房に「ゴミ捨ててきていいよ」って言われるとちょっとむかつく**（笑）。「捨ててきて」と言えよと。

――でも、鷺沢さんでも思ったんですけど、女性作家が男子の心を書いていて、これは違うんじゃないかみたいなことはあんまり思われないんですか。逆のパターンてよくあるじゃないですか、わりと。

大森　男は女に幻想を持ってるけど、女は男に幻想を持ってないってことじゃないかな。ああでも、女性作家による女性のための願望充足小説だと、「こんな男いねえよ！」って思うことはよくありますね（笑）。

痴漢の気持ちがよくわかる？異色SF『針』

――次に大森さんの選書のほうで、『**ふたりジャネット**』。短・中編集ですね。

大森　テリー・ビッスンって、一応SF作家なんですけど、作風は主流文学との境界線上ですね。あえて分類すればユーモアなんだけど、パロディでも不条理でも奇想でもない、ほのぼのした不思議な味わいがある人です。この中の「熊が火を発見する」は、ビッスンが最初に大きい賞をとった短編ですが、通りかかると熊がたき火をしてましたってそれだけの話で。表題作は、アメリカのある町に次々に有名作家が引っ越してくるっていうだけの話。「英国航海中」は、イギリスがひょっこりひょうたん島みたいに大西洋を漂流するだけの話(笑)。いわゆる奇想小説とか、突拍子もないアイデアストーリーとはちょっと肌合いが違って、なんとなくしみじみほのぼのした妙なホラ話でまとまってるっていう。で、そういうのと別に、《万能中国人ウィルスン・ウー》っていう、マッド・サイエンティストSF系の連作が入ってるんですが、これはかなりぶっとんだ設定のとんでもない話。ほのぼの系とぶっとび系が一緒になった短編集ですね。

北上　僕は例によって、半分面白くて半分わかんなかったんですが。今、**どれが面白くてどれがわかんなかったかが、全然思い出せないんだよ。**

大森　(笑)。

北上　覚えてんのは一ヵ所だけ。「熊が火を発見する」の中で、**たき火してるときに人間が横に座ろうとすると熊がちょっとずれるの。**

――遠慮する熊(笑)。

北上　すっげえ面白かった(笑)。鮮やかなシーンだね。それしか覚えてないよ。

大森　いや、そういう読み方が一番正解かもしれない(笑)。この系列の短編集には、もう一冊、ハヤカワ文庫FTから「柴田元幸絶賛」の帯つきで出たケリー・リンクの『**スペシャリストの帽子**』って本もあるんですけど、そっちはたぶんもっと「?」だろうと思って、ここには選びませんでした(笑)。ビッスンはちょっと変わった落語だと思えばわかりやすい。落語でも論理的なオチがつかない話ってあるじゃないですか。

――ちょっとボケてきたおじいさんが、「昔こういうことがあってさ」ってしゃべるホラ話。

大森　そうそう。ストーリーは忘れても、なんかちょっと面白いこと言ったなっていうのはいつまでも覚えてる。だからまあ、熊がよいしょと腰を持ち上げて場所を譲る話として記憶しておいていただければ(笑)。

——じゃあ逆に、非常に明快な、浅暮三文『**針**』ですが。

大森　これは浅暮さんがずっと書いてる《五感》シリーズの最新作で、今回は触覚がテーマ。一番小説にしにくい感覚ですけど、そこを逃げずにきっちり書いてる。外枠はSFなんだけど、それはどうでもよくて——というか、ないほうがよくて(笑)——要は触覚がとても鋭敏になった男が、至高の手触りを求めていろんなものに触ってるうちに、最後は女性の体に行き着く話。

北上　痴漢小説だよね。痴漢の人たちがなぜ痴漢するのか、それは男の欲望の問題だと思ってたらそうじゃない。手の触覚が喜んでるっていう。**痴漢の人たちはみんなこれで膝を打ったんじゃない?**「そうなんだよ!」って。

大森　そういう話だと言ったら怒る人が多いと思うんですけど(笑)。

北上　いや、それは冗談だけど、うまいと思うんですよ、すっごく。後半は全部痴漢小説になっちゃうけど、前半の、いろんなものを触っていく描写がいっぱいあるじゃん?　あれがすごい面白かった。触覚って文字にするとハードルが非常に高いのにうまいよね。

大森　このシリーズの前作が、聴覚を題材にした『**石の中の蜘蛛**』(集英社)。この対談でも紹介しましたけど、スプーンで壁をあちこち叩いてって、音によって立体的に過去を再現するみたいな小説で、その描写力がすごく評価されて、日本推理作家協会賞を受賞してます。

北上　『針』は、『石の中の蜘蛛』よりもっと進化してると思いますね。ただ小説としては、残るのはそれだけで、読み終わったあと、「はて、何だったのかな?」って。だからBなんだけど。でも、この人の五感シリーズはなかなか面白いです。
大森　女性が読むとイヤでしょうね(笑)。
——あとがきはずるいですね、「女性の読者のみなさん、ポルノでごめんなさい」(笑)。
大森　ずるいというか、情けない。**ここまで書いといて弁解するなよと**(笑)。

サルスベリに惚れた!

——反対に、梨木香歩、『**家守綺譚**』はとても品のいい世界観が描かれてますが。
大森　梨木さんは児童文学系出身の作家です。この小説は、ファンタジーの分類だとエブリデイ・マジックもの——不思議なことが日常の一部になってるタイプで、佐藤さとるの『コロボックル』シリーズとか、『となりのトトロ』とか、ああいう系統なんですが、明治期の京都・山科あたりを舞台を選んだことで、それがしっくり馴染んでますね。主人公は帝大卒の駆け出し文士で、学生時代に亡くなった親友の実家から、空き家になる古い一軒家の家守を頼まれて引っ越してきたところから始まる。死んだはずの親友がいきなり床の間の掛け軸から出てきたり、いろいろへんなものが庭にやってきたりするんだけど、それをなんとなく平然と受け入れて淡々と暮らしていると。
北上　これはすごい才能ですね。俺、ファンタジーって基本的に苦手なんだよね。この世にいないものが現われたりすると「バカ野郎!」って言いたくなるんだけども。これはうまくてね。サルスベリの木に惚れられるところなんか、ああ、そういうことあるかもしんねえなって、納得しちゃう。
大森　この冒頭の話は傑作ですね。掛け軸から出てきた旧友から、庭のサルスベリがおまえに懸想してるぞ

って忠告される。それに続くくだりをちょっと引用すると、

「先の怪異はその故か。私は腕組みして目を閉じ、考え込んだ。実は思い当たるところがある。サルスベリの名誉のためにあまり言葉にしたくないが。

——木に惚れられたのは初めてだ。

——木には、は余計だろう。惚れられたのは初めてだ、だけで充分だろう。

高堂は生前と変わらぬ口調でからかった。」

もう、ここ読んだだけで傑作だと思いましたね。あと、サルスベリに本を読んであげるシーンがむちゃくちゃいい(笑)。

北上 そうそう。**サルスベリがちょっとすねると、枝を揺らしたりするの**。あるかもしんねえよなって気になってくるわけ。それは文章がいいんですよ。主人公の飄々とした感じがすごくいい味を出してる。

大森 「サルスベリにも好みがあって、好きな作家の本の時は葉っぱの傾斜度が違うようだ。ちなみに私の作品を読み聞かせたら、幹全体を震わせるようにして喜ぶ。かわいいと思う。」(笑)。

主人公は駆け出しの小説家なんだけど、自分の小説を読んで喜んでくれるのはサルスベリの木だけだっていう(笑)。京極夏彦の〈妖怪〉シリーズの関口巽みたいな情けない感じ。

北上 ただ後半ちょっとダレちゃうところが惜しい。前半だけならAプラスですね。

大森 隣りのおばちゃんもいいんですよ。

——いいですよね(笑)。

大森 芋の煮っころがしとか天ぷらとかどんどん持ってきてくれる。絵空事の世界に行っちゃいそうなところを現実につなぎとめる係。これ、京極ワールドの妖怪がふつうに存在する世界の話みたいな読み方もできますよね。瀬川ことびがこないだ角川ホラー文庫で書き下ろした『**妖怪新紀行**』がちょうどこれの現代版み

たいな設定で、葛西臨海公園の沖に大入道が出たりする。おお、うちの近所にもいるのかと思うとちょっとうれしい(笑)。『家守綺譚』も京都だからわりと懐しかったけど。

北上 この人、大人向けは初めて書いたの？

大森 こういうタイプのは初めてですね。

北上 全作品読んでないから、文章がすごくいいのか、あるいは明治の京都という、時代がかったところを舞台にしたから奇跡的に成功したのか、ちょっと判断しかねてて。

大森 今度の山本周五郎賞候補になりましたね。

北上 あ、そうなの？ いや、**まだまだこういう作家がいるんだと思ってびっくりしました。**

第14回

（2004年 秋）司会＝鈴木あかね

著者名・書名（出版社）	北上	大森
編集部選		
ダン・ブラウン『ダ・ヴィンチ・コード』（越前敏弥・訳 角川書店）	B	B+
サラ・ウォーターズ『荊の城』（中村有希・訳 創元推理文庫）	A+	B+
奥田英朗『空中ブランコ』（文藝春秋）	B+	A
北上選		
笹生陽子『ぼくは悪党になりたい』（角川書店）	A+	B
海老沢泰久『青い空』（文藝春秋）	B+	B
角田光代『太陽と毒ぐも』（マガジンハウス）	A	B-
大森選		
戸松淳矩『剣と薔薇の夏』（東京創元社）	A	A
奈須きのこ『空の境界 the Garden of sinners』（講談社ノベルス）	?	B+
田中啓文『蹴りたい田中』（ハヤカワ文庫）	B-	A-

《このミス》有力候補をメッタ斬る

――まず編集部が選んだ売れ筋ノベルから。世界で七百二十万部という『**ダ・ヴィンチ・コード**』ですが、北上さんはBですね。

北上　**なんでいまさらこんなのが売れるんだろう。**

――ははは。

北上　基本構造は壮大な謎があって、最後はアクションですよね。で、ほとんどが主人公とヒロインの会話で成り立ってて、その中で我々の知らなかった謎が次々に明かされていって、「おー、すごいねすごいね」ってことになるんだけど、ストーリーが致命的に弱い。本来ノンフィクションで書くようなネタをフィクションにしてみましたって感じで、**そんなに騒ぐほどのものかなあ。**

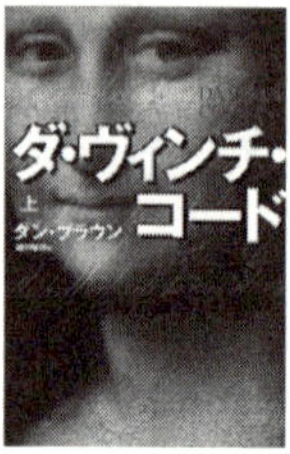

大森　僕も絶対つまんないだろうと思って避けてたんだけど、読んでみたら意外と面白かった。下巻に入るとどんどんダメになるけど、次々に新手の暗号ネタを出してひっぱっていく前半はいいですよ。なんにも事情がわからない状態からだんだん情報を出していく見せ方もうまいし、たったひと晩の話でここまで持たせるのもすごい。ただまあ、全体に古くさい。主人公が古典的なヒーローとヒロインなんですね。最近のミステリはなんらかの欠損を抱えた人を主役にして人間ドラマをじっくり書くのが主流だから、この薄っぺらさが逆にウケたのかな。あと、ダ・ヴィンチの『最後の晩餐』の話とか、ネタ自体はありものだし。

北上　え、有名なの？　俺、驚いてたのに。

大森　翻訳も出てる『**マグダラとヨハネのミステリー**』(三交社)とか、何冊かネタ本があるみたいですよ。オリジナルのネタはほとんど入ってないんじゃないかなあ。

北上　じゃ、**まったくいいとこないじゃん**。小説としての矜持もないし。

大森　これ、組織宗教批判ってことでは、北上さんが今回選んでる『青い空』と共通なんですよね。今のアメリカでこういうカソリック教会批判の小説が大ベストセラーになるのはちょっと面白い。まあ、キリスト教の一派がどうこうとか、バチカンの秘密暗殺部隊が暗躍するとか、そういう伝奇サスペンス自体は全然珍しくないいんだけど。

北上　だよね。もうBマイナスにしたいなあ、俺。

大森　(笑)。でも、『このミス』とかにも入ってくると思いますよ。

——じゃあ、次は、去年『**半身**』(創元推理文庫)で『このミス』一位をとったサラ・ウォーターズの、邦訳第二弾『**荊の城**』です。

大森　これは十九世紀ロンドンの下町に住む泥棒一家のスリの女の子のお話ですね。前半は日常生活のディテールが書き込んであって、宮部みゆきの時代小説みたいな感じなんだけど、途中、どんでん返しがあって、そこから先の展開は予想がつかない。

——北上さんはAプラスと絶賛ですね。

北上　俺、サラ・ウォーターズは初めて読んだからびっくりしちゃって。**傑作ですね**。スティーヴン・マルティニというリーガル・サスペンスの最盛期を読んだときの興奮を思い出したんですよ。非常に地味な素材なのに世界が破綻してないし、プロットの展開で読ませようという、職人作家の鑑ですね。ただ『半身』を読んだ人はそんなに驚かないかな?

大森　驚かせ方のパターンはちゃんと違うかららえらい。ただ、一発目のドカンはいいんだけど、後半に連続するドカンドカンは、いくらなんでもそれは無理だろうと。

北上　確かにちょっと強引だけど、それを責めちゃかわいそうだよ。僕は弁護しますね。

大森　『半身』は、全部の部品が結末に向かってぴたっと収束して、着地もきれいに決まってたけど、『刑の城』は最初から設計図に欠陥があって、最終形は問題が多い。読者の期待に応えようとサービスし過ぎて、よく考えると妙なことになってる。最後のほうは、なんだか昔の大映ドラマというか、**最近の韓国ドラマみたいですよ**(笑)。キャラクターや細かい設定は面白いのに。まあ、評判はいいから、今年の《このミス》でもベスト1有力候補でしょうけどね、『ダ・ヴィンチ・コード』と並んで(笑)。

北上　それは困るなあ。(その後、『ダ・ヴィンチ・コード』は、《このミステリーがすごい!2005年版》で3位、《週刊文春ミステリーベスト10》では一位を獲得。『刑の城』は《このミス》一位、《週刊文春》二位でした。)

――じゃ、こちらで選んだ途端に直木賞をとった奥田英朗『**空中ブランコ**』はどうでしたか。

北上　これは傑作ですよ。だけどシリーズの第二作なんで、サラ・ウォーターズと似て、期待して読むと点がからくなる。同じ主人公の一作目『**イン・ザ・プール**』(文藝春秋)のときの驚きに比べると、今度はそれの繰り返しですしね。

大森　いや、『イン・ザ・プール』よりよくなってますよ。

北上　そう?　俺は同じだと思うけどなあ。基本的なアイデアは同じだし。まあ、直木賞もとったし、Bぐらいにしとこうかなと。

大森　前作では、主人公の伊良部っていう子供みたいな精神分析医のキャラクターがちょっと空まわりしてる印象があったんですね。今回は僕が慣れたせいもあるかもしれないけど、前より自然に読めた。特にサーカスの空中ブランコ乗りがスランプに陥る表題作。伊良部があの巨体で「ぼくも空中ブランコやりたい」とか言いだして勝手に特訓を始めるとこなんかもう爆笑で。

北上　しかし器用だよね、この人は。『邪魔』『最悪』は現代のクライム・ノベルの傑作と言われていて。非常にシリアスで文章も緻密でリアル。もうものすごくうまい大傑作だと思うんだけど、こういうのも書くっていう振幅がすごいよね。

大森　しかも、こっちのお笑い路線でちゃんと直木賞をとったし。

――直木賞はとって当然でしたか？

大森　うん。直木賞には珍しく(笑)本命の馬がきっちり来た感じ。

「坊主丸儲け」を徹底糾弾
海老沢泰久『青い空』

――次は北上さんのセレクションで……。

北上　笹生陽子さんの『**ぼくは悪党になりたい**』。これは父親がいなくて母親と弟の三人暮らしの男子高校生が主人公で。軽妙で、母親をはじめ、造形もいいし。まあ、別に目新しい話があるわけじゃないんですが。

大森　Aプラスつけてるじゃないですか(笑)。

北上　この人は非常に筆力のある人ですよ。もっともっと書ける。児童文学出身で、これが大人向けの第一作目なんですね。森絵都とか佐藤多佳子とかあさのあつことか、優れた書き手たちが大人向けの小説を書きはじめてますが、その有力候補になるんじゃないかな。

――しかし大森さんはBという(笑)。

大森　これは北上次郎が好きそうな話としか言いようがない(笑)。どっかで読んだような話だなあと思ったら、**北上さんが前回選んだ『ボーイズ・ビー』とほぼ同じ**じゃないですか(笑)。

北上　同じじゃないだろう。

大森　どっちも男の子ががんばる家庭小説で、ほとんど一緒ですよ。で、こっちの場合は、確かに前半は悪くないいんだけど、主人公が悩みはじめてからはどうも共感できない。そんなことで悩むなよと言いたいいですね。だいたい「僕は悪党になりたい」と言いながら、なろうとしてないし。

北上　でも母親の言いつけを守って家事手伝いをしてたら、だんだんストレスがたまって、僕も羽目をはずしたい、というニュアンスでしょ？　人殺ししたいとかじゃなくて。

大森　グレるならグレるで、もうちょっとやり方があるだろうと。

北上　でも馳星周とかじゃないんだから。

——北上さんは前回も片親の少年が奮闘する話を誉めてましたけど、やっぱり少年の心を描いたものはお好きなんですか？

北上　(笑)。そんなことないですよ。別々にちゃんと読んで評価してますよ。

大森　たまたまそういう小説に傑作が多いんだと。都合のいい偶然だなあ(笑)。

——(笑)。じゃあ、次はまた宗教史モノで海老沢泰久『**青い空**』ですが。

北上　これは簡単に言うと、今までいろんな人が書いてきた幕末から明治にかける動乱を宗教の側から書いてみたというもので。『ダ・ヴィンチ・コード』と違うところはですね、こちらは新ネタがある。例えば転びキリシタンの子孫は女は三代、男は五代までキリシタン類族と分類されて自由に旅ができないとかね。僕だけ知らなかったのかと思ってたら、いろんな書評みていると一般にも流布されてなかったらしい。

大森　新ネタって言っても、別に著者が発見した新事実じゃないでしょ。

北上　いやいや、海老沢さんが初めて小説に取り込んだんですよ。

大森　だったら『ダ・ヴィンチ・コード』だってそうですよ。ネタのいくつかは。

北上　あと薩摩には浄土真宗の寺がひとつもないとか、そういう宗教にまつわる知識、情報がですね――。

大森　でもさっき、**そういうのはノンフィクションで書けばって言ったじゃないですか**。

北上　いや、これは『ダ・ヴィンチ・コード』と違ってうまく物語の中に溶け込んでるのよ。全部会話で説明してるか？　してねえぞ。

大森　かわりに地の文でめちゃめちゃ説明してますよ(笑)。語りに作者の蘊蓄が入ってくるのは司馬遼太郎以来の伝統だけど、『青い空』の場合はかなり声が大きい。作者が強烈に批判してるのが、徳川政権と結びついて利権を貪る仏教組織、特に寺請け制度ですね。坊主丸儲けの仕組みを歴史的に解明してここまで徹底的に糾弾した小説はなかったんじゃないですか。そこは新鮮だったし、ノンフィクション的な面白さもあるんだけど、小説としては文章が粗くて楽しめない。特に会話のト書き。「○○はいった。」だけの一行が、一ページの中に平気で三つも四つも出てくる。

北上　この作家は元々ノンフィクションライターだから、取材をして小説にまとめる上げるのがうまいんですよ。野球小説やF1小説も書いたしね。僕はうまいと思いますよ。

大森　もうひとつのマイナス点は、明らかに今の視点から、「こんなことでは日本の未来はダメになる」みたいなことを登場人物に語らせるんですね。あたかも第二次大戦後の日本を見通したようなことを言うんだけど、それは後知恵だろうと。

北上　ふーん、厳しいのね。じゃあ、角田光代『**太陽と毒ぐも**』は僕がAなのに、君はBマイナスなんだけど、なんでそんなに評価が低いの？

大森　ふつうならBプラスぐらいなんですけど、角田光代に対する期待値が高い分、ちょっとがっかりしちゃったから。風呂に入らない女の話とか、うまいなあと思う短編もあるけど、途中から方向性が変わってくるじゃないですか。江國香織マイルド版みたいな。

北上　江國香織よりエンターテインメントしてるだろう。

大森　それはそうだけど、作り込んでる話と、作り込まない話がばらばらに入ってて、なんとなく居心地が悪い。作り込んでる話なら、同時期に出た沢村凜の『**カタブツ**』（講談社）のほうがいいですよ。真面目過ぎるがゆえに、いろいろな問題が起きちゃう人たちの話を書いた連作なんだけど、ミステリ的なネタも毎回用意して、一編一編ひねりを効かせている。

北上　俺ね、沢村凜もうまいと思うけど、『カタブツ』の一番最初の短編のラストの一行いらないと思っているんだよ。主人公の性格はあの台詞が出てくるキャラクターじゃないだろう。なんか押し付けがましくて。そういうのを『太陽と毒ぐも』には感じなかったから、こっちにしちゃった。確かに『カタブツ』は沢村凜の新しい一面を出したいい短編集だと思うけど。

大森　どっちも身につまされるような身近な話でね。ただ、話の新鮮味とか、身につまされ度とかで言うと、『カタブツ』が上でしょう。過剰に心配性の人の心配がどんどんエスカレートする話なんか、オチも効いててめちゃくちゃうまい。

北上　わかる。『太陽と毒ぐも』は予定調和なんだよ。ただ沢村凜は未成熟だから、いらないものや、ちょっと作り過ぎのも入ってる。

大森　そうかなあ。「無言電話の向こう側」のラストとか、思わず笑ったけど。無言電話が毎晩かかってきて怖いみたいな話にこんな楽しいオチはなかなかつけられませんよ。あと、沢村さんのほうが知名度はずっと低いので、どうせなら『カタブツ』を推したいなと。

北上　じゃ、こっちにしようか？

大森　まあ、『太陽と毒ぐも』みたいな小説が好きな人は、ぜひ沢村凛の『カタブツ』も読んでみてくださいってことでいいです。

「なんなのよこれ！」
北上茫然、地上で一番アホな小説

——はい。次は大森さん推薦の戸松淳矩『**剣と薔薇の夏**』。珍しくお二人ともAですね。

大森　これ、時代は一八六〇年なんで、ちょうど『青い空』と同時代ですね。一方その頃アメリカでは——って感じで、万延元年の遣米使節を迎えたアメリカ側の話です。日本ブームに沸くニューヨークでなんとも不可解な連続殺人が起こるという本格ミステリ……なんだけど、スタイルは完全に歴史小説。当時の時代背景とそこに生きる人たちの日常が鮮やかにリアルに描かれていて、とにかく小説としてものすごく面白い。「翻訳にしてはやたら文章がうまいなあ」と思っちゃうぐらいで、とても日本人が書いた小説に見えない。アメリカを舞台にした日本の小説で、向こうの人たちの息遣いや生活感がこんなにうまく書けてるのはめったにないでしょう。唯一の欠点は、本格ミステリ部分の解決ですね。ちゃんと伏線を張ってトリックもよく考えてあるのに、推理の過程が全然なくて、探偵役の人がいきなり送ってきた手紙の中ですべての謎が解かれてしまう(笑)。

北上　これはもう歴史小説としてすごい面白いですよ。『**荊の城**』は時代小説だけど、歴史小説は時代の風俗という目の前にある小状況と、その時代がどういう時代だったのかという大状況とが渾然一体と描かれなければならない。その点、この作品は一八六〇年のアメリカがどういう時代だったのか、つまり南部と北部が奴隷制をはじめとして様々な問題点で対立していて、それはなぜかっていう、そういう複雑な構図をきっちり描いている。ただ、殺人事件もあまりに書き込んでるから、そのうち殺人の何が問題だったのかがわかんなくなっちゃう。これ、遣米使節がからまなきゃだめなの？

大森　ストーリー上の理由はちゃんとありますけどね。もうちょっと詳しくミステリ部分を説明すると、主人公格は、地元週刊新聞の敏腕記者のウィリアム・ダロウ。元漂流民の日本人、ジューゾ・ハザーム（狭間重蔵）を助っ人に雇って、サムライ使節団の取材準備を整えてるんですね。その一方で、奇怪な連続殺人事件が発生する。第一の被害者は、高い所から突き落とされて殺されたのち、建物の最上階へ担ぎ上げられた状態で死体が発見される。第二の被害者は、溺死させられたのちに死体が燃やされている。しかも、遺体のそばには旧約聖書の一ページが残されていて——という、典型的な見立て殺人ものなんですよ。後半にはかなり出来のいい密室殺人トリックも出てきて、そういう部分だけとりだすとバリバリの本格ミステリ。でも、歴史小説として出来がよすぎるために、北上さんみたいに、殺人事件なんかどうでもいいじゃんと思う人が出てきちゃう(笑)。

北上　いや、**殺人は起きてもいいんだけどね。もっとわかりやすく書いてほしい。**

大森　別にわかりにくくはないでしょう。逆に、本格ミステリの興味で読む人には、余計な話が多いうえに最後の解決がこれかよ、みたいな肩透かし感を受けるかもしれない。でも、小説のレベルは怖ろしく高いですよ。**「ディクスン・カーをも凌ぐ歴史ミステリの傑作」**っていう帯の謳い文句は、いくらなんでも言い過ぎだろうと思ったけど、読んでみるとあながち誇大広告じゃない。だいたいこれ、東京創元社の前社長（現在は相談役）の戸川（安宣）さんが担当で、自分で解説を書いてるんだけど、それがまたすごくて、原稿を依頼したのは十五年前だと(笑)。それから折に触れて催促してようやくこうして本が出来上がった。「今は、戸松さんの本作を上梓するために編集者になったような、そんな気分にさえなっている」とまで言ってる。

北上　すごいよねえ。

大森　僕、歴史ミステリは別に好きじゃないんで、こんな長いの読むのいやだなあと思ったんだけど、戸川さんがそこまで言うならしょうがないなあと読みだしたら、もう止まらなくて。確かにすごい。

――著者はどういう方なんですか？

大森　今から二十五年ぐらい前に、ソノラマ文庫からジュブナイルミステリの『**名探偵は千秋楽に謎を解く**』と『**名探偵は九回裏に謎を解く**』（現在はともに創元推理文庫）を出してた人です。これがなんと二十四年ぶりの著書（笑）。

北上　すごい人がいるもんだよねえ。僕も充実した時間を過ごせました。ぜひみなさんにもおすすめしたいです。

大森　はい、じゃあ、次は飛び道具で。

――ああ、そういうつもりだったんですね。奈須きのこ『**空**《から》**の境界**』ですが。

大森　北上さんに最近の若い人の小説も読んでもらおうと、話題作の中から、文章がしっかりしているものを――（笑）。

北上　おいおい、**これがしっかりしてんなら、他のはもう完全に読めないよ**。

大森　はいはい（笑）。これ、版元のウリは〝新伝綺〟ってことなんで、伝奇小説ファンの北上さんに読ませたかったんですけどね。

北上　伝奇なの、これ？

大森　一応は超能力一族の話ですからね。ヒロインの美少女の名前が両儀式、しかも、着流しに赤い革ジャンという、実に絵になるファッションで――ってところはいかにもおたくウケするキャラ設定ですが、話は長編四本の連作で、スリリングなオカルト伝奇アクションあり、学園ミステリあり。時系列をばらした構成は凝ってるし、文体は年配の方でもギリギリついていける——。

北上 ついていけない、ついていけない。文章は平易だし、時系列が錯綜してるのもついていけるの。**問題は何が面白いんだろうってそのポイントが全然わからないの。**

——四十万部、売れてるそうですよ。

北上 へー。そうなの。

大森 コアな読者層は二十代ですね。作者の奈須きのこは、『月姫』っていう同人ソフト、18禁の美少女ゲームのシナリオで大ブレイクした人です。いわゆるエロゲー文化の旗手なんですが、『空の境界』は『月姫』より前に書いていたエロ抜きの小説。今のエロゲーは「ノベルゲーム」とも呼ばれるように、ゲーム形式のビジュアルノベルみたいなものだから、小説と親和性が高いんです。だから、コアな読者は美少女ゲームのユーザーなんだけど、『空の境界』はそういう文化を全然知らない人にも読まれてる。じっさい、知らないとわからないってことはないでしょ?

北上 あのね、読みながらけっこう入り込める。ただ、何が面白いのかわからない。それが決定的な世代差だね。若い人たちの求める物語の形態が違ってきているんだなって感じるね、俺は。この手のものは他にもあるの?

大森 うーん、一番近いのは上遠野浩平の《ブギーポップ》シリーズですかね。講談社ノベルスで言うと、浦賀和宏や佐藤友哉が比較的近いかな。でも、こういうライトノベル的な文法を使って書かれた小説は、これからどんどん増えてくると思いますよ。

北上 俺はいいよ。読まないから。

——では、飛び道具第二弾、田中啓文『**蹴りたい田中**』。北上さん、どうでしたか?

北上 僕の感想は大文字でたった一行だよ、「**なんなの**

よこれ！」。

大森　(笑)。地上でもっともアホな短編集ですね。田中啓文はこういう駄洒落SFを好んで書いてる人だけど、その中でも最高にくだらないやつばかりを集めてます。しかも、著者は突然失踪し、その十年後に遺稿を集めて出したという設定で、第百三十回〝茶川賞〟受賞作が表題作です。マイナスの札ばかりを集めてプラスにしたような本。この前には、『**銀河帝国の弘法も筆の誤り**』(ハヤカワ文庫)っていう企画もの短編集を出してるんですが、そっちは意外と立派なSFが収録されてて、中身と造りがマッチしてなかった。今回は外見と同じくらい中身もくだらない(笑)。

北上　くだらなすぎるよ。

大森　笑えない？

北上　いや、笑った(笑)。

大森　ならいいじゃないですか(笑)。若手お笑い芸人の漫才ともコントともつかないものに笑っている人にはぜひ読んでほしいですね。ほんとうのくだらなさを教えてやる！みたいな(笑)。

北上　これ売れてるの？

大森　いや、売れてないらしい。

北上　ははは。**それが一番面白いね**。

——外国でもこういうのあるんですか？

大森　いや、ないんじゃないですか？　こういうくだらない企画に山田正紀とか浅倉久志とかいろんな人が原稿を寄せてるあたりは、昔の全冷中（全日本冷し中華愛好会）とかに近いかも。

北上　あれは、冬でも冷し中華を食べられるようになりたいっていう崇高な目的があったけどさ。これはないじゃない？

——ははは。八〇年代のビックリハウス世代にはツボだろうと思いましたけど。

大森　確かに。えんぴつ賞をさしあげたい(笑)。しかしこの対談集の掉尾を飾るのがこの本でいいのかと。

北上　いいんじゃないの(笑)。

あとがき対談

（2005年 春）

二人はいかにして出会ったか?

北上　最初に俺が会いに行ったんですよ。原稿依頼で(高田馬場)ビッグボックスの二階のティールームで会ったんだよ。あれ、何年前だっけ?

大森　十五、六年前。一九八九年じゃない? 連載が九〇年からだから。いきなり会社(※当時、大森氏が勤務していた新潮社)に電話がかかってきて、話がありますとか言われて。僕はまだ二十代の若造ですよ。それが天下の北上次郎から呼び出されたんで、ドキドキしながら小さくなって話を聞いた。なのに、北上次郎がそれを要約すると何故か全然違う話になってて。

北上　ははははは。

大森　「大森望はタバコの煙をパーッと吐き出しながら、『なんで僕なんすか?』と口を歪めて言った。昔から生意気なやつだったよ」とか、そういう話になっててさ(笑)。んなわけないでしょ!

北上　ああ、そうだっけ?(笑)。じゃあ俺の印象はどうだったんだよ。鋭い人だっただろ?

大森　(笑)。いや、これが北上次郎かと思ってね。なんかピシッとスーツ着てましたよね。

北上　スーツ着てた!? 信じられないねえ。一応原稿を依頼しに行ったから、そういうかっこうなのかな。

大森 こんなおっさんだったのかと(笑)。

北上 おい、たいして変わんないだろ? 一回りぐらいだろ?

大森 だいぶ違うでしょ。僕、六一年生まれですよ。

北上 俺、四六年。

大森 だいぶ違うじゃない(笑)。

北上 ほんとだ。

『読むのが怖い!』はいかにして始まったのか?

北上 SIGHTで対談やるようになる前は、原稿書いてたんだよな。

大森 そうそう、九九年から（※九九年の創刊から2〇一年まで、北上さんはミステリー、大森さんはSFとホラーというカテゴリーで、それぞれ独立した書籍評論のコーナーを担当していました）。あれもいきなりだったな。でも、北上さんは、もともと渋谷さん（※ロッキング・オン代表にして、SIGHT編集長）と付き合い長かったんでしょ?

北上 違う違う、俺、昔一回会っただけだもん。渋谷陽一がラジオ番組持ってるときに、一回ゲストに呼ばれたのよ。もう二十年ぐらい前に。で、ゲストに呼ばれて本の話してくれって言われて、NHKまで行って。そしたらあの人早口じゃん。で、僕も早口じゃん。ふたりでワーッとしゃべったら、終わったあとに渋谷陽一が、「いやあ、俺、自分は早口だと思ってたけど、俺より早口に初めて会った」って言われてね、それすごい印象に残ってる(笑)。でもその一回しか会ったことないよ。で、次はSIGHTを創刊するときに電話かかってきて、今度こういう雑誌創刊するんだけど書いてくれる？って言うから、いいですよって始めたんだよ。

大森 てっきり同い年の幼なじみかと思ってた(笑)。

北上 いやいや、俺は音楽知らないから、全然。じゃあ、君が連載を始めたきっかけは何だったの？

大森 よく知らないんだけど、山形浩生（※北上、大森と同じく、SIGHTにおいてビジネス・サイエンス書評などを連載している。大森氏とは学生時代からの付き合い）の推薦だったらしい。山形が自分のサイトに書いてるけど、渋谷さんからSFやホラーのバイヤーズ・ガイドが書ける奴は誰かいないかと相談されて、山形が「じゃあ大森望くらいでしょう」と言ったんだって。その推薦理由ってのがすごくて、「大森望は、長期的な価値は低くて、二年で消えるあぶくみたいな文章しか書けないけれど、手際いいガイド的な紹介はうまいから」だって(笑)。

北上　ははは。で、そのうちに今の対談形式になるんだけど、俺、最初は楽になると思ったの。対談なら話すだけでいいじゃんと思って、原稿書くのってちょっとしんどいじゃん。

大森　できれば書かずに済ませたい。

北上　で、いいですよなんて言ったら、とんでもないよね。だって、お互いが五冊ずつ出し合って、編集部がまた五冊ぐらい持ってきて、自分の五冊抜いても十冊読まなきゃいけないわけですよ。え!?と思って。それが全部面白い本ならいいんだけど、今度はそういうわけにいかないじゃん。だから楽になるどころか、手間が三倍ぐらいになっちゃった(笑)。

本はいかにして選ばれるのか?——技巧派の大森、直球の北上

大森　まあでも、ふつうなら絶対に読まないような本を読めるので、それは面白いですけどね。

北上　俺、途中まで知らなかったんだけども、大森が選んでくる五冊は、一応、北上次郎がこれならば読めるんじゃないかっていうのを選んでたっていうのを知ってさ、ええ!?ってびっくりした(笑)。俺なんかそんなこと

全然考えないで、自分がよかった本しか持ってこなかったから。だからそういうところは配慮が欠けてたなって、途中で気がつきましたね。その後も配慮してないんだけどね、あんまり。

大森　ははは。この対談、僕はどっちかっていうと毎回実験なんですよね。北上次郎のストライクゾーンをテストする。自分で読んで面白かったものの中から、「このへんまではどうだ?」って、くさいところにボールを投げて北上次郎が振るか振らないか試す(笑)。

北上　実験台かよ、俺は。

大森　そうですね。

北上　ははは。でも、俺もこの対談のおかげで、自分ひとりだったら読まないような本を読んではまったっていうのが、何冊もあるのは確かだな。

評価は活字じゃ伝わらない!?

北上　あのね、俺は声を大にして言いたいことがあるんだよ。大森はずるいと思う。

大森　(笑)。なんですか!

北上　あのね、この対談は活字になるからね、読者の方はその区別が多分つかないと思うんだけど、大森は「傑作だ」って言うときのね、ふたつのパターンがあるんですよ。ひとつは、ほんとに素直に傑作だって言ってる。で、もうひとつはね、言葉では傑作だって言ってるんだけど、顔見ると唇の端っこが歪んでる。

大森　ははは！

北上　お前、それどう考えたってホメてねえだろっていうね。（大森の真似をして）「傑作です」。

大森　ははは。その真似も活字じゃ伝わらないって。

北上　（笑）。そうか。でも、つまり、大森もなんだかんだ言っても人間だから感情があるわけですよ。ところが理性があるわけね。で、理性で考えるとこの本はもう誉めざるを得ないと。だって欠点もないんだし、小説としても万全だから、理性的には誉めざるを得ないから傑作だって言うんだけども、個人的な感情としてはあまり面白くない場合がある。その感情が唇の歪みになって表れるんですよ。だからこれからはね、（笑）とか（泣）マークがあるじゃない。大森が唇を歪めて「傑作です」って言ったところには（歪）マークをつけたいね、俺は。「傑作です（歪）」って。

大森　（笑）。でもそれはさ、感情が否定する作品もちゃんと傑作だって認めてるんだからいいじゃないですか。北上さんは感情が認めないと、どんなに理性でいいと思ってても、「でも興味ない」とか「何も言うことないな、俺は」とか言うじゃん(笑)。「でも、面白いは面白いでしょ?」とか言っても、「面白いけど俺は何もないな、終わり!」。

北上 ははははは。感情か!

大森 そうですよ。で、そのセリフは毎回一回は必ず出てます(笑)。あと、興味のない本に対しての扱いのひどさね(笑)。

北上 そう?

大森 「もういいですよ、こんな本は」とか、「そんなに語る本じゃない」とか(笑)。

北上 でも、それはそう思わない? 語るだけの価値のないものをさ、貴重な誌面使って語ることないですよ。もう少しよその媒体に出てきてないようなね、内容はいいんだけどちょっと埋もれがちな本を声を大にして語ったほうがいいんじゃないの? 正論でしょ?

大森 北上次郎の持論ですよね。でもさ、ひどい本の中にも発見はあるし、こんなひどいものがどうしてこんなに売れるのかってことにも興味がある。

北上 社会現象的な意味を考えたいわけ?

大森　っていうか、一応ちゃんと理解したいじゃないですか、どういうものなのか。で、どうしたら自分の本がそれぐらい売れるようになるかを分析する(笑)。

北上　あはははは、それ違うよ、マーケティングだろうが、それは。

大森　でもそれは大事なことだと思いますけどね。

北上　そうかねえ？

読むのが怖い、「編集部推薦」

大森　僕も昔は、「ベストセラーなんか死んでも読むか！」って立場だったけど、最近は、売れた本を読むのは勉強になるなあと思って。編集部推薦は、そういう本を読むいい機会なんで助かりますよ。自分で買わなくて済むし。

北上　そうか？　俺、苦痛だなあ(笑)。基本的に編集部推薦はね、いわゆるたてまえ的な、話題作とかベストセラーとかっていうのを挙げてくることが多いじゃないですか。大森が挙げてくるのは、売れた本も売れない本も、一応大森望っていうフィルターを通して挙がってくるわけだよね。ところが編集部推薦っていうのは、売れた本とか話題っていうフィルターだから、中には面白い本もあったような気がするんだけど、でもほとんどは時間を返せって言いたくなる本が多いんですよ。それは苦痛だなあ。僕は大森のように、どうして売れたのか？って、その意味を考えようという矢印がまったくない人間だから。

大森 北上さん、だいたい編集部推薦の本には冷たいよね。「語らなくてい い！」と(笑)。でもねえ、北上次郎の本の好みを把握してるような読者にとって、SIGHTのこの連載は、「よそでは絶対言及しない本について、北上次郎が何と言うか？」っていうドキドキ感があるんじゃないかと思いますよ。

北上 え、どういうこと？

大森 だから、北上次郎が『生き方上手』をどう評価するのかとか。

北上 はは。あったなあ、読んだなあ。どういう内容だったっけ？

二人は「読むのが早い」？
——「何を」読むではなく「どう」読むのか

北上 君、読むのは早いの？

大森 いや、普通ぐらいですよ。

北上 普通？　ふーん。俺遅いんだよ。俺、学生時代にね、先輩三人くらいとよーいどんで計ったことがあるの。まったく競争じゃなくて、自分のペースで読んで、誰が早いかっていうのを、まったく同じ文庫本で計ったんだよ。そしたら俺が一番遅かった。あのときはびっくりしたなあ。

大森　そうですかね？　でも、一晩で三冊とか読んでるじゃないですか。

北上　それは日本のスタンダードな小説だからさ。海外のものになるとやっぱり時間かかるよ。だから、読むのが遅い人がたくさん本を読むにはどうしたらいいかっていうと、人が本読んでない時間に読むしかないんですよ。それでやっと追いつくわけじゃん、普通の人に。だから家庭の団欒を避ける、出歩かない、酒は飲まない、睡眠時間を削る。

大森　あんまり削ってないじゃん(笑)。

北上　まあ、あんまり睡眠は削ってないんだけど(笑)。そういう風にしてやっとみなさんに追いつくわけですよ。大変なんだ。

大森　まあそうですけど、僕はちゃんと自宅で家族と暮らしてますよ。

北上　自宅で本読むわけだろ？　子供いてうるさくて集中力妨げられない？　まだ子供ちっちゃいじゃん。

大森　だから子供寝てからですね、読むのは。そうじゃないときは耳栓をして——。

北上 ははははは。やな親父だねえ。

大森 僕は寝床で読むから、寝ながら子供に「今仕事中！」って。

北上 (笑)寝床で読むの？　寝ながら？　よくそんな体勢で読めるねえ。腹ばいになって読むの？

大森 違う違う、読書スタンド。

北上 ああ、俺も昔買った、読書スタンド。あれ、俺使えなかったんだよ。うまく使える？

大森 もはや読書スタンドがないと本が読めない。

北上 へえ！　俺なんか読書スタンド使ってると本が落っこってくるんだよ、バッて。

大森 ちゃんとセットしとけばいいじゃん(笑)。

北上 セットするのめんどくさいんだよ。だからダメだこりゃと思ってね、使わなくなった。

大森 いや、最近のやつだと、ガチッてとめるやつと、ぐにゃぐにゃって仮どめみたいなやつがあるんで、めくるのは普通にめくってって、二十ページに一回ぐらいガチャッとセットしなおせばいいだけ。

北上 へえ、昔と違うんだ？　厚い本も入るの、それ？　今厚い本多いじゃん。

大森 たまに落下するけど、なんとか大丈夫。『紙葉の家』（M・Z・ダニエレブスキーの八〇五頁もある大著）もこれで読んだから。京極夏彦のノベルスとか、読み終わる頃には本がガバガバになってますけどね。北上さんはどうやって読むの？

北上 俺はソファに座って読む。

大森 座って読むの？　寝転がってじゃなくて？

北上 うん、ソファに座って足を伸ばして、足を乗っけるイスあるじゃない、あれ、なんていうの？

大森 （笑）。オットマンですよ。

北上 そうそう、それに足を乗せて、基本的にその姿勢なの、ソファに座って。でも、同じ姿勢でずっといると疲れるじゃない？　だから疲れると立って読むんだ、五分ぐらい。

大森 僕は寝転がったまま、たまにダンベル体操じゃないけど、運動しながら読みますよ。

北上 ああ、君は本を押さえなくていいから、両手が使えるんだ。

大森 そう、いいですよ。毛抜きでヒゲを抜きながら読むとかね（笑）。

本当に「読むのが怖い」時もある!?

北上　本の何が楽しいってさ、自分のまわりに積んである本からさ、次何読もうかなと思って集めてくるときって楽しいよね。つまりまだ本を読む前。今読んでるんだけども、これを読んだあとなに読もうかなと思うと、自分の買ってきた本とか送られてきた本とかが、そのへんにバラバラに積んであるから、ごっちゃになってるわけですよね。でも、全部読めるわけじゃないから、そうすると決めなきゃいけないじゃない、来週読む本を。そうすると、自分のその山からこれとこれとこれ、翻訳ミステリーはこれにしようかな、日本はこれにしようかなって、山を作るの。この時間が一番楽しいんだよ。

大森　僕も、寝室のベッド脇に積んである本が読む本なわけですよ。廊下に積んである新刊の本の中から読みたい本を抜き出して寝室に持っていくんだけど、まあそれが楽しいって言えば楽しい……ときもある。

北上　うん。で、来週これを読もうと思ってちゃんと横に置いたはずなのに、いざその週になると、その本が見つからないときがある！

大森　（笑）。

今後の対談はどうなる？

北上　俺、毎日いっつも本探してるよ。

大森　はははは。あるある。あとね、なに読むつもりだったか忘れちゃう(笑)。なんか昨日読もうと思ってた本が二冊あったのに、どれだっけ？とか。

北上　お前それ、ボケてんじゃないの？(笑)。俺はとにかく本が見つかんないんだよ、いっつも。で、『本の雑誌』ってさ、本のカバーの写真を撮りたいから、ときどき俺の部屋にあがってきて貸してくださいって言うんだよ。でもそんなの俺持ってないっていうの。いや、こないだ見ましたとか言ってね、編集部の奴が言うとほんとにあるんだよ。あれって不思議だよなあ。

大森　はははは。ボケてるのはそっちでしょう！

北上　今後は気を遣って、大森望が読んでも面白そうなものを選ぼうと思うんだが、俺、まだ大森望の好みがわからない、正直言うと(笑)。お前はいいよ。これ出しておきゃ北上次郎はウケるだろうとか、わかりやすいだろ。でも、こっちは大変なんだ。

大森　北上さんはそんなこと考えなくていいんですよ。僕はどんな悪球にも対応できるタイプなんで(笑)。
北上　あ、そう。でもね、イヤなのがね、「この本、絶対あいつけなすよなあ」とか思うとね、持ってくるの嫌になっちゃうときがある。
大森　わっはっはっはっはっはっは！
北上　俺がさ、すっごい興奮して「これ最高傑作じゃん！」と思って読んでもね、あいつは絶対けなすよなって、それがわかっちゃうときがあるの。なんかそういう批判聞きたくないじゃん、せっかくこっちは興奮してるんだから(笑)。だから、これはちょっと隠しておこう、あいつには見せないっていう、そういう本はあるな。
大森　それで海道龍一朗隠してるの？(笑)。
北上　はははは。いや、俺、『黄金旅風』がショックだったんだよ。
大森　え、あれちゃんと誉めたじゃないですか！
北上　あれもね、唇歪めたんだ(笑)。あの日、すごいうなだれて帰ったんだよ、俺。だからああいうものは次持ってこないと思って(笑)。
大森　はははは。僕だってショックですよ。北上さんに「読んだけど忘れちゃった」って言われるとき。「面白かったけど、何も覚えてない！」って。

北上　（笑）あるな、それ。

大森　まあ、それでもね、僕は北上さんの余生を豊かにするためにこれからもがんばりたいと思います。

北上　はははは。

読むのが怖い!

2000年代のエンタメ本200冊徹底ガイド

2005年3月31日　初版発行

著者　北上次郎、大森望
装丁・デザイン　田中力弥
デザイン　金英心
編集　柳憲一郎
編集協力　星真穂、橋中佐和、洪弘基

発行者　渋谷陽一
発行所　株式会社ロッキング・オン
〒150-8569
東京都渋谷区桜丘町20-1
渋谷インフォスタワー19階
電話　03-5458-3031

印刷所　大日本印刷株式会社

万一乱丁・落丁のある場合は、送料当方負担でお取り替え致します。小社書籍部宛てにお送りください。

ISBN4-86052-050-5 C0095 ¥1600E